妖星は闇に瞬《またた》く

金椛国春秋

角川文庫
21723

妖星は闇に瞬《またた》く

金椛国《きんかこく》春秋

西方への道

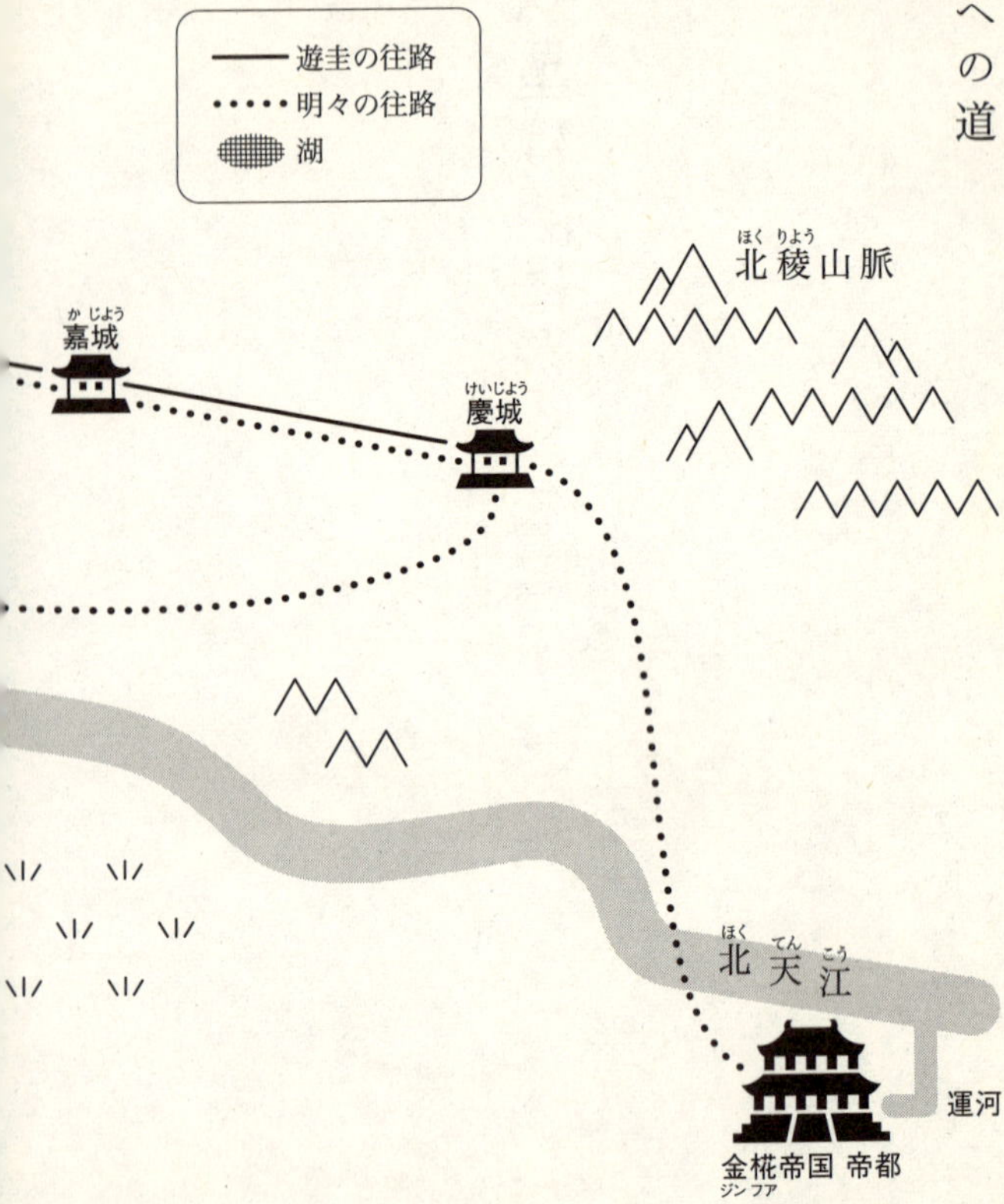
遊圭の往路
明々の往路
湖
北《ほく》稜《りよう》山脈
嘉城《かじよう》
慶城《けいじよう》
北《ほく》天《てん》江《こう》
運河
金椛《ジンフア》帝国 帝都

朔《さく》露《ろ》領
天鳳《てんぽう》山脈
夏沙《かしや》王国 王都
康宇《こう》国へ
天鳳行路
楼門関《ろうもんかん》
死の砂漠
廃都
砂礫灘《されきなだ》
烽火台
天竺《てんじく》へ
朱門関《しゆもんかん》
劫宝都《こうほうと》
天鋸行路
劫《こう》河《が》
戴雲国《たいうんこく》
天鋸《てんきよ》山脈
N

おもな登場人物

星《せい》　遊圭《ゆうけい》……名門・星家の御曹司で唯一の生き残り。
生まれつき病弱だったために医薬に造詣が深い。
書物や勉学を愛する秀才。罪を犯した友人を匿い、流刑となる。

明々《めいめい》……少女のときに遊圭を助けたことから、
後宮の様々な苦労を共に乗り越えてきた。
その縁で薬膳の知識を蓄え、故郷に戻って薬種屋を開く。

胡娘《こじょう》（シーリーン）……西域出身の薬師で、遊圭の療母。
星家族滅の日からずっと遊圭を助け、見守り続けてきた。
玲玉に薬食師として仕えていたが、現在は遊圭に同行中。

陶《とう》　玄月《げんげつ》……皇帝陽元の腹心の宦官。
遊圭の正体を最初に見抜き、後宮内の陰謀を暴くための
手駒として遊圭を利用してきた。

ルーシャン……西域出身の金椛国軍人。
国境の楼門関の一城を預かる游騎将軍。

達玖《タルク》……西域出身の軍人。ルーシャンの幕僚。

劉《りゅう》 宝生《ほうせい》……劉源太守の長男。国士太学の優等生だったが、試験で不正を働いていたことが露見して、自主退学した。

星《せい》 玲玉《れいぎょく》……遊圭の叔母。

司馬《しば》陽元《ようげん》……金椛国の第三代皇帝。

麗華《れいか》公主……謀反の罪を犯した前皇太后永氏の娘。政略結婚で嫁いだ夏沙王国が朔露《さくろ》国に征服され、消息を断つ。

天狗《てんこう》……皇太子翔の愛獣。外来種の希少でめでたい獣とされている。

橘《きつ》 真人《まひと》……かつて遊圭を騙して命の危険に晒した、金椛国を放浪する東瀛《とうえい》国出身の青年。

王《おう》 慈仙《じせん》……陽元に忠誠を誓った、玄月を筆頭とする青蘭《せいらん》会の宦官。

序

　戴雲国《たいうんこく》の法を犯したとして投獄された星遊圭《せいゆうけい》の一行は、いつ身元や旅の目的を搾り出されるために拷問を受けるか、あるいは取り調べさえ行なわれずに処刑されるかと、びくびくしつつ数日を過ごした。

　裏切り者の宦官《かんがん》、王慈仙《おうじせん》と林義仙《りんぎせん》に襲われ、鋭利な刃で肩と背中を斬られた橘真人《きつまひと》の手当ても急がねば、邪気が入り込んで傷は腐り、発熱して消耗し、助かる命も助からなくなる。

　食事は一日に二回、高黍《たかきび》の粥《かゆ》だけだ。渋みの強い高黍を、他の穀類や具と混ぜることなく茹《ゆ》でた粥は、それだけで食べるのはかなりつらい。

　一日に与えられる四人分のわずかな水で真人の刀創を清め、遊圭が常に携帯する薬籠《やくろう》から、痛み止めと化膿《かのう》止めの薬を服用させる。煎《せん》じる道具がないので、手持ちの散薬が切れたら、できることはない。熱も下がらず、替えの当て布も、通訳や番兵に頼み込んで差し入れてもらう分では、血膿《ちうみ》を拭《ふ》き取るには足りない。四日目には、遊圭や菫児《きんじ》の肌着まで裂いて使わねばならない状態になっていた。

　五日目に、通訳の興胡《こうこ》ナスルが、摂政じきじきに遊圭を取り調べるという朗報を持って牢《ろう》を訪れた。

興胡《こうこ》とは、遊圭の故郷、金椛《ジンファ》帝国の言葉で胡人の交易商を指す。西方の国々より出《い》でて、金椛領に移住を望みながら定住せず、諸国を渡り歩いて交易を営む人々だ。

東方人と異なり、肌の色は白く、顔立ちは深目鼻高で、多彩な瞳《ひとみ》や髪の色を持つ。

大陸の東西を自在に行き来して物流を操るかれらは、大陸におけるいくつもの公用語に通じ、複数の文化に精通していることから、滞在する国々で重用されていた。

「ようやく、金椛人の通訳を手配できました。金椛帝国の、西南部出身の商人ですが、帝都で商いをしていたこともあります。金椛の政情や文化にも通じた彼なら、私よりも説得力のある説明を摂政閣下にできるでしょう」

金椛帝国の情報をほとんど持たない戴雲王国の重鎮は、遊圭が金椛帝国の公人であるという主張を、信じようとしない。

遊圭もまた、戴雲王国という名はこの旅で初めて耳にした。天鋸《てんきょ》山脈の奥地に点在する五つの部族が統合された、建国して五年の新興国であるという。

その戴雲国の成立前から商取り引きをしてきたという興胡ナスルは、大陸じゅうで活動する康宇《こう》国出身の商人のひとりだ。遊圭の友人でもある、金椛帝国の游騎《ゆうき》将軍ルーシャンの遠縁にあたる。その縁故によって、この国に捕らえられた遊圭たちに、好意的な手を尽くしてくれてはいるが、異国人の一通訳にすぎないナスルにできることには限界があった。

四十代後半のナスルは、顔立ちはともかく、ルーシャンとは赤茶けた巻き毛が共通している。かれら康宇人は、大陸を舞台に商業活動にいそしむだけでなく、移住した土地では、官吏や兵士となってその国の末端機構に入り込み、才覚のあるものは出世して官僚や軍人となり、国家の中枢にも食い込んでいる。必ず誰かが誰かの縁につながっており、同郷の人間に頼られれば、たとえ血縁でなくても便宜を図ったり、いざというときに助け合うという。

ルーシャンの名によって、ナスルに旅の目的と出自を信じてもらえた遊圭だが、戴雲国を無事に脱出するには、まだまだ難問が積み重なっていた。

そのナスルの手配によって、牢から出された遊圭は、王宮の一室へと連れて行かれた。恐ろしげな拷問道具が並び、赤黒い血の跡が床に染みついた、金椛流の尋問室ではなく、戴雲国摂政の執務室と思われる、質素で掃除の行き届いた部屋だ。威厳と狡猾《こうかつ》さが微妙に混ざり合った空気を放つ、痩《や》せた初老の男が、一本の樫《かし》の木から削り出した、重厚な椅子に座ってこちらを睨《ね》めつけていた。

遊圭が戴雲国に連行されて、偽公主を演じたときに、謁見の間で少年王の横に立ち、国王の権限を代弁していた人物だ。

「星公子《シンコンツー》、こちらは戴雲国の首長、賢王《けんおう》殿下の摂政ロン・ル・ザンゥ閣下であられます」

ナスルは、戴雲王国の実権を握る人物を、改めて遊圭に紹介した。

次に、摂政のそばに控える人物を紹介する。金椛風の衣裳《いしょう》を着て、頭頂で結った髷《まげ》を頭巾《ずきん》で覆った、壮年の男性だ。形良く整えた薄い口髭《くちひげ》が、いかにも金椛人らしい。

遊圭と同じような顔立ちの金椛商人は、魏文といった。遊圭はこの商人に、袖をぴたりと重ねた品のある揖礼《ゆうれい》をした。

「わたしは帝都の生まれで、姓名は星游《ゆう》、字《あざな》を遊圭と申します。この冬まで、金椛帝国の楼門関《ろうもんかん》にて書士を務めておりました。我々が天鋸行路へ遣わされたのは、非公式ではありますが、死の砂漠で行方不明になっておられる、金椛公主の捜索を、今上帝《きんじょう》が望まれたからです。手がかりもつかめないまま帰国の途についたところ、この戴雲国に捕らえられてしまいました」

魏文は目の前の若者が、そのような任務を負っていることに驚き、懐疑的な面持ちで訊《たず》ねる。

「貴殿が、今上陛下より、公主殿下の捜索を直々に拝命したのですか」

遊圭は懐の隠しから、黄金の椛《もみじ》と、遊圭の姓名を刻み込んだ象牙《ぞうげ》の印章を取り出して、魏文に見せた。

「今上帝の皇后星氏は、わたしの叔母《おば》にあたる方です」

魏文は印章を目にするなり驚いて後退《あとずさ》り、上体を深く前に倒す、もっとも丁寧な長揖《ちょうゆう》で、遊圭に礼を尽くした。

ザンゥ摂政は、魏文の応対が急に恭しくなった理由を、ナスルに訊ねる。魏文は興奮して、呼吸も浅く遊圭の身分を説明した。

「こちらの星公子がお持ちの印章は、皇室より下された正規のものです。つまり公子は皇族に準ずる身分のお方です」

魏文はさらに、遊圭が帝都の上流階級で話される官語を流暢《りゅうちょう》に操ることも、印章の正当な持ち主であることを裏付けていると請け合った。

「そういうものなのか」

ザンゥ摂政は、懐疑的な面持ちでナスルに訊ねた。

「言葉の訛《なま》りは何語であれ、その者の出身地や帰属する階級を明確に区別できますから、魏文の証言は信用していいでしょう」

「ではこの青年は、金椛では重要な地位にある人物というわけか」

摂政はまだ疑い深い目で遊圭を見た。

どう見ても十七、八を超えていない若者だ。しかも、偽公主として振る舞っていたときの麗人ぶりを思い起こせば、それなりの地位にあるまっとうな人間だとは信じがたい。実際のところ、現在の遊圭は、皇太子の外戚《がいせき》でありながらも流刑中の罪人であり、しがない辺境の小役人だ。しかも、皇帝の側近宦官、陶玄月《とうげんげつ》によって、しばしば間諜《かんちょう》のまねごとをさせられる。

「本人の主張する身分に間違いのないことは、金椛帝国の将軍位にある、我が族弟ルーシャンより預かったという伝言も、併せて確認しました。間違いありません」

それでもなお、戴雲国の摂政は垂れがちなまぶたの下から、油断のならない目つきで、遊圭をぶしつけに眺めた。

「だが、皇帝の甥《おい》が、護衛も連れずに異国をうろつきまわっているのも、不自然ではないか」

「高貴な女性が公の場に出ることのない金椛では、公主と面識のある男子は近い親類に限られますので、公主が発見されたときの真贋《しんがん》の判定には、適任と思われたのでしょう」

遊圭は、ナスルと摂政のやりとりを、魏文に通訳してもらった。おおむねナスルに助けを頼んだ方向で話が進んでいるようだ。

一、天鋸山脈・戴雲王国　春　雨水の末候（陰暦二月初旬）

遊圭たち一行は、とりあえず牢から出され、客として遇されることになった。

居心地の良い居室を与えられ、高黍の粥に加えて、肉や菜類も出されるようになったものの、外出は許されない。

「どういうことだろう」

西方出身の薬師《やくし》で、遊圭が五歳のときから、星家に療母《りょうぼ》として仕えてきた胡娘《こじょう》シーリーンは、室内を歩き回りながら青灰色の瞳で扉をにらみつけ、不満と疑問を口にする。

「籠《かご》の鳥ってやつですねぇ」

ようやく詰め物のされた、居心地のよい寝台に横になることのできた真人《まひと》が、間食に出されたカボチャの種を不器用に歯で割りながらぼやいた。傷が開かないように左腕が固定されているので、片手で殻を割り、種を取り出すのに苦戦している。種が飛んで逃げることが続いて、とうとう殻ごと嚙《か》み砕き始めた。胡娘が見かねて開いてやる。

「金椛《ジンファ》帝国の要人なら、外交の切り札に使えるかも知れないからね」

遊圭は憂鬱《ゆううつ》そうに応じる。現皇室の外戚なのは事実だが、金椛の法を犯した配流人でもあることは、明らかにしていない。

成り行きで一緒に捕まってしまった、少年宦官《かんがん》の菫児《きんじ》が不安げに訊ねる。

「帰国させてもらえないのですか」

遊圭は、菫児を安心させるために、ほほ笑みかけた。

「橘《きっ》さんの傷が治るのに時間がかかるし、慈仙《じせん》が天鋸《てんきょ》行路にどんな罠《わな》をしかけていったか、調べてから帰国するのが、最善なんだけどもね」

遊圭は、鳥籠の中で落ち着きなく羽を繕《つくろ》う愛鷹《あいよう》ホルシードのために、餌の生肉を刻んでいた手を休めた。遊圭の動きが止まったことに気づいたホルシードが、抗議の鳴き声を上げる。遊圭は肉切れを箸《はし》でつまみ上げて、籠の隙間から差し入れ、ホルシードの開いた嘴《くちばし》にくわえさせた。

真人はその横顔をちらりと見て、ふたたびカボチャの種を割っては、中身を口に運ぶ作業に戻る。

遊圭が戴雲《たいうん》国に拉致《らち》されたのは、死の砂漠で消息を絶った金椛帝国の公主、麗華《れいか》の捜索に同行した宦官、王慈仙《おうじせん》と林義仙《りんぎせん》の策略による。遊圭を探索行に送り込んだ同僚の宦官、陶玄月《とうげんげつ》を失脚させるために、戴雲国を利用して、遊圭の暗殺を謀ったのだ。

天鋸行路の周辺国では、徴税や徴兵を免れるために性別を偽る者が後を絶たず、異性装が見つかれば死罪となる。その法を利用して、戴雲国の軍人を丸め込み、遊圭を偽公主に仕立て上げて戴雲国へ連行させ、逃げ道を断って真の性別を暴くように仕向けた。

慈仙と義仙は早々に脱出して逃走し、取り残された遊圭と胡娘は投獄されたが、遊圭たちの災難を知ってあとを追ってきた橘真人と菫児《きんじ》のおかげで、慈仙の意図と企《たくら》みを知ることができた。

慈仙がなぜ、自ら手を下さずに、そのように手の込んだ筋書きで自分を殺害しようとしたのか、遊圭はいまだに理解できないでいる。

皇后玲玉《れいぎょく》の甥である星遊圭を直接手にかけるところを、誰にも見られたくなかったのかもしれないが、慈仙を味方と信じていた遊圭を密《ひそ》かにかたづけるのに、ここから都まで、絶好の機会が無数にあったはずである。それこそ野宿のときにでも、遊圭と胡娘が眠っている間に始末して、逃げることもできたはずだ。

遊圭の生死を確認しないまま帰国してしまったのは、後顧の憂いを残したことにはならないか。出会いから道中まで、玄月に抱える対抗心や、遊圭に対する殺意を隠し通してきた慈仙が、最後にぬるい手を打って逃げ出したことが、遊圭には腑《ふ》に落ちない。

「最後まで本心を隠し通した慈仙が、なぜこんな穴だらけの方法でわたしを葬ろうとしたんだろう」

一同はしばらく考え込む。最初に口を開いたのは菫児だ。

「僕もいまだに信じられません。玄月さまは慈仙さんにとても良くしていたのに」

声を震わせてそう言うと、下唇を噛んだ。

声変わりの前に浄身した菫児は、見習い期間を終えて後宮に上がり、すぐに玄月の部署に配属されてその侍童となった。麗華公主が夏沙《かしゃ》王国へ輿入《こしい》れした際も、筆頭常侍として随伴した玄月について行った。そこで不運にも毒のある果実を食して死に瀕《ひん》し、一命は取り留めたものの半身に麻痺《まひ》が残った。そのために夏沙の宮廷に残されたのだが、二年近い歳月を異国の宮廷で過ごし、砂漠の奥地へ逃げ延びたあとも、玄月に対する忠誠心は一寸もすり減ってはいないようだ。

「玄月と慈仙は、青蘭会《せいらんかい》の同志だって聞いていたけど、菫児は後宮でふたりがどんなつきあいだったか知ってる？」

遊圭の問いに、菫児は小さくうなずく。

「おふたりは部署が違うので、ごいっしょにお仕事をなさっているのを、見たことはありません。でも、余暇の時間に、青蘭殿でともに鍛錬をされたり、官舎で我々のような通貞《つうてい》に学問を教えてくれたりしました」

侍童の仕事は、一日中師父について歩き、日用の世話をすることだ。朝は洗顔から始まり、食事の膳《ぜん》を運び、部屋を片付け掃除し、寝具を整え、洗濯物を運ぶ。

言いつけられるあらゆる雑用をこなさねばならず、実務方の玄月に仕える菫児《きんじ》は、さらに執務室の整理整頓《せいとん》をし、墨を磨《す》り、関連部署へ書類の配達もした。玄月が皇帝にまみえるときは、着替えを手伝い、宮殿への伺候にもついてゆき、用事が終わるまで階《きざはし》の下に控えて、じっとひざまずいたまま待つ。そして公務の前後には、学問を教えてもらい、鍛錬もさせられたという。

「青蘭会の宦官は、玄月の官舎で教師の役割も果たしていたんだね」

菫児は「はい」と答えてふっと遠い目をする。

遊圭もつられて、後宮にいたころの記憶を手繰り寄せた。後宮で静養中に火災に遭った遊圭は、付け火を疑った玄月の判断で、しばらくかれの官舎に軟禁されていたことがある。玄月の官舎には、十歳から十五歳くらいまでの通貴が集まり、早朝から書経の暗唱や書き取りに励み、また杖術《じょうじゅつ》などの鍛錬にいそしんでいた。

あの中に菫児がいたかどうか遊圭は覚えていないが、玄月の運営していた学問所もまた、青蘭会が主導して行っていたものらしい。

「僕は玄月さまにお仕えできて、みんなにうらやましがられていました。ほかの師父に仕える通貴は、茶碗《ちゃわん》の置き方ひとつ間違えても、箸や筆が持てなくなるほど、笞《むち》で手を打たれたり、言いつけをしくじれば、立てなくなるまで棒で腿《もも》や尻《しり》をぶたれたりするんです。師父だけじゃなくて、兄弟子からも、雑用を押しつけられたり、気に入らないといって小突き回されたりするんです。兄弟子が何人もいると、もう座る暇も寝る時間もありません。ですが、僕は玄月さまが初めてお取りになった徒弟で、ほかに兄弟子もなく、いろいろなことを直接教えていただきました。僕が失敗をしても、玄月さまは手をあげるどころか、お怒りになることもなかったのです。お言いつけを覚えられないでいると、『こうすれば間違えない』とおっしゃって、覚え書きを作ってくださって、その通りにできると褒めてくださいました」

董児は、非常に生真面目な気質の持ち主であるが、絶望的なまでに不器用で粗忽《そこつ》なところがあった。効率主義の玄月に徒弟として選ばれ、二年は見捨てられることなく務めていたのだから、頭は悪くないはずだが、緊張すると不注意な過ちを犯してしまう。

目を輝かせてそこまで言いつのった董児は、急に眉《まゆ》を曇らせて言葉を濁らせた。

「ああでも、そのことで慈仙さんに注意されていたことはあります。玄月さまは徒弟に甘すぎると」

慈仙は青蘭会の宦官でも、玄月に意見のできる重きにあったということだ。

「玄月は、なんと慈仙に答えたんだ」

遊圭の問いに、董児は顔を赤くして頭を掻《か》いた。

「『董児の失敗にいちいち笞や棒を当てていたら、三日も経たずに挽肉《ひきにく》の塊になってしまう。仕事は確かに遅いが、急《せ》かさなければ丁寧で間違いはない。小間使いを卒業するまでに、何かしらの技術を仕込めばいいことだ』と、慈仙さんにおっしゃっているのを聞きました。とても嬉《うれ》しかったです」

菫児（きんじ）は涙ぐみつつ答える。

菫児が他の宦官の徒弟になっていれば、体罰に耐えきれず長生きはできなかっただろう。あるいは浄軍宦官《じょうぐんかんがん》として、一生を宮城の底辺で這《は》いつくばって終えたかも知れない。

玄月は菫児に厳しくすることの無意味さをわかっていたのだと、遊圭は推測した。

自分の粗忽さを自覚している菫児は、他の師父に回されることを怖れて必死に仕事を覚え、玄月に評価されたくて努力したのだろう。そして褒められるほどに忠誠心を募らせる。

「でも、玄月さまは、通貞たちに甘いわけじゃなかったんです。学舎では、やる気のない者、結果を出せない者はすぐに追い出されました。いったん配属された先から弾《はじ》き出されると、もう這い上がれる機会なんてなくなります。みんな、笞で打たれなくても、必死で勉強しました」

玄月が自分の官舎を開放し、自費を投じて通貞らに学問を教えていたのは、決して慈善事業ではない。かつて玄月の政敵であった大物宦官が、陶家に忠実な門下生を増やし育てるためであると言っていたが、おそらくその通りであろう。

官奴にされた宦官の多くは、己の境遇を恨み、あとから入ってきた徒弟を奴隷のようにこき使い、鬱憤《うっぷん》のはけ口として容赦のない折檻《せっかん》を加える。そして、徒弟が成長して師父となると、新しく入ってきた徒弟を同じように、あるいはもっと厳しく扱う。自我さえ確立していない年齢のころから、個々の尊厳や人間性といったものを、骨髄の芯《しん》から叩《たた》き出し、絞りきって、命令には絶対に服従する奴隷を作り上げる連鎖が、禁城の奥深いところで繰り返されているのだ。

そうして果てしなく続いてきた残酷な伝統の中で育ち、生きてきた者たちにとって、絶対の不文律に従わない者は、むしろ奇異でおかしな存在に思われるのだろう。

だが、玄月は自分に向けられる周りの目など、歯牙《しが》にもかけなかったようだ。

若くして皇帝に即位した陽元《ようげん》は、宮廷内に味方が少なく、当時実権を握っていた皇太后永《えい》氏と、高位の宦官《かんがん》の傀儡《かいらい》に甘んじていた。玄月は新参の宦官をいじめて己の憂さをはらすことより、一日も早く陽元の手足となって働ける、新皇帝に忠実で有能な宦官の育成を急いでいたのだ。

その中でも、一番使えそうにない菫児を、玄月が手元に置いた理由を想像した遊圭は、思わず口元がゆるんだ。

「僕、何かおかしいこと言いましたか」

菫児のいぶかしげな視線に、遊圭は慌てて口を引き締めた。

「いや。大事なことなんだけど、菫児はひとりで都へ帰る勇気があるかい？」

菫児は目を丸く見開いて、遊圭の突然の提案に驚く。

「ぼ、僕ひとりで、天鋸行路を都まで旅するんですか」

遊圭は首を横に振った。

「ひとりで、というのは、わたしたちが同行しない、という意味だ。もちろん君ひとりでは行かせない。ナスルに頼んで、帝都へ向かう興胡の隊商に菫児《きんじ》を加えさせてもらう。護衛も雇わせる」

遊圭はすうっと息を吸い込んで、菫児に顔を近づけた。

「慈仙の目的は玄月の失脚だ。帰国したらすぐに、わたしの殉職を陛下に申し上げて、玄月の責任を追及するよう仕向けるだろう。玄月は赴任先の楼門関《ろうもんかん》から召還されて、審問を受ける。皇后陛下がわたしの死をどうお受け止めになるかで、玄月の命運は決まると思うけど、慈仙はどんな手を使ってでも玄月を追い落とすだろう。誰かが都へ行って、真実を両陛下に伝えないと、玄月の政治生命は終わりだ。最悪の場合、死を賜ることもあり得る」

菫児の少年らしいつやつやした頰が、みるみる青ざめる。

「わたしはいつまでここに勾留《こうりゅう》されるかわからないし、警戒も厳しくて脱走も難しい。下手に逃げ損ねて星公子の偽者として殺されれば、万事休すだ。でも、橘さんと菫児は単なる知り合いで、巻き込まれただけだと主張すれば、出国させてもらえるとは思う。ただ、橘さんの怪我ではまだ旅は無理だ。その上、わたしの予想が正しければ、橘さんは天鋸行路ではお尋ね者になっているはずだ。慈仙が星公子殺しの濡《ぬ》れ衣《ぎぬ》を橘さんに被《かぶ》せているのは十中八九、確実だからね。わたしが直接、駐屯地に行って軍吏と話をつけられない限り、橘さんの無実の罪を晴らすことは難しいだろう」

「僕しか、遊圭さんのご無事を都に伝えられる人間がいないんですね」

菫児は遊圭の考えを理解して、膝《ひざ》の上で拳《こぶし》を握りしめた。

「だけど、首尾良く都に戻れても、すぐに宮城に上がって陛下に目通りを願ってはいけない。慈仙がどんな罠《わな》を仕掛けているかわからないからだ。わたしの生死を確認せずに帰京した慈仙は、西方からの通信に神経を尖《とが》らせているはずだ。もし菫児が生きて都に戻ったことを慈仙が知ったら、命を狙われる」

　菫児は唇の色まで失い、ふるふると震える。

「危険な役目だから、強制はしない。菫児が望むなら、ここの勾留が解かれるまでいっしょにいて、麗華公主様のおられる胡楊《こよう》の郷《さと》へ戻るのもいい」

「い、行きます。玄月さまのお命がかかっているのに、自分だけ安全なところへ逃げられません。でも、慈仙さんが待ち構えている宮城に、どうやって入り込めばいいんでしょうか。青蘭会の監視の網は、後宮じゅうに巡らしてあるんですよ」

　それも、玄月と慈仙が協力して作り上げた監視網であろう。

「宮城へ行かずに、都の豪商、蔡大人《さいたいじん》の邸《やしき》を訪ねるんだ。蔡家と陶《とう》家は昵懇《じっこん》だから、玄月のお父上の陶太監《たいかん》に、詳細を知らせることができる。もし、すでに陶太監も蟄居《ちっきょ》を命じられていたら、皇城にある馬延《ばえん》医師の診療所に行き、事情を話して後宮に入り込む手はずを整えてもらうといい。後宮に潜入できたら、凜々《りんりん》や蔡才人《さいじん》を頼れば、あとはなんとかなると思う。ただ、菫児は別人に化けた方がいい。舞い戻ってきたことは、昔の仲間たちにも知られないようにしないと、慈仙に気づかれたら口を塞《ふさ》がれる」

「蔡才人までたどり着くことができたら、玄月さまをお助けできます」

蔡才人の名を聞いて、最後の念押しは聞き落としたかのように、菫児《きんじ》の顔がぱっと明るくなった。自信をもって断言する。

遊圭は少し面食らったが、蔡才人は叔母《おば》の玲玉皇后とも親しいので、すぐに誤解は解けるだろうと思い、菫児にうなずいてみせた。

黙って遊圭と菫児の話を聞いていた真人は、カボチャの種を食べ終わり会話に加わる。

「その、玄月さんてのは、楼門関から途中まで見送ってくれた宦官ですよね。あと四年前、僕が周《しゅう》さんと駆け落ちしたときに、取り調べに来た」

遊圭は、真人は玄月についてほとんど知らないことに思い当たり、かいつまんで説明する。

「陶玄月は、今上皇帝の幼なじみで、もっとも信任の厚い宦官です。楼門関には監軍使として、朔露《さくろ》の侵攻に備えて防衛態勢の視察に来ていました。その一方で、皇帝陛下の妹公主の探索も計画していたんですが、そこに橘さんが来合わせたわけです。玄月が橘さんを覚えていなかったのは、驚きですが」

真人は首をかしげる。

「どうかなぁ、じっと顔を見られたから、駱駝《らくだ》の荷物を片付けるふりをして、正面から見られないようにしましたけど。慈仙はその玄月さんとやらを陥れるつもりで、暗躍しているわけですね。遊圭さんは皇帝を間に挟んで争う宦官のうち、玄月さんの肩を持つ方針ということで、間違いないですか」

「玄月には争っている自覚はなさそうだし、肩を持つわけじゃないけど、皇帝陛下に対する忠誠心にかけては、後宮で信用できる宦官は玄月しかいない。さんざん利用されてこき使われてきたけど、裏切られたことはないし、むしろ返す借りもあるから、これできっちり清算できる絶好の機会だ」

「玄月さまにお味方してくださって、あ、ありがとうございます！」

　菫児が目を潤ませ、遊圭を見つめて叫んだ。

「いや、動くのも危険を冒すのも君だから、菫児」

　遊圭は戸惑って片手を上げ、いまにも椅子から飛び上がりそうな菫児を止めた。それから胡娘へと顔を向ける。

「できれば、胡娘も菫児と都へ行ってくれると、助かるんだけど」

　胡娘の眉《まゆ》が片方だけぴくりと上がる。

「遊々《ゆうゆう》をひとりでこの国に残していけない」

「わたしはなんとかなるよ。ここから解放されたら、最寄りの金椛軍の駐屯地で身分を明かせば、都までの護衛を要請することができる。でもいますぐ発《た》たなくてはならない菫児には、それをしてやれない」

　胡娘は、少年期も過ぎつつなお幼さの残る菫児の顔から、ぎこちなく目を逸《そ》らした。

　そのとき、ナスルの訪問が告げられた。ナスルは、投獄前に取り上げられていた遊圭たちの所持品や武器を運び込ませる。薬や印章、旅券や通行手形などの貴重なものは衣服に縫い込んだり、帯に結いつけたりしてあったが、日常の身の回り品が使えなかったのは不便だった。

「ありがとうございます、ナスルさん。——これは、わたしたちの荷ではありませんね。橘さんのものですか」

遊圭がいぶかしげに、革の背嚢《はいのう》のひとつを持ち上げた。

「逃げた宦官《かんがん》たちの荷物です」

ナスルが遊圭の手元を見て答える。

「負傷した宦官の状態がよほど深刻だったのでしょうね。身につけていなかった荷は放り出していったようです」

遊圭は、慈仙と義仙の荷を開いて、中身を長椅子に並べた。

長旅に必要な最低限の装備ばかりで、貴重品や公的文書はなかった。旅人のならいとして、そういったものは肌身から離さないものだ。

遊圭は少し大きめの硯《すずり》箱に似た容器を取り上げ、蓋《ふた》を開けた。ぷん、と脂粉の匂いが鼻腔《びこう》を突く。

「化粧道具まで置いていったのか。しかし、監軍使としても砂漠越えにしても、必要のない小道具だと思うんだけど、ずっと持ち歩いていたんだな」

胡娘も真人も、遊圭の手元をのぞきこんでかぶりを振った。少し離れて、菫児《きんじ》が控えめな声で発言する。

「化粧というか、変装の道具じゃないでしょうか。中敷きの下に、膠《にかわ》を溶かす道具や、付け髭《ひげ》とかも、あるでしょう？　慈仙さんには、どこで必要になるかわからない仕事道具なんですよ」

遊圭たちにいっせいにふり返られて、蓮児はどぎまぎと肩をすぼめた。

「あの、慈仙さんは本当に、なんにでも化けられるんです。男にも、女にも、老人にも。あるとき、嫌われ者の古株の宦官に声をかけられて、やっかいだなーと思ってついていったら慈仙さんだったことがあります。玄月さまに手紙を言付けられたんですが。声まででその老宦官にそっくりで、正体を明かされるまでわかりませんでした」

「それって、いつの話？」

「僕が玄月さまつきになって、すぐだったかな。えっと、前の皇太后さまは廃されていました。皇太后派の宦官を粛清する尖兵《せんぺい》となったのが青蘭会だと、あとで聞きました」

陽元の手足となって、内外の敵を排除していくのが青蘭会の宦官たちだと知って、遊圭は驚いた。

皇太后派による皇后玲玉の暗殺未遂と、大逆未遂が露見して永氏が幽閉されたあと。遊圭は陽元を相手に、外戚《がいせき》族滅法の撤廃を懸けて、必死で医生《いせい》官試験の受験勉強に励んでいた。玄月は遊圭の挑戦に時々手を貸しながらも、そんな暗躍ぶりは、素振りにも見せなかった。

夏沙王国に随行した、文武両道の宦官の面々を思い出して、遊圭の背筋が冷たくなる。

「慈仙が玄月を排除したら、青蘭会は慈仙の思うがまま、ってことだな」

遊圭は無意識に唇を舐《な》めた。誰の思うがままなら、玲玉と帝国のために最良なのかはわからないが、少なくとも慈仙ではないと遊圭は思う。

さらに詳しく話を聞き出そうとしたが、菫児《きんじ》が浄身したのは、遊圭が外戚族滅法から逃れるために、女装して後宮に逃げ込んだ時期よりもあとで、玄月の侍童になったのは永氏が幽閉されたのちだ。

玄月が小間使いの菫児に、青蘭会の機密を漏らすはずがないのだから、学問所で聞き及んだ噂や、何気なく耳に入ってきたことしか、菫児も情報を持たなかった。

「その青蘭会って、いつ発足したのか、菫児は知ってる？」

「大家《ターチャ》が鍛錬道場に改築なさっていた青蘭殿で、落成の宴《うたげ》にお気に入りの宦官を集めたのが始まりだそうですから、前皇太后さまが幽閉されたのと同時期だと思います」

陽元が即位したばかりのころは、永氏の犯罪は明らかではなかった。疑惑を調査しようにも人手不足で、未成年でずぶの素人の遊圭を、皇太后宮に送り込んだくらいだ。

あるいは皇太后派の残党を燻《いぶ》り出すために、陽元は青蘭会を結成したのかもしれない。

遊圭は、永氏の断罪された冬の終わりから指を折り、すでに五年が過ぎたことに深い感慨を覚えた。

骨の芯《しん》まで凍えるような早春の深夜。宮城の暗渠《あんきょ》を抜けて後宮からの脱出に成功したと狂喜する遊圭を、牡丹雪《ぼたんゆき》の降りしきる濠川《ほりがわ》で待ち構えていた玄月の黒い影。

あのときは、捜査の協力と引き換えに、遊圭たちを後宮から解放するという約束を反故《ほご》にされたことに、怒りしか見えていなかった自分が恥ずかしい。

逃亡の罪を問われれば、遊圭だけではなく、明々《めいめい》とその家族も巻き添えにしていたであろう。遊圭に対して、好意のひとかけらも抱いていない玄月の本意がどこにあったとしても、結果的に、後宮に留《とど》まることで族滅法の撤廃が叶《かな》ったのだから、玄月には命を救われたことになる。そのあとも、親友の危機を二度も救われた。

「うん、一生分の借りを返すには、あらゆる伝手《つて》を使って、わたしが生きていることを都に知らせないとならないな」

遊圭は化粧道具の箱の蓋を閉じると、ナスルに頼みごとがあると告げた。

二、楼門関・方盤城　立春（陰暦一月中旬）

時はひと月前、厳寒の楼門関《ろうもんかん》に遡《さかのぼ》る。

春節の賑《にぎ》わいも落ち着いたころ、陶玄月は定期報告のために、楼門関を擁する方盤城《ほうばんじょう》の太守《たいしゅ》、劉源《りゅうげん》の政庁を訪れた。

「陶監軍《かんぐん》、ようこそおこしくだされた。ルーシャン将軍の帷幄《いあく》では、うまくやっておられるかな」

方盤城における任期を終えれば、帝都に戻り、軍務大臣である兵部尚書《へいぶしょうしょ》の席が約束されている劉太守は、鷹揚《おうよう》な態度で皇帝の耳目たる監軍使を迎える。

玄月は秀麗な面に、柔らかな笑みを湛《たた》えて、丁寧な物腰で揖礼《ゆうれい》を捧《ささ》げた。

「太守のお陰をもちまして、つつがなく職務を務めさせていただいております」

宦官にしては低い、しかし、どこか少年じみた澄んだ声は、老成した見た目とは違和感がある。薄墨色の直裾袍《ちょっきょほう》に、帝都の宮城の外では滅多に見ることのない、丸い宦官帽を被《かぶ》った青年。

緋《ひ》衣金帯の高級官僚たる自分が、後宮の奴僕《ぬぼく》がごとき宦官と、公の場で対面し、対等に言葉を交わすなど、劉太守は内心では穏やかでない。だが、監軍使は皇帝の代理人として、太守と同等か、それ以上の権限を授けられている。その権威はこの楼門関と方盤城に勤める軍関係者に限られたものではあるが、劉太守もこの地の防衛に責任がある以上、監軍の機嫌を損ねるような態度は取れない。

定期的に呼び出しては、仕事や暮らし向きに不便がないか訊《たず》ね、わざわざ都から取り寄せた、辺境では口にできない酒や馳走《ちそう》で饗応《きょうおう》したり、宦官の大好きな金品で歓心を買い、帰京時の査定に手心を加えてもらう。

一般的に、監軍使は人気のない役職とされている。

後宮で消費される、膨大な食材や調度衣料品、その他の消費物品にかかる莫大《ばくだい》な経費の、中抜きや賄賂《わいろ》で懐を温める宦官にとって、薄給で無骨な軍人兵士ばかりの辺境では、私腹を肥やす旨味《うまみ》はない。しかも、司令部とともに遠征にも従う監軍は、戦死する可能性もあるのだ。

皇帝や同僚に疎まれ、後宮に居場所のなくなった宦官の左遷先でもあった。

それでも、後宮内における妃嬪《きひん》の寵《ちょう》争いや、宦官同士の派閥闘争から逃れて、開放的な気分に浸る宦官は珍しくない。都ほどの遊興や贅沢《ぜいたく》は得られないにしても、宮城の出入りやしきたりに厳しい制限のある後宮に比べれば、上位の宦官に頭を押さえつけられる心配もなく、自由に遊び歩き、巷《ちまた》の味を堪能《たんのう》できるのだ。

辺境の有力者たちは、異郷の地で、孤独と自由の狭間《はざま》に揺れるかれらを、思惑通りに操るために、ちょっとした心の刹那《せつな》を突いて、底のない享楽に引きずり込む。

美味飽食と、金品、そして遊郭。

生殖能力を取り去られたからといって、性愛への執着がなくなるわけではない。辺境で調達できる最高の遊女を見繕って差し出せば、さらに皇帝への報告に手心を加えてくれるものだ。

しかし、この陶玄月という若い監軍は、どうもやりにくい。美酒美食で歓待しても、適当に口をつけるだけで特に感銘を受けたようすもなく、日が暮れる前には、ルーシャン游騎将軍にあてがわれた官舎へと帰ってしまう。

――欲のない宦官なんてものが、いるはずがない。

前任の監軍はもっと取り入りやすかった。饗応を申し出て断られたことはなく、差し出す金品は感謝を込めて受け取り、馴染《なじみ》の妓楼《ぎろう》でも存分に楽しんでくれた。

それが、新任の監軍は軍務局から出てくることがほとんどない。常にルーシャンの帷幄にあり、朔露《さくろ》軍と遭遇する危険もある関外の見回りにも同行する。日中でも気温が氷点を超えることのない厳冬期でさえ、何日も塞外《さいがい》から帰らないことも珍しくない。

――何が面白くて生きているのか。

秀麗な面に、ひと当たりのよい微笑を絶やさない青年に、劉源はむしろ気味悪さを覚え始めていた。しかし、宦官《かんがん》であろうとなかろうと、欲を煽《あお》って落とせない人間などないと信じる劉源だ。なんとしてもこの宦官を籠絡《ろうらく》して、次期兵部尚書の椅子を確実なものにしておきたかった。

「去年から、朔露軍の攻勢が鎮まってきてほっとしているところだが、先の報告書では、朔露の総攻撃は春半ば以降と、陶監軍はお考えとか。それは、ルーシャン将軍も同意するところか」

玄月は口元の微笑を保ったまま、ゆるりと首をかしげた。端整な顔立ちに、白磁のごとき滑らかな頬は、この青年をまだ十代のようにも見せている。しかし、瞳《ひとみ》の色は深く老成し、いつ見てもほのかな笑みを湛える表情は、抑制が利いていた。

「いえ、ルーシャン将軍の予想に同意しての、私の意見です。軍務局から差し上げている報告にも、そのように記載されているのではありませんか」

劉太守はかすかに慌てた。

「あ、いや。うむ。どの部署からの報告書にも、すべて目を通している。補給や兵糧の確保は、わしの責任であるからな。いかなる変事においても、対応できるよう、前線からの報告を最優先に処理している」

玄月はわずかに首を前にたおし、謝意を表した。

「そうしていただければ、ルーシャン将軍も安心して国境の守りに専念できましょう。大家《ターチャ》の最大のご関心は、西大陸を征服し、夏沙《かしゃ》王国を降《くだ》した朔露の動向にあります。辺境の民が心安く過ごせる日々を取り戻すためにも、卑官も微力を尽くす所存です」

「そういえば、夏沙王国に嫁いだ麗華公主様の行方は、いまだにつかめないのであろうか。陶監軍は、捜索隊を出されたという話を聞きましたが」

玄月はゆるゆると首を横に振る。

「捜索隊、という規模のものではございません。公主様の近侍であった者から、天鋸《てんきょ》行路経由で書簡が届きましたので、その足取りを確認させに部下を派遣しました。まだ帰還の報告はありません」

劉太守は痛ましげに顔を歪《ゆが》めて、うむうむとうなずいた。

「御妹君の消息がわかれば、皇帝陛下のお心も少しは安んじられることと思う。貴官の部下が無事に戻ることを、わしからも祈らせてもらおう」

「ありがとうございます」

「ところでだな」

劉太守は、書机に肘《ひじ》をつき、ずずっと身を乗り出した。

「ルーシャン将軍の身辺についてだが、城内にいるときは、夜な夜などこかへ出かけているようである。その行き先を監軍はご存知であるか」

玄月は薄い笑みを頰に張り付かせたまま、年季の入った政治家の顔を見つめ返す。

劉源は娘をルーシャンに嫁がせている。高位の武官の正妻は、人質として都へ留《とど》まらねばならないため、任地には連れてきていない。辺境に釘付《くぎづ》けにされたルーシャンが、その独り身を持て余しているのではと、劉源は疑っているのだろうか。舅《しゅうと》として、婿の夜遊びを不快に思うのは当然ではある。

「ルーシャン将軍がですか。私は夜は早く休みますので、何も知りませんが」

演技か本気か、軽くかわされた劉源は、眉《まゆ》を寄せる。

「将軍は、貴殿を花柳街《かりゅう》にご案内せぬのか。武人とはいえ、気の利かぬことだ」

婿の無粋を詫《わ》びるような口調のあと、ふっと空気に走った緊張に、劉源の卓上に置いた手が固まる。部屋の気温が急に少し下がったような、奇異な感覚。

玄月の口元から微笑が消えていた。涼しげな目元に鋭い棘《とげ》がのぞく。

「私を、花柳街に、ですか」

自嘲《じちょう》を含んだかのような、短く鋭い反問に、劉源の背筋に冷たい感触が走った。

劉源は肩を軽く動かして、凝りをほぐす素振りとともに、老獪《ろうかい》な笑みを浮かべる。

軍務局に配置した部下からは、陶監軍は仕事熱心で浮ついた素行もなく、賄賂も受け取らないと聞くが、どうやら真実らしい。色の誘いに乗ってこない相手と見極め、即座に話題を変えた。

「総指揮官たる者が、夜遊びに溺《おぼ》れているようであれば、全軍の士気にもかかわる。前線の指揮官の素行を監視し、その行状を公私ともに把握しておくのが、監軍の役目ではないかな」

すぅっと、時間を巻き戻したように、玄月の口元に微笑が刷《は》かれる。

「なるほど。確かにそうです。ルーシャン将軍は大軍の運営にそつがなく、緩衝地帯で頻発する戦闘でも、無駄のない用兵で朔露や夷狄《いてき》を押しやり、兵士の評判もすこぶるよいので、勤務時間外の行動まで監視する必要は感じませんでした」

劉源は、親子以上に年の離れた若造を相手にしているというのに、こちらの調子に引き込めず、苛立《いらだ》ち始めていた。わざとらしく咳払《せきばら》いをして、声を整える。

「もちろん、仕事さえ過不足なくこなしていれば、問題はない。ただ、この夜間の外出、雑胡《ざっこ》や、胡人の兵士らも巻き込んでいるという噂が、こちらの方に聞こえてきている。ただの女遊びならともかく、金椛《ジンファ》軍の内に、異民族による派閥ができて、援軍との間に対立が起きても困る」

玄月は感銘を受けたかのように、瞬きをして劉源の忠告に深くうなずいた。

「辺境守備の宿痾《しゅくあ》とでもいうべき、課題ですな。こちらから国境を広げていけば、そこに先住する異民族をも領土に抱えることになり、敵の侵略を防ぐためにも、周辺国からの難民を受け入れざるを得ない。結果、国境を預ける兵士らは言葉も文化も異なる、不揃いの軍隊となり、対立や分裂の危険を内包しながら、敵に向かわざるを得ない」

「まことにその通りだ。監軍殿。そしていまや、金椛帝国の存亡をかけた戦の総指揮を、我々は異民族の将軍に預けているのだ」

婿と舅の間柄でありながら、なお異民族に対する警戒心から解き放たれない。劉源は、余人の羨《うらや》む地位にありながら、明日の命運をおのれの信じられないものに、懸けなくてはならないのである。

玄月の頬がさらに和らぎ、ふっと息を吐く。

「だからこそ、太守殿はルーシャン将軍の羈絆《きはん》とすべく、秘蔵のご令嬢を国のために差し出されたのでしょう？　首尾良く朔露の大軍を撃退できれば、国を救ったルーシャン将軍の手柄は、郡太守の功績となります。将軍のご正室は、夫とお父上が同時に位階を昇進する、名誉あるご婦人として、世間の羨望《せんぼう》を集めることでしょう」

一族を挙げての帝国に対する奉仕を褒められて、劉源はにこやかにうなずき返した。玄月の追従を、任期の終わりを待たずとも、朔露軍撃退のあかつきには、昇進確実の言質として解釈する。

劉源は、玄月の辺境における生活や任務に、不便や不都合があれば、直ちに取り計らうので、いつでも遠慮なく申し出るよう念を押した。

「温かなお志、感謝します」

玄月は丁寧な礼とともに、退室した。

執務室を出て、廊下の左右にひと気のないことを確認してから、玄月は胸の底から長く息を吐いた。貼りつかせた微笑で強《こわ》ばった頰をなで、無表情に戻る。深く息を吸い込み、またゆっくりと吐く。

――ルーシャンの夜遊びについては、とっくに調べさせている。

太守の扇動に、玄月は内心で毒づいた。

ルーシャンの周囲には、かれが胡騎校尉《こきこうい》に出世し、正規の軍人に抜擢《ばってき》されたときから、将兵の中に玄月の耳目を配置してあった。異民族ながら重要な地位についたルーシャンを監視するためというよりは、楼門関を通しての、夏沙王国や朔露可汗《かがん》国の情報収集を迅速にするためであった。やがて、西方諸国からの難民が増え、朔露の劫掠《ごうりゃく》が激しくなると、金椛領内に入り込んでくる敵の間諜《かんちょう》に対する警戒も、強化する必要が増えた。

ルーシャンが游騎将軍に昇進したのを機に、玄月はさらに密偵の人員を増やし、胡人部隊の動向にも目を光らせていた。

――確かに、ここのところ、夜歩きの頻度は増えてはいるが。

年が明けてしばらくは、あちらこちらで祝祭や宴が続くのはいたしかたない。だが、玄月は、劉源の忠告を無視することはしなかった。自分が何かを、見落としているという気もする。

――朝帰りでも、酒や脂粉の匂いをさせていないときがたびたびある。

新しい職務にも、都とはまったく違う任地の気候にも慣れてきた。さらに踏みこんだ調査にとりかかるべきか。

考え込みつつ、階段へ続く廊下を曲がろうとしたとき、慌ただしい足音がこちらへ向かってきた。玄月は、用心して立ち止まる。

角を飛び出し、あやうく玄月にぶつかりそうになった相手は、「おっと、失礼」と横に跳びのいた。

ぷんと酒の匂いが漂う。

年は三十を数えたくらいか。無官をあらわす水色の袍《ほう》に、胥吏《しょり》にしては派手に赤く染めた革帯を締めた男は、玄月のなりを見て表情を変えた。ほとんど無意識に一歩下がり、裾《すそ》を引く仕草には、袖《そで》が触れることすら避けようとする嫌悪感がほの見えた。

「貴様は誰だ。なぜこんなところにいる」

居丈高な口調で、不機嫌に問い質《ただ》す。

目が充血しているのは酒気が残っているせいだろう。しかし、頬骨にまで赤みが増したのは、予期しない場所で予期しない人種に遭遇した戸惑い、それも、出会う前から侮《ぶ》蔑《べっ》の対象として刷り込まれてきた種類の人間に、道を譲ってしまったことへの腹立ちが混ざり合っていた。

その身にまとっているのは、官服ではないが上等な絹だ。端整な顔立ちに、生まれついて他者に命じる習慣のついた青年は、それなりの家柄の出身であろう。玄月は袖に入れた手を合わせて顔の前まで上げ、背を丸くした。低く腰を曲げ、恭しく揖礼《ゆうれい》する。

「楼門関に派遣されております、監軍使です」

淡青衣の青年は、ふんと鼻を鳴らして「気をつけろ」と吐き捨てる。玄月は揖の姿勢のまま、袖の下から窺《うかが》うようにして、せかせかと歩み去る青年の背中を盗み見た。

「劉宝生《ほうせい》」

玄月は口の中で小さくつぶやいた。

劉源太守の長男、劉宝生は国士太学《こくしたいがく》の優等生であったが、試験で不正を働いていたことが露見して、昨年の夏に放校された。表向きは自主退学となっているが、国士の位も剝奪《はくだつ》され、官僚登用試験の受験資格も失った。この先、どれだけ勉学に励んでも、官僚になれる見込みはない。自暴自棄になり、酒色に溺れる放漫な生活ぶりが父親の耳に入り、都から辺境に呼び寄せられていたことは、玄月も聞き及んでいた。

玄月は人差し指と中指を伸ばして、唇をなぞった。口の端が上がっていないことを確かめ、回廊を曲がって階段を下りる。

宝生と劉一族の国士太学における不正を暴くために、玄月が陰から糸を引いていたことは、その糸であった星遊圭と、ごく一部の人間しか知らない。劉宝生は、自分の未来を奪った人間と、たったいますれ違ったことを、おそらく一生知ることはない。

床を打つ自分の足音が軽くならないよう、玄月は慎重に政庁の階段を下りていった。

劉宝生は、太守の執務室の扉を乱暴に開けて、足音も高く室内に入る。劉源は顔を上げて、うんざりした顔で息子を迎えた。

「また昼間から酒を飲んでいるのか。いい加減、仕事を覚えたらどうだ」

「実務なんか覚えたところで、私にどうしろというのですか」

「国士太学を放逐されたからといって、官僚になる道が閉ざされたわけではない。わしが兵部尚書になり、さらに出世すれば、おまえの官位くらい、いくらでも買ってやることはできる」

ふん、と宝生は鼻で笑った。

金で買った官位など、生涯他者に嘲笑《あざわら》われるだけで、ろくな官職にありつけない。官界で成功するためには、官僚登用試験に上位成績で合格、という栄光を手に入れることがなにより重要であった。宝生は特に、国士太学の童試《どうし》で、首席の座をたかが十二歳の子どもに奪われた屈辱から、本番の官僚登用試験では、首席で合格することにこだわっていた。

「兵部尚書になるのに、宦官《かんがん》なんぞに尻尾《しっぽ》を振る必要があるとでも？」

父親に悪態をついたところで、現状が変わるわけではない。

「監軍ともなれば、皇帝の側近だ。下手な扱いはできん」

宝生は鼻から噴き出す勢いで笑い出す。

「ちらっと見ただけですが、ずいぶんときれいな顔の、青二才でした。皇帝の稚児《ちご》が、同僚に妬《ねた》まれて、辺境に飛ばされたクチではありませんか。ろくな美姫《びき》のいないこの町では、飢えた将兵どもの気晴らしにちょうどいいおもちゃですよ」

劉源は、掌《てのひら》で書机を叩《たた》いた。その音の高さに、宝生はびくりと肩を揺らし、反射的に背筋を伸ばす。

「いまの楼門関は、明日にも朔露可汗の軍が攻めてくるかもしれんのだ。宦官といえども、無能な稚児を派遣するほど、朝廷も甘くはないぞ」

昨年の晩秋より赴任してきた玄月の勤務ぶりから、劉源は新任の監軍が無能ではないことを知っている。必要以上に勤勉で、職務熱心であることも、軍務局に勤める役人から知らされていた。

「あの監軍に手を出す将兵は、楼門関にはいない。就任当時は多少のいざこざはあったようだが。人間を顔や見た目で判断したら、ろくな目に遭わんという証明だ」

劉源は机に積み上げられた書簡から、一巻の書状を引っ張り出した。

「陶監軍の筆跡だ。並みの教養で書ける字ではない」

忌まわしい物でもつまみ上げるように書状を受け取った宝生は、なにかの手本のように整った書体と美しい筆跡に驚いた。眉間《みけん》に皺《しわ》を寄せ、食い入るように見つめ、それから左手で頭を押さえて考え込む。

「この筆跡、どこかで、見た覚えが……」

宝生は残った酒気を払うように、頭を振った。

「陶、監軍といいましたね。名前は、年は？」

「陶紹《しょう》、字《あざな》は玄月という。年齢は陛下と同年ということだから、二十二、三か」

「陶玄月！」

宝生は忌々しげに吐き捨てた。十年前の童試で、宝生の首席合格を奪った小童《こわっぱ》だ。さんざん嫌がらせをして、退校まで追い詰めた相手だが、まさかこんなところで再会するとは。そこまで思いだし、宝生はぎくりとした。頬から血の気が引く。

玄月が当時のことを覚えていたとしたら、自分を恨んでいるのではないだろうか。いや、嫌がらせを実行したのは自分ではない。他の生徒を雇ったり、脅したりして、自分は表に出ることなく屈辱を与え、恐怖感を植え付けることで玄月を退校に追い込んだのだ。

自分はいつでも、配慮のあるおとなの同窓生を演じて、内気な少年を慰め、いたわり、励ましていたではないか。

いや、そんなことより、

「父さんは、陶玄月の出自を知っているのですか」

急に真剣な目つきで身を乗り出してきた息子に、劉源は驚いて肩を引く。

「いや、かれが赴任してすぐに、身元の調査に都へひとをやったが、そろそろ帰ってくる頃ではないか。宦官の出自など、たかが知れたものだ。どこかの書生くずれが、金に困って後宮に身売りしたのだろう」

「玄月の父親は、陶名聞《めいぶん》ですよ！」

その人物の名を聞いても、劉源はとっさに息子の焦りが理解できない。それでも目を細めて、頭の中の紳士録を高速でめくり始める。

「陶名聞、今上皇帝が東宮であられたときに、太子府で教鞭《きょうべん》を執っていたあの男か」

「ええ。十年前に父さんが弾劾して、族滅に追い込んだ、陶一族の生き残りです」

「そういえば、名聞は今上陛下に乞《こ》われて、死罪を免れたのだったな。司礼太監にまで登ったとは聞いていたが、親子で宦官になっていたのか」

劉源の眉間に、深い三本の皺が刻まれた。

「あの若造、かの弾劾事件を覚えているだろうか」

「十二といえば、まだ子どもですが、玄月は優秀な少年でしたから、あるいは」

「わしは、陶家を濡《ぬ》れ衣《ぎぬ》や冤罪《えんざい》で陥れたわけではない。正義はわしにある。分家の名聞親子は、本家の巻き添えを食っただけではあるが、わしを恨むのは筋違いというものだ」

正論としてはそうであるが、人間は逆恨みをするものだ。しかも、劉源は政敵を追い落とすために、執拗《しつよう》なまでに些細《ささい》な罪まで掘り起こし、醜聞を煽《あお》り立てて、容赦なく弾劾し、破滅させてきた。その一方で自分自身の不正については、巧妙に隠して一族の勢力を伸ばしてきたのである。真実を知る者から見れば、恨まれないのが不思議というものだろう。

ここで監軍の機嫌をとっておけば、今上陛下のお覚えもめでたくなろうというところであったが、玄月がどのような査定を劉源にくだすつもりか、心許《こころもと》なくなってきた。

かといって、下手に皇帝の寵臣《ちょうしん》を処分すれば、あとが面倒だ。

劉源が息子にその不安を吐露すると、宝生は思案の末にこう言った。

「玄月のことは、私にお任せください。国士太学では、面倒を見てやった相手です。接近して、本心を探り出すのは難しくないでしょう。我が劉家を仇《かたき》と恨んでいるようであれば、それなりの対処をせねばなりますまい」

宝生は顎《あご》を撫《な》でながら、宙をにらんだ。

ようやく長男が酒と女以外のことにやる気を出してくれたと、劉源は喜んで宝生を励ました。

「おまえたちが放校されたのは痛手であったが、一代くらい官僚を出さずとも、我が劉家が落ちぶれる心配はない。おまえは上手《うま》く立ち回って財産を残し、しっかり孫を教育するのだな」

「ええ、父さんの出世の邪魔になるものは、すべて捻《ひね》り潰《つぶ》してごらんに入れます」

親子は視線を交わして、同時ににまりとほほ笑んだ。

「では、わしの幕友として、以降はルーシャン将軍との連絡係を務めよ。そうして軍務局に人脈を作り、陶監軍に接近するのだ」

玄月が軍務局へ戻ったのは、すでに午後も遅かった。

重たい毛皮の外套《がいとう》を脱ぐと、急に体が軽くなる。喉《のど》まで凍らせる外気を防いでいた襟巻を外せば、布にしみこんでいた呼気の湿気が、細かな氷の破片となってハラハラと床に落ちた。

暦のうえでは立春だが、西北の地が春を知るのはまだまだ先のことだ。

厨房《ちゅうぼう》からは夕食の匂いが漂ってくる。軍務局の階下に染みついた、濃厚な羊の臭いだ。いつもと同じ、固い麵麭《パン》に、骨付きの羊肉と玉葱《たまねぎ》を煮詰めた献立は、毎日変わらない。芋や根菜、あるいは時に干しブドウも入るが、その顔ぶれも限られている。

玄月が食堂で食事を摂《と》ることは、ほとんどない。ルーシャンが幕僚をねぎらって催す宴会に招かれれば断ることはしないが、そうでなければ常に自室で三食を摂っている。

柔らかな黒褐色の髪を総角《あげまき》に結った侍童が、夕食を運んできた。玄月は机上の書類を脇に寄せて、膳《ぜん》を置かせた。まだ少年ながら、鼻梁《びりょう》の高い胡人特有の顔立ちは、金椛人の少年よりもおとなびている。

「郁金《うこん》、初仕事だ」

名を呼ばれた少年は、給仕の手をとめた。二重まぶたの大きな目を見開いて、黄色みがかった薄茶色の瞳《ひとみ》で主人を見つめ返し、次の言葉を待つ。

玄月が身の回りの世話をさせているこの侍童は、異性を知らずして宦官にされた通貞ではない。三年前に都の陋巷《ろうこう》で拾った、雑胡の孤児だ。その年、夏沙王国より帰還した玄月は、宦官ではない部下を増やす必要を感じた。帰国後に配属された東廠《とうしょう》の幹部は、宮城の警備と、皇族の護衛を務める錦衣《きんい》兵を動かす権限を有していたが、玄月が必要としたのは兵隊ではなく、かれ自身の手足となり、宦官には難しい仕事をこなせる人間であった。

当時は、夏沙王国に亡命していた前王朝の生き残りが、金椛帝国の転覆を謀っていた。また、楼門関を有する河西《かせい》郡には、朔露可汗国に滅ぼされた諸国からの難民があふれかえり、帝都には胡人の人口が増え続けていた。そのため玄月は、朔露側の間諜《かんちょう》を摘発するために、外見で疑われることのない、胡語を操れる密偵を増やす必要に迫られていた。

幸い、東廠における勤務は、後宮外の仕事も多く、巷《ちまた》に出て人材を探し出し、吟味する時間には困らなかった。

その中でも、この雑胡の少年は奇貨ともいうべき拾いものであった。

雑胡とは、胡人と金椛人、あるいは祖国の異なる胡人を父母とする人々のことである。文化や言葉を異にする、姿形の違う人々が、折り重なるようにして住む西方諸国では、郁金《うこん》のような子どもたちが、絶えず生まれてくる。

陋巷で拾ったときは、栄養失調のためか十歳にも見えなかったが、すでに三カ国語を習得し、都に流れ込む胡人の通訳をして口に糊《のり》していた。父親の顔は知らず、金椛人の母親はすでに亡く、叔母《おば》を名乗る後見人と交渉して、少年を端金《はしたがね》で買い取った。

その瞳の色にちなんで『郁金』と名付け、実家で一年あまり養い陶家への忠誠を教え込み、次に知己の商人に預けて、幅広い教育を受けさせた。そして監軍使に任命されて以来、都からずっと玄月の身の回りのことをさせ、今後の仕事に必要な知識や技を教え込んできた。

「ルーシャン将軍の身辺調査を頼む」

郁金は返事はせず、玄月の口元をじっと見つめる。後宮に出入りしても不審がられないように、ふだんでも必要がなければ言葉を発しない。

「将軍は、方盤城に勤務するときは、毎晩のように出かけて、深夜や明け方に帰ってくる。これまでの記録によると、七日周期で遊郭、胡人の教会、胡人移民の有力者の邸《やしき》、と一定の決まりがあるようだ。この周期によれば、今夜は『飛天楼《ひてんろう》』なる妓楼《ぎろう》に寄る。七日の初日にあたるこの日は、妓楼帰りであるのに、脂粉や香料の匂いをさせて帰ったことがない。この妓楼の門に面した茶楼の二階に部屋を手配した。そこでルーシャン将軍と妓楼を出入りする人間を見張り、報告しろ」

郁金は、玄月の命令の要点だけを低く反復して、一礼した。

食事を終えると、玄月は郁金の髪を下ろして波打たせ、胡人の移民と同じ風体にして送り出した。

翌朝、玄月が目を覚ますとすでに、郁金は手水《ちょうず》の支度をすませており、熱ごてを当てて皺《しわ》を伸ばした玄月の直裾袍《ちょっきょほう》の用意も終えていた。

「ルーシャン将軍は、いつものように飛天楼においででした。遊郭を出られたのは深更を過ぎていました。将軍のご様子に変わりはありませんでしたが、妓楼の方に不可解なことを発見しました」

着付けを手伝いながら報告する郁金《うこん》に、玄月は先を促す。

「飛天楼に入っていった人数です。みな、胡人で、金椛人はひとりもいません。深夜までに百人は入ってきましたが、明け方までに出てきたのはその半数くらいです。泊まった客の数も確かめるべきかと悩みましたが、玄月さまの朝のお支度に間に合わないといけないので、夜明け前に戻ってきました」

報告を終えた郁金を下がらせ、玄月は書棚から方盤城の城内図を取り出して広げた。

方盤城は、押し寄せる難民と移民のために、古い建物は取り壊し、より多くの人数を収容できるよう、城下のあちこちで新築や改築の工事が行われていた。

ルーシャン行きつけの妓楼『飛天楼』は、最近になって再開発された坊にある。図面の面積から割り出しても、百人の客を収容できる広さはない。

遊興というより、集会か何かを催しているのだろうか。胡人はかれらの宗教に必要な設備を建てる許可を朝廷から得ており、この方盤城にもいくつかの教会がある。興胡による商工会議所も設けられ、集会や会議の場所に困ることはないはずだ。

胡人に限られた集会であれば、その目的を明らかにしておく必要がある。朔露の間諜につけ込む隙を与えないとも限らない。

郁金の報告によれば、入っていった客層は、一般兵士から城下の商人、職人、それなりの地位のある軍将校などだ。城の外に住んでいる牧人もまぎれ込んでいたらしい。

その日の午後、金椛兵士を飛天楼に客として送り込んだが、成員でないと断られてしまったという。

「胡人のみを客とする遊郭か。金椛人はお断りというのも穏やかではないな」

豪胆なルーシャンが、胡人だけの秘密めいた集会をする理由がわからない。

ふたたび郁金に命じて、遊郭内に忍び込ませ、中を探らせた。警備は厳しくなく、数人の遊女がしどけなく遊んでいるのを見かけたくらいで、とくにはやっている気配もない。また、収容できるのかというほどの大人数が入っていくのは、二日か三日おきに限られ、それ以外の日は閑散とし、月の半分は営業していないともいう。また、楼閣の拡張改築の工事をしていて、頻繁に建材が運び込まれ、土砂が運び出されている。

玄月は、方盤城の最新の条坊図を取り寄せた。それによると、飛天楼は南側の城壁に沿った坊にあり、城壁の外側には墓地があった。

「抜け穴でも掘っているのではなかろうな」

朔露と内通するための抜け道であれば大変なことだが、この集会の首謀者が楼門関防衛の責任者であるルーシャンであれば、このような小細工は必要のないことだ。金椛帝国を裏切り、楼門関を明け渡したければ、朔露の来寇《らいこう》に応じて降伏し、開門を命じればいい。

「異国人の考えることは、わからん」

玄月は首をひねった。

「明日の午後にでも、このあたりまで遠駆けしてみるか。郁金《うこん》に乗馬を教える必要もある」

辺境における玄月の日々は、非常に忙しい。軍の監察という職務を超えて、前線の斥候がもたらす朔露軍の動向や、さらに遠くへ送り込んだ間諜が持ち帰る情報の分析。そして少しでも時間があれば、彼自身が、机上で学んだ兵学や兵法について、読み返しては現状に当てはめて、考察する。

しかし、ルーシャンの不可解な行動と、胡人らの不穏な動きは、早急に調べる必要があるだろう。

ゆえに、いつしか政庁と軍務局を行き来するようになり、玄月を見かければ声をかけてくる劉宝生の存在がうっとうしい。軍務局でふたたび顔を合わせたときは、いきなり字《あざな》で呼びかけ、足を止めた玄月に清々《すがすが》しく話しかけてきた。

「玄月殿、先だっては大変な失礼をした。酔っ払っていたからといって、許される言動ではなかった。あとで酔いが醒《さ》めてから、ひどく恥ずかしくなり、後悔した。お詫《わ》びに一献どうかな」

玄月が旧知の友で、かつ普通の官吏であるかのように、こだわりのない笑顔で食事に誘う。一、二度は丁寧に断るが、三度も断ると劉太守の顔を潰《つぶ》すことになりかねない。

「では、今日の勤務が終わりましたら」

正午の退庁を告げる太鼓が鳴り響くと同時に、宝生は玄月の執務室の扉を叩《たた》いた。郁金が取り次ぎに出るのを待たずに、書類と地図と、伝票が山積みの室内に入り、勝手に歩き回る。

「これは、監軍の仕事ではないだろう」

弓矢の納品数を記した木簡を拾い上げて、宝生はあきれた声を出す。

「私の仕事ではありませんが、新参の軍吏には、なぜか私に記載事項の確認を求めに来る者が多いのです」

軍隊に潜ませた密偵との接触方法のひとつであるが、教える必要のないことだ。

連れだって出かける若く秀麗な宦官《かんがん》と、端整な貴公子は、軍務局では人目を引く。中央から赴任している官吏や軍人が使う高級酒楼でなく、地元の裕福な庶民が利用する、茶楼の個室に席をもうけたところを見ると、玄月と親しくしているところを、同僚に見られたくないのだろう。

名門官家の御曹司のならいとして、骨髄にまで刷り込まれた宦官に対する嫌悪感と差別意識を、官家に生まれその選民教育を受け、少年期以降の人生を宦官として生きることを強いられた玄月は、骨身に沁《し》みて知っている。

「玄月殿は、私を覚えておられるか？」

あらゆる陰湿な嫌がらせをして、八歳も年下の少年を国士太学から追い出したことはなかったことにして、宝生は面倒見の良い年上の同窓生という態度を貫き通す。

「すみません。後宮に上がる前後のことは、あまり記憶に残っておりませんので」

わざと、巷《ちまた》にも知れ渡っている苛酷《かこく》な去勢手術と、宦官教育の苛烈さをさりげなく匂わせて、宝生を牽制《けんせい》する。

「私は、劉大官のことは、どうお呼びすれば良いのでしょう」

「いや、昔のように、宝生と呼んでくれてかまわない。大官などと、なんの官職にも就いておらぬ身で、恥ずかしいことだ」

対等に言葉を交わすことすら厭《いと》わしいであろう宦官を相手に、親しげに接してくる節操のない宝生の振る舞いもまた、前の世代から続く陶家と劉家の因縁を、いかにして解消しようかという、涙ぐましい奮闘であることを、玄月は見透かしていた。

監軍という官職。通常であれば誰もが平伏し、追従する太守の命運すら、いま、この監軍使たる、玄月の掌《てのひら》の上にある。

——父様は、どう言われるであろうか。

後宮においては司礼太監という、宦官としては最高の位に就いている父、陶名聞のまだ四十代とは思えない皺《しわ》びた顔を思い出す。腐刑に甘んじて生き恥をさらすよりは、誇りある自刎《じふん》を選ぶ壮士の常に反して、名聞は孤独な皇太子の師であり続けることを選び、ひとり息子にも宮《きゅう》して生き延びることを強いた。

かれら親子をそのような運命に陥れたのが、宝生の父、劉源太守なのだ。

玄月は宝生と杯を交わしながら、これまで経験したことのない、復讐《ふくしゅう》の甘美な誘惑と戦わねばならなかった。

玄月の大叔父《おおおじ》と劉源が、相容《い》れない政敵同士であったことは、幼かった玄月とは、直接かかわりのないことであった。だが、一方が他方を弾劾するときは、その一族もとことん滅ぼさねば禍根が残る。玄月が劉源であっても、そうしたであろう。現に、粛清の網から取りこぼした禍《わざわい》の芽が、いまこうして今上皇帝の全幅の信頼を受ける宦官となって枝葉を伸ばし、かれらの足下を掘り崩す隙を狙っているのだから。

しかし、星遊圭を手駒として、劉一族の不正を暴く機会を捉《とら》えたときも、玄月は国家の安定という大事を前に、劉源に対する復讐をあきらめた。朔露帝国という強大な侵略者を前に、朝廷に深く太い根を張る劉一族を排除して、国家の分裂を招くことは、愚かなことと思われたからだ。

陶玄月は、個人的な復讐などという些事《さじ》よりも、皇帝の伴星として、国事にかかわる重要な使命と、彼自身のささやかな宿望をその胸に抱いている。

だが、この劉宝生の小物ぶりはどうだ。

三十を過ぎても、いまだ官僚になってもおらず、国士太学を退学した理由を、宝玉は訊《き》かれもしないのに能弁に語った。それは本当のことを話せない以上、薄っぺらな作り話にすぎない。不正の全容が暴露されれば、劉一族の族滅はもちろん、朝廷を震撼《しんかん》させる粛清が始まる。朔露の侵攻を前に、人材の枯渇と人心の動揺を忌避するために、陽元は宝生の自主退学と引き換えに、劉一族の処罰を見送った。

劉宝生はしかし、自分の一族がいかに卑劣な手段で、不正な受験によって官僚を輩出してきたかということを、永遠の闇に隠しおおせると思っている。

宝生個人は、その学識においては、他の追随を許さない。だが、政治家としても権謀家としても、取るに足らぬ存在だ。いや、断言するのはまだ早い。名門官家の嫡子、陰謀に長《た》けた劉源の長男である宝生が、玄月以上に韜晦《とうかい》に長けている可能性は否定できなかった。それに、官界に根を広げた劉一族の力もまた、侮ってはならない。

この、向こうから接近してきた人脈は、陽元の御代《みよ》を平らかにするために、どう有効に使えるであろうか。

ある日の定例軍議のあと、玄月はルーシャンに呼び止められた。

「最近、宝生殿とよく外食しているそうだが」

玄月は淡い微笑とともに答える。

「はい。劉宝生殿には国士太学時代に、短い間でしたがいろいろと世話になりました。この楼門関で再会したことも、不思議な縁であります。この国難について、太守のご令息と言葉を交わす機会も貴重なことと、思いまして」

ルーシャンはふふんと笑って、玄月の肩を軽く叩いた。

「都育ちの若い連中が、この辺境に退屈しているのは、わからんでもない。まあ、宝生殿と俺は義兄弟の間柄でもある。そのうち気が向いたら、俺も誘ってくれ」

何の屈託もなくルーシャンに水を向けられ、玄月は優婉《ゆうえん》な笑みを返した。

「もちろんです。宝生殿にそう伝えておきます」

玄月は、飛天楼での遊興をルーシャンにもちかけるよう、劉宝生をそそのかす機会を得た。

三、天鋸山脈・戴雲王国　春　啓蟄《けいちつ》（陰暦二月中旬）

芽吹きの春。

高山に位置する戴雲《たいうん》国でも、日中は暖かな日射しが降り注ぎ、桃や杏《あんず》など、果樹の蕾《つぼみ》が花びらを開き始めていた。

しかし、異国の宮廷に囚《とら》われた星遊圭には、高原の爽《さわ》やかな大気に漂う、ほのかな花の香りを愉《たの》しむ余裕はない。

牢《ろう》に放り込まれていたあいだも、遊圭は冷たい石の床に敷いた藁《わら》の上で、いまは何をすべきか、ずっと考えていた。誰もが傷つくことなく、あるべき場所に戻り、迫り来る未来の脅威を少しでも取り除くことのできる方策を。

待遇が改善されてからは、いくらか落ち着いて状況を俯瞰《ふかん》できるようになったが、あまり良い策は浮かんでこない。整理できる情報が、足りなすぎるのだ。

ナスルの与えてくれる戴雲国の内情については、いまだにはっきりとした全容は見えてこない。知り得た限りでは、戴雲国は茹《ゆ》でたりない卵のような半熟状態で、少年王を戴《いただ》いた摂政ザンゥひとりの手腕によって、かろうじて五部族をまとめているらしい。

遊圭が組み立てた推測では、摂政は金椛《ジンファ》帝国の後ろ盾を得て、その権威で配下の部族に号令を下したいのだろう。そこへ朔露《さくろ》可汗国の侵攻が迫り、どちらにつくべきか判断をつけかねているのだ。

そうであれば、身元が証明されて客分扱いになったとはいえ、遊圭の立場も薄い氷の上に置かれていることに変わりはない。いつこの首を朔露側への手土産にされるかわかったものではないのだ。軟禁された殿舎の警備の厚さを観察するにつけ、遊圭はますます危機感を募らせた。

強行突破して脱出を図ろうと、真っ先に提案したのは胡娘だ。しかし、その手段をとれば、最悪の場合、全員が命を落とす。菫児《きんじ》は足に軽い麻痺《まひ》が残っているために走って逃げることはできず、武器を使うことも知らない。真人は腕を上げ下げしただけで刀傷が開いてしまうので、しばらく安静にしていなくてはならない。普通の旅ができるまで回復するのにも、ひと月はかかるだろう。

四人のうち、もっとも戦闘力があって、遊圭のためには進んで盾になろうとする胡娘に、危険を冒して欲しくはなかった。

生まれた時から病弱で、十歳まで生きることはないと医者に言われた遊圭が、今日この日まで生き延びて、人並みの健康を得ることができたのは胡娘のお陰だ。

薬師として医師の夫とともに診療所を営んでいた胡娘の祖国は、戦争によって滅ぼされた。家族を失い、奴隷商人の手によって西大陸から東大陸へと売り渡されてきた胡娘は、遊圭が五歳の時に星家に療母として買い取られた。以来、戦禍で失った幼い息子を慈しむように、遊圭を守り育てることを自分の使命として、看病と食養に打ち込んできた。ときには自分自身の命さえ危険にさらして。

そんな胡娘に、董児を帝都まで送っていくよう頼み込むのは至難の業であった。

歩くことを許された庭園に胡娘を呼び出し、董児や真人には聞こえないところで説得を試みる。

「誰かが、わたしが生きていることを知らせに、帝都へ行かなければならないんだよ。それを一番確実に、速くできるのは胡娘しかいない。そして慈仙《じせん》の悪事を暴露するには、慈仙の言葉をその耳で聞いた董児が証言するのが、誰よりも効果がある」

「だが、」

胡娘はためらいながら、董児のいる部屋を横目で見た。

砂漠に荒れ地、山岳地帯を抜けての四千里を、ときに嵐に遭い、盗賊も出るであろう帝都までの旅に耐え抜き、魔窟《まくつ》の後宮へと舞い戻って、慈仙の野望を阻むという困難な使命を果たすには、董児は年齢的にも精神的にも、必要な心身の能力を備えているとは言い難い。

「だからこそ、董児をひとりでは都にやれない。でも本音を言えば、わたしのそばにいても、董児にとって危険なのは同じだ。どちらにしても命の危険を冒すのならば、董児は玄月のために命を懸けるべきじゃないのかな」

口を開こうとして、拒絶の言葉を出せずに唇を嚙《か》む胡娘に、遊圭はさらに頼み込む。

「ねえ、胡娘。わたしを育ててくれたように、菫児《きんじ》を導いてくれないか。菫児が毒苺《いちご》を食べて死にかけたとき、胡娘は必死で看病したじゃないか。菫児も胡娘の息子のようなものだろう？　自分の患者を見捨てられないのが、薬師というものじゃなかったっけ？」

「そういう言い方は、卑怯《ひきょう》だぞ」

胡娘は力なく反論する。

「慈仙が力を増したら、叔母《おば》さんの地位も危うくなるだろう。翔《しょう》太子も安全ではないかもしれない。後宮に戻れたら、叔母さんたちを守って欲しい。わたしの帰る場所がなくならないように。いつまでも胡娘を頼ってばかりで、申し訳ないんだけど」

とうとううなだれて否とは言えなくなった胡娘に、遊圭はさらに重要な仕事を言付《ことづ》ける。死の砂漠を囲むように東進する朔露可汗国の脅威について、できるだけ詳細に皇帝陽元に伝えることであった。

狙われているのは楼門関《ろうもんかん》だけではないことを。

ナスルの連れてきた金椛商人の魏文《ぎぶん》は、遊圭の頼みに応じて天鋸《てんきょ》行路へと下り、城市の駅逓《えきてい》に、帝都と楼門関への速達を投函《とうかん》した。同時に、行路のようすも探る。

遊圭が金椛帝都へ生還すれば、魏文は宮城や官僚階級への伝手《つて》を広げることができる。

星家の御曹司は、できるだけ恩を売っておいて損のない相手だ。

「近辺の都城で聞き及んだところでは、やはり星公子は旅の連れに殺害されたことになっていますね。そちらの橘さんは人相書きまで出回って手配されております」

橘真人は丸い顔をゆがめて天を仰いだ。

「お尋ねの宦官《かんがん》については、すでに都へ発《た》ったもようです。星公子ご本人が金椛軍の駐屯地にお出ましになれば、公子が生存されていることも明らかになり、橘さんの無実の罪も晴れるでしょう」

遊圭は慈仙らが都城を発ってからの日を数えた。

「朱門関《しゅもんかん》へは行程半ばといったところですね。一刻も早く、金椛の軍吏に話をつけて帰国を果たしたいところですが、ここから出て行くことが叶《かな》いません。戴雲国の摂政には、出国を繰り返し願い出ているのですが、まったく糠《ぬか》に釘《くぎ》です。王宮からの外出許可すら出ません。軟禁どころか幽閉状態です。いったいどういう心づもりなのでしょうか」

魏文はかぶりを振って、難しげに答えた。

「戴雲国は国の形を成して五年ですから、外交は不慣れなのです。ようやく部族がまとまってきたところを、先王に先立たれ、朔露可汗国の侵攻に直面しているのです。使えそうな手札が舞い込んできたのですから、方針が決まるまで手放せないのでしょう」

話を終え、退出する金椛商人に丁寧な礼を言い、遊圭は殿舎の門まで送る。そこには、旅支度を終えた菫児と胡娘が待っていた。

「では、魏大人《たいじん》。どうかこの者たちを、無事に金椛帝都まで送り届けてください」

丁寧な遊圭の揖礼《ゆうれい》に、魏文は恐縮して礼を返した。胡娘は眉間《みけん》に皺《しわ》を寄せて、遊圭の顔をのぞき込む。

「ほんとうに、ほんとうに、遊々はひとりで大丈夫か。無理も無茶もするな。薬は毎朝飲むんだぞ」

泣きそうな顔で、この場に及んでまで遊圭の顔色や、毎日摂《と》る薬の種類や量について、念を押してくる。遊圭は胡娘の手を取り、落ち着いた笑みを返した。

「丈夫になったからって無理はしないし、食事には気をつけるよ。発作を起こして苦しい思いをするのはわたし自身だからね。手を抜いたりはしない」

菫児《きんじ》は申し訳なさで縮んでしまいそうな表情で、遊圭と胡娘を見比べた。

「すみません。僕が役立たずだから、みなさんにご心配をおかけして。大事なご用を、ひとりでこなせない自分が情けないです」

遊圭は菫児の肩をポンポンと叩《たた》いた。

「菫児が役立たずだったことなど、一度もない。第一、玄月が役に立たない人間を使うはずがないだろう？　菫児は自分の力をみくびっている。落城する夏沙王都から公主様と逃げ切ったんだ。すごいことじゃないか？」

褒められた嬉《うれ》しさに、菫児は目の縁《ふち》を赤くして遊圭を見つめ返した。

「でも、あのときは義仙《ぎせん》さんや、金椛の兵士や、あの、先生がいてくれましたから」

自信なげに付け加える。遊圭は苦笑を返した。

「この仕事がいまの董児の能力を超えているかもしれない、それは確かだ。だから胡娘についていってもらう。われわれはみんな、万能じゃない。だから、欠けているところは補い合わなくてはならないんだ。わたしは董児より年上で、利用できる地位も人脈もある。橘さんだって、けっこう肝が据わっているし、ナスル殿も協力を申し出てくれている。わたしはわたしで、できるだけ早くここを出て帰国するよ」

出立を急ぐ魏文に促され、それぞれに泣き出しそうな胡娘と董児はようやく、門の外へと足を踏み出した。

石造りの宮殿に囲まれた王宮の石畳を踏みしめながら、ふり返りふり返り手を振るふたりの姿が見えなくなるまで、遊圭は殿舎の門に立ち尽くした。

「さ、中に入りましょう。午後には、賢王殿下と摂政との面会があります」

一緒に見送りにでていたナスルが遊圭に話しかける。

「ようやく、方針が決まったのですか。帰国させていただけるのなら、嬉しいのですが。いまから追いかければ、今日中にあのふたりに追いつけますし」

「いいえ、星公子には、しばらくご逗留《とうりゅう》いただくことになりそうです」

遊圭は静かに息を吸い込み、ゆっくりと吐いた。

後宮の叔母に覆い被《かぶ》さる不安と、玄月の危うい前途には、打てる手を打った。

あとは天命が自分の側にあることを祈るだけだ。

自室に戻った遊圭は、部屋に入ろうとして、中から走り出た小柄な影とぶつかった。蜂蜜《はちみつ》に似た甘い香りと、柔らかな感触、華やかに裾《すそ》の広がった衣裳《いしょう》は、宮殿に仕える女官のひとりだ。

赤く染めた頬を両手で押さえた女官は、ぶつかったのが異国の客人と知って、いっそう慌てふためき、早口で謝罪らしき言葉をわめきながら、衣擦《きぬず》れの音も激しく廊下へと走り去った。

首をかしげながら奥へ入った遊圭は、横たわって堅果《けんか》の蜜漬けを頬張る真人に、苦笑が込み上げた。

「あなたというひとは。よその国の女官に、手を出している場合ですか」

指についた蜜を舐《な》めながら、真人は無精髭《ぶしょうひげ》の伸びきった丸顔に小ずるそうな笑いを浮かべる。

「僕はそんなふしだらな人間じゃありません。ですが、寝台から起きることもできない僕が、この国の言葉を学ぼうと思えば、女官を口説くしか方法がないでしょう？　ところで、シーリーンさんたちは、無事に出発したようですね。見送りに行けなくて残念でしたが」

冴《さ》えない童顔の真人は、長年の放浪と不摂生が祟《たた》ってか、老けた印象に加えて、目の周りに隈《くま》もできている。その割に、なぜか女にもてる。胡楊の郷に滞在していたときも、数人の娘たちと仲良くしていた。男の少ない孤立した郷であるために、歓迎されていたのかとも思えたが、さきほどの女官の反応を見るとそうでもないらしい。

大熊猫《パンダ》を思わせる真人は、笑い方によっては愛嬌《あいきょう》がこぼれ、相手の警戒心を取り除いてしまう特技を持っている。顔の造りからいえば、遊圭の方がよほど整っているはずで、年も若い。しかし、どこへいっても女性に縁のない遊圭とは対照的に、先だって滞在した城市でも、真人は宿に女を連れ込んでは、胡娘に叱られていた。

本人は新しい言葉を覚えるためだと嘯《うそぶ》いているのだから、始末におえない。

「傷が塞《ふさ》がるまでは、動いてはいけません。包帯を替えましょう」

遊圭は医療品の櫃《ひつ》を開けて、清潔な麻布と軟膏《なんこう》を取り出した。清涼な山の湧き水で、滲《にじ》み出る血と膿《うみ》を拭《ふ》き取る。傷の浅いところから薄い皮が張り始めていたが、筋肉まで裂かれた部分はしばらく塞がりそうにない。

軟膏を塗りつけた布を当て、包帯を巻き直す。それから鎮痛と鎮静の効果のある生薬を煎《せん》じて、真人に飲ませた。

「手間をかけさせて、すみませんね」

珍しく、真人が神妙に礼を言った。遊圭は少し驚いて言葉を返す。

「橘さんこそ、自分の危険を顧みずに、わたしたちを助けに来てくれたじゃありませんか。礼を言うのはこちらです」

「まあ、あんまり役に立ちませんでしたけど」

真人は自嘲《じちょう》気味につぶやくと、痛みに呻《うめ》きながら楽な姿勢に横たわる。

「この怪我だって、菫児《きんじ》を庇《かば》って受けたものでしょう。慈仙の背信と目的が、はっきりとわかったのも、橘さんのお陰です。むしろ巻き込んで申し訳ないと思っています」

遊圭はそろえた指を、真人の首に当てて脈を診た。

「少し体温が高いようですが、発熱はしてません。こんな深い傷で化膿《かのう》もしているのに、橘さんは丈夫ですね」

それから丁寧に両手首と足首の脈をとる。

「脾《ひ》胃も問題なし。旺盛《おうせい》な食欲を見れば、測るまでもありませんが。肝に負担がかかっているようなので、薬を煎じておきましょう。慈仙の荷に、けっこうな量の全蝎《ぜんかつ》があったのは運が良かったです。体力がつき、傷が早く治るとされています。ただ、他の生薬との相性が不勉強でよくわからないので、少しずつ足してようすをみますね」

「むしろばんばん入れてもらっていいですよ。早く起き上がれるようになりたいから」

真人の強がりを、遊圭は真面目にたしなめる。

「陰陽の配合というものがありましてね。生薬には、七情の合和があって、相悪《あいにく》み、相反するものを用いる勿《なか》れ、とされています。ひとつの生薬の効果を別の生薬が消してしまったり、ふたつ以上の生薬が合わさることで、逆に有害な作用を生み出したりします。橘さんの体質もよくわからないことですし、とりあえず、手持ちの生薬と全蝎に相反する作用がないか、本草集と医薬書を、見直してみます」

単体で飲ませればさほど問題でもないのだろうが、痛み止めや消炎剤、滋養強壮剤も煎じている。深手を負って体力の衰えている患者を相手に、慣れない薬を使うのは慎重であるべきだ。

遊圭は、この旅のあいだ、ほとんど触れることのなかった荷物を開いた。慈仙が化粧道具を持ち歩いたのと同じように、遊圭がどこへ行くにも手放せないのが、この医療関連の書籍だ。医生官試験を前に、すり切れるまで何度も読み返した医経四巻、本草集、医学の師であった馬延に贈られた鍼医《はりい》書、そして、遊圭といまは亡き星家のひとびとのために、胡娘が羊皮紙に綴《つづ》りつづけた本草書。さらに、生薬を加工する道具一式と、九《きゅう》鍼《しん》を納めた小箱。

医薬書を卓の上に並べてから、触診の途中だったことを思い出して、遊圭は真人の枕元に戻った。

「ほかに痛いところや、凝っているところはありますか」

傷が寝台に当たらないよう、同じ姿勢でいる時間が長くなると床ずれもできやすい。王宮に連れてこられたときは手荒い扱いを受け、はじめのうちは牢《ろう》に寝かされていたこともあって、細かい傷もところどころに残っていた。

今朝までの真人の手当ては、胡娘が主導していたのだが、久しぶりに自分の判断で医療行為ができることに、遊圭は知らず知らず気合いが入っていたらしい。

首の片側がひどく凝っているのを見つけて、鍼治療も施してはどうかなと密《ひそ》かに考える。正式に鍼医学を修めていない遊圭は、経絡《けいらく》に針を刺したり、皮膚を切って患部を開く医療は禁じられている。ただ、自分自身の持病や疲労回復に効く、先の丸い員針でツボを按《あん》じる方法を、馬延から学んだだけだ。

――いや、員針を使った鍼も、医書をおさらいするまでは控えた方がいい。でも経絡に沿って滞留している気を、按摩《あんま》で流すのは害はないはずだ。

遊圭は書に書いてあることを実践したい誘惑に耐えた。おとなしく経絡図を開いて、凝りをほぐし、気の流れを整えるために、真人の首や肩を揉《も》んでやる。

気がつけば、うつ伏せた真人は目をぎゅっとつぶって歯を食いしばっている。

「痛いですか？　だったら言ってください。あまり強くさすったり揉んだりしても逆効果なので、我慢しなくていいです」

「いえ、目を閉じて、秀芳《しゅうほう》さんに看護してもらってるって想像してたら、あんまり幸せな妄想過ぎて、かえってつらくなってしまって」

「何を気持ちの悪いことを言い出すんですか」

鳥肌を立てながら飛び退《の》き、遊圭は卓上の水盤で手をごしごしと洗った。

「えへへ。ふびばへん」

枕に突っ伏したまま、真人は謝った。

秀芳とは、真人と駆け落ちを試みた後宮の女官、周秀芳のことだ。遊圭とともに、初の女性医生官を目指して猛勉強していた秀芳と、かれらの受験勉強を助けていた偽学生の真人は恋に落ちて、何もかも投げ出して逃げようとした。

女性の医生官誕生に、外戚《がいせき》族滅法の廃止がかかっていた遊圭は、ふたりを見つけ出して駆け落ちをあきらめさせようとしたが、思いがけず、皇帝暗殺を企《たくら》む前皇太后派の罠《わな》にかかってしまった。ふたりの駆け落ちそのものが、反政府分子のお膳立《ぜんだ》てだったのだ。

遊圭が誘拐されていた間に、真人と秀芳はお縄となり、真人は投獄され、秀芳は後宮に、連れ戻された。

医生官試験に見事合格したことで、秀芳は脱走の罪を不問にされ、一生を医学に捧《ささ》げることを誓い、真人は温情によって死罪を減じられて都を追放となった。

顔を上げずに枕に押しつけたまま、洟《はな》をすする音がする。

「橘さん。まだ秀芳さんのことが好きなんですか」

遊圭に問われて、真人は枕から少し顔を上げる。ふうと息を吐いた。

「決まってるじゃないですか。あきらめたからといって、忘れられるもんじゃない。ていうか、時間が経つほどに、あんないい女はいなかったなーと思ってしまうんで困りもんです。追放されてから、いい女に出会わなかったわけじゃないですけどね」

「そりゃ、秀芳さんは、天下の美女を集めた後宮でも、医生官になれるほどの頭脳を具《そな》えた、才色兼備の女性です。あんなことがあっても見事に試験に合格した胆力もあるんです。いわば国の宝なんですから、高嶺《たかね》の花どころじゃありません」

真人はふたたび枕に頭を落として、壁に顔を向けた。

「はいー。本当にいい夢を見させていただきました。いっときでもあんな素晴らしい女性に、いっしょに逃げたいと思われるほど、惚《ほ》れられていたんだと思うだけで、僕はたいした人間なんだ、何か成し遂げることができるはずだ、って信じられるんですよ」

――いつか秀芳さんが、僕のことを風の便りに聞いたときに、恥ずかしくないような男にならないとなーってね。

急に小声になったのは、遊圭の耳に入ることを憚《はばか》ったのか。

遊圭よりもひと回り以上も年上なのに、おとなになりきらないところのある真人に、遊圭は少し不安になる。

しかし、都を追放されてから、いや、それ以前に故国を出奔し、万里の波濤《はとう》を越えて異国に渡り、あちこちを放浪したここまでの道のりで、真人がそれなりの修羅場をくぐってきたことは確かだ。怪我をして動けない状態では、いままでの疲れが出て回顧にふけったり、気が弱くなって本心を洩《も》らしたり、ということはあるかもしれない。生まれてこの方、病弱なために床で過ごした時間の長い遊圭には、思い当たることだ。

「とにかく、早く治してください。いくら薬を使っても、いろんな治療を試みても、本人に治す気がないと、治りも遅くなるし、別の病を引き込んでしまいます」

意気込む遊圭に、真人は動かせる方の腕を上げて、「わかってますよ」と手を振って応《こた》えた。

痛み止めが効いてきたのか、うつらうつらし始めた真人を置いて、遊圭は医学書を読み始める。この書を開くのは何ヶ月ぶりだろう。四年前にはあんなに必死で勉強したことなのに、忘れてしまっている部分が多い。

十四歳にして、帝国の医師養成機関である太医署の医生官試験に受かった遊圭だが、女官として受験したので正式な学生にはなれなかった。その後は陽元と玄月に七千里も離れた夏沙王国への旅を命じられた。帰国してからは医師の道はあきらめて、官僚となるために童試の受験勉強に励んだ。そしてせっかく入学した国士太学は、死罪を免れぬ罪を犯してしまった友人を匿《かくま》ったために、罪を問われて退学となり、国境の近くへ流罪にされた。

この転々として定まらない青春の日々、医学への情熱が消えたわけではなかったが、ふたたび医経を開く時間はほとんどとれなかった。

流刑先で、ようやく腰を落ち着ける時間ができたかと思う間もなく、失踪《しっそう》した公主の探索に死の砂漠へ遣わされた。そのために鼻血が出そうなほど星図の読み方を学ぶ羽目になり、医療については、おのれひとりの持病をいたわり、かかりやすい病気の予防と、人並みの体力を維持するための薬食の知識に留《とど》まっている。

この先も学問に打ち込める時間はなさそうではあるが、こんなふうにぽっかり空いた時間くらいは、もっとも興味のある分野の知識を、頭に詰め込んでおきたい。

昼食を終えた遊圭の居室に、ナスルが迎えに来た。最初に連れてこられた謁見の間ではなく、宮殿の奥へ奥へと進む。ザンゥ摂政の執務室に似た、質素な宮室に案内された。

この日は顔色の悪い少年王も同席して、不機嫌そうな表情ながらも、目には好奇心を湛《たた》えて遊圭を眺めている。相変わらず顔色がすぐれないが、初めて会ったときと異なり、咳《せき》は出ない。

さりげなく見回したところ、卓や椅子が並び、調度の合間に木馬が置かれ、蹴鞠《けまり》が転がっているところを見ると、賢王の私室であるらしい。

「体調はいかがかな、星公子。こちらの手違いで手荒い出迎えと、もてなしをしてしまったことは、お詫《わ》び申し上げる」

ザンゥ摂政の態度が、大国の貴人に対するにふさわしいものとなったことは、戴雲国における遊圭の印象が改善されたということだろう。

遊圭は金椛流の揖礼《ゆうれい》でもって、賢王とザンゥ摂政に応える。

「こちらこそ。まぎらわしく、またお恥ずかしいところも、お見せしてしまいました」

遊圭を陥れて逃亡したふたりの宦官《かんがん》は、賞金目当てで戴雲国の兵士をだまし、遊圭を置き去りにしたことになっている。公主を発見できずに帰還する責任を、遊圭に押しつけようとしたものと思われる、とザンゥ摂政には説明した。納得してくれたかどうかは定かではないが。

宦官の思惑や真意は、一般人の想像の枠外だ。

後宮や皇族といったごく一部の上流社会の奴僕《ぬぼく》たるかれらの実態は、ほとんど外に知られることがない。ごくまれに、余人の想像を超えた悪行や愚行を犯した宦官の評判は、尾ひれもついて人口に膾炙《かいしゃ》し、ともすると国外にまで知られてしまう。

遊圭がかつて後宮で知り合った宦官には、決して賢明ではないが正直な者もいれば、働き者もいた。むしろ玄月や慈仙のように頭の切れる優秀な者は少ない。皇帝や皇族に重用され、莫大《ばくだい》な財産を築き上げることができるのは、何千といる宦官の、ほんの一握りに過ぎないのだ。

とはいえ、実際のところも、おそろしく権力志向が強く、狡猾《こうかつ》で強欲な人間でなければ、官僚でさえ望めないような富貴や権力を手にすることはできないものだ。

思春期の二年間を、外戚族滅法を逃れて後宮に隠れ住んだ遊圭の、宦官たちへの偽らざる感想は、感情の起伏が激しく、人が良いのか意地が悪いのか、測りかねる連中が多すぎる、ということだ。そういう意味では、一般の官僚にも劣らず自己を律することのできる玄月や、表情の乏しい林義仙、本心を周囲に悟らせることなく、常に穏やかな雰囲気を崩さず、相手を安心させる手管を使いこなす王《おう》慈仙は、宦官としては珍しい部類に入るのだろう。

いや、普通の人間にだってなかなかいない、と遊圭は思い直す。

国士太学で学んでいたときは、玄月や慈仙と同じ年頃の学生を相手に、成績を競ったり、派閥ぐるみの不正を暴くための探りを入れたり、といった腹芸を必要とされた。当時は必死だったが、いまにして思えば、玄月や慈仙を欺くことに比べれば、いっそ子どもの遊びだったといって差し支えない。

ザンゥ摂政と社交辞令を交わしたあとは、椅子を勧められて、茶を出される。茶葉の種類はわからないが、かすかに薄荷《はっか》と甘草《かんぞう》の匂いがする。

不自由していることはないかと訊《き》かれて、真人の傷に必要な薬の手配を頼む。話しているうちに、天鋸山脈ではどのような生薬が採れるのか興味がもたげる。ザンゥ摂政は薬師を派遣することを約束してくれた。

「星公子殿にお願いしたいことがあるのだが」

ザンゥ摂政は、口調も表情も穏やかに話しかけてくる。ナスルを介してザンゥ摂政の要請を聞いた遊圭は、「自分にできることであれば」と慎重に答える。

「我が賢王殿下に、金椛語を教えていただきたい」

「それは、話し言葉ですか、文書の読み書きですか」

遊圭に問われて、ザンゥ摂政は困惑したようだ。遊圭は質問の意図を説明する。

「賢王殿下がこのさき、金椛の要人に会ったときに、つつがなく会話ができることが、学習の目的であるのか、それとも、外交において、公文書のやりとりに必要な読み書きの知識を習得されたいのかで、やり方が変わってくるのですが」

ザンゥ摂政は、賢王の不安げな眼差《まなざ》しを見返して、少し考えた。

「星公子は、康宇語に堪能《たんのう》でおられるが、読み書きもおできになるのですか」

「書いてある文字を、単語として読むことはできますが、理解できる文章は、限られています。せいぜい目録か、納税証明書くらいですね。あと、話す方も、堪能というほどではありません」

遊圭は謙遜《けんそん》でなくそう言った。いまだって、ひどく苦労して、ナスルと会話しているのだ。これまでは、胡娘や達玖《タルク》が相手で、わからなければすぐに意味を訊《たず》ねたり、言い回しを確認できたのに、いまはそれができない。果たして、正しい単語を選んで、意味の通る順番で言っているのか、自分では自信がない。

すでに疲労を感じながら、遊圭はぬるくなった薄荷茶で口を濡《ぬ》らした。すこしだけ頭がすっきりする。

ザンゥ摂政は、隅に控えていた近侍に命じて、書架に積んであった十一巻の書物を運ばせて、卓の上に積み上げた。

「去年、金椛商人から買い求めたものだ。これを賢王様に学んでいただければ、金椛語ができるようになるということだったが」

ナスルの訳を待つまでもなく、この金椛の書籍を使って、賢王に教えろということと察する。巻物を開かなくても、これが手習いの千字文から、年少者向けの歴史逸話読本、そして童試の受験勉強に必要な書経九巻だということも、遊圭には明白であった。

これを全部教え込むには、何年もかかる。そんなにこの国に長居する気は、遊圭には毛頭ない。

「賢王殿下は、手習いは始めておいでですか。その、こちらの国の書籍や読本などがあれば、見せていただきたいのですが」

ザンゥ摂政は、むっとした顔で、「そういうものはない」と言った。

自国の文字を持たない国もあることを、遊圭が知らなかったわけではない。ただ賢王がすでに、母語を書き表すことを学んでいるのであれば、教え易くなる。そう遊圭は考えたので、いちおう確認したのだ。

どのみち、真人の傷が塞《ふさ》ぎ、体力が回復しなければ山を下りることは叶《かな》わない。安静中に弱った足腰がもとに戻るのも、時間がかかる。

遊圭は、短い間に賢王が学べることはさしてないだろうと思ったが、この国をよく知るためには、手習いは時間の無駄にはならないだろうと思った。

「引き受けましょう。代わりにといってはなんですが、外出の範囲を広げていただきたい。ひとつの場所に閉じ込められていると気分が塞ぎますし、鷹《たか》の運動をさせるのに、見晴らしの良い広い場所をお借りできれば、なお助かります」

四、楼門関・方盤城　春　雨水（陰暦一月下旬より二月上旬）

黄砂が空を舞い、大気を黄色く染める春。

姻戚《いんせき》によって義兄弟となったルーシャンと劉宝生が、同じ辺境にいて直接の交流がない、というのは不自然なことではある。

もっとも、宝生と年の離れた異母妹は、同じ邸《やしき》にいても滅多に顔を合わせることはなかった。その婿のルーシャンにいたっては、花嫁もその兄も、結婚式の日が初対面であった。結婚の儀と披露宴のあとは、すぐに赴任地の楼門関《ろうもんかん》へ舞い戻ってしまった異国人の叩《たた》き上げ武官と、都育ちの官家令息に、形式上の姻戚であるという以上の交流があるはずもなかった。

それゆえ、三人で食事でも、というルーシャンの意向を玄月から伝えられたとき、宝生は困惑の面持ちとなった。かといって、断る理由もない。むしろ、水と油であるはずの官家の子息と宦官、政敵であった劉家と陶家の嫡子が交際していることのほうが、世間的にはよほど奇異に映るに違いない。

ルーシャンが用意したのは、都の料理も出していると評判の高い、方盤城では最高級とされる酒楼の、最上階にある個室だった。

玄関に足を踏み入れたときから、都人には懐かしい料理や調味料の匂いがあたりに漂い、三人が通された部屋には、それぞれの膳《ぜん》に、都で食べ慣れた小品がずらりと並んでいた。

席に着いた宝生と玄月は、酒が運ばれてくる前から、箸《はし》に伸びようとする手を持て余し気味だ。

北東部で特に好まれる冬の旬菜、芥子菜《からしな》は、漬物としても、単純に茹《ゆ》でて出汁《だし》に浸しても、あるいは揚げたり炒《いた》めたりしても風味豊かで、胡麻《ごま》垂れや豆醤《まめみそ》などの調味料によって、変幻自在な味わいが楽しめる。中でもこの酒楼が特に自慢とする、芥子菜五種の小盆は絶品であった。

そして、醪《もろみ》と蜜《みつ》に漬けてから、半日じっくりと煮込んだ黄芯菜《おうしんさい》の輪切りと豚皮《とんぴ》の煮浸しは、黄芯菜の咲き初めた牡丹《ぼたん》を思わせる形を保ちつつも、舌に載せたとたんにとろりと跡形もなく蕩《とろ》ける。器に残った汁も余さず飲み干せ、爽《さわ》やかな旨味《うまみ》が絶妙といえた。

宝生はひとつひとつの小品に舌鼓を打って、燗酒《かんざけ》を口に運んだ。

「この酒楼の評判は聞いていたが、帝都かその周辺から連れてこられた、一流の金椛《ジンファ》料理人が厨房《ちゅうぼう》にいることは噂通りのようだ」

仕事以外で顔を合わせたところで、共通の話題などなさそうな三人ではあったが、次々に運ばれてくる金椛風の料理に宝生は歓声を上げ、ルーシャンは無骨な武人とは思えないほど話術も巧みで、部屋の空気は和やかに酒食が進む。

「この店の料理に合うかどうかわからんが、うちの秘蔵の酒を持ってこさせた。お試しになるか」

ルーシャンは、給仕に細身の陶器の壺《つぼ》を運ばせた。

「胡人の入植者に葡萄《ぶどう》を栽培させて三年、去年の収穫からようやく一定量の葡萄酒を造ることができた。まだ税として納めさせるには、質も量もいまひとつだが、今日のために取り寄せた」

瑠璃《るり》の夜光杯に注がれた、果汁を発酵させた異国の赤い酒は、帝都でも人気がある。

宝生は注がれるままに飲み干し、機嫌よく笑った。

「義兄殿の口に合ったようで俺も嬉《うれ》しい。もう少し寝かせてからの方が、熟成が進んで飲みやすくなるのだが、この酸っぱい若さも悪くはない。玄月殿はお気に召されたか」

ひと口味わって、杯を卓に置いた玄月は、にこりと笑ってうなずいた。

「飲みつけないので、正直よくわかりませんが。香りは良い」

「では、幾樽《たる》かは、玄月殿のためにしばらく寝かせておこう。時が経つほどに、味はまろやかになり、香りも芳醇《ほうじゅん》さを増す。きっとお気に召すだろう」

「葡萄園はどちらに？」

興味深げに訊ねる玄月に、ルーシャンは喜んで答えた。

「嘉城《かじょう》の胡部だ。俺の館がある。玄月殿が朔露《さくろ》の侵攻を心配しているのなら問題はない。さすがに楼門関の周辺では、貴重な葡萄を育てさせはしないぞ」

「収穫に三年もかかったものを、朔露の馬蹄《ばてい》に踏み潰《つぶ》されるわけにはいきません」

「おう、朔露どもには、指一本触れさせはせん。楼門関からは、一歩も金椛領には踏み込ませない。安心めされよ」

ルーシャンは威勢良く請け合った。劉宝生は、怪訝《けげん》な表情で会話に加わる。

「その朔露とやら、北方の夷狄《いてき》と聞いたが、父もいつ侵攻してくるのかと、神経を尖《とが》らせている。それほどの脅威であるのか」

宝生は、ここ数年来でもっとも緊張している国境地帯にいながら、近隣諸国の情勢についてほぼ無知であった。国士太学で勉学に励んでいた十年の間に、帝都の外で起こっている時事問題について、関心を寄せることはほとんどなく、また興味もなかった。

外交や行政の実務に関しては、官僚登用試験に合格し、官職を得て初めて、任官先について必要な知識を集めればいいことであったからだ。

ルーシャンは杯を持った手を上げ、玄月に目配せをした。

手を伸ばしかけていた菜の花と椎茸《しいたけ》、そして米粉麺《ビーフンめん》を具とする、貝柱と鶏汁の濃厚な湯《スープ》から視線を外し、玄月は茶碗《ちゃわん》の白湯《さゆ》を口に含んで喉《のど》を濡らした。咳払《せきばら》いをしてから、これまでの情勢について簡潔に説明する。

「朔露は、天鳳《てんぽう》山脈北麓《ほくろく》の、朔露高原より興った遊牧の民です。二十年前に朔露の可汗――可汗とは、王とか、公という意味だそうですが――となった猛将ユルクルカタンが、数年の内に北大陸の諸部族を統一しました」

「朔露というと、二百年前に北天江《ほくてんこう》を渡って攻めてきた、朔露帝国と同じ連中か」

史学はきちんと学んでいたらしく、宝生は上目遣いに記憶を引きずり出す。玄月は小さくうなずき、その先を続けた。

「発祥地も近く、言語文化の系統的には、同じ民族とみていいでしょう。その後、可汗ユルクルカタンは長男イルルフを小可汗とし、本国の統治者として残して、自らは十五年をかけて西大陸を征服、国号を朔露可汗国と称するようになりました」

「そういえば、今上陛下の妹公主を西の国へ嫁がせたのは、一昨年《おととし》のことだったか」

宝生はふたたび、おぼつかなげに口を挟む。

「公主さまが降嫁されて、三年になります。当時の夏沙王は朔露の東進を怖れて、我が国の保護を求めてきました。大家《ターチャ》はそれにお応《こた》えになり、麗華公主と二万の軍勢を送りました。しかし、夏沙王位を狙う実の兄弟が朔露に内応し、夏沙王イナールは戦死、夏沙王都が陥落したのが昨年のことです。朔露の領域は現在、小可汗イルルフの治める北朔露と、ユルクルカタンの征服した西大陸のほぼ全域、そして、大陸中央部は朔露に降伏した夏沙領の史安《シアン》市まで広がっています。つまり、楼門関外の緩衝地帯を隔ててすぐそこまで、朔露可汗国の勢力が及んでいるのです」

宝生は酔いも醒《さ》め、うそ寒そうに肩をすくめて、楼門関のある西側の城壁へと目を向けた。

「それで、その公主殿下はどうなった」

「王都を落ち延び、撤退する金椛軍とともに帰国の途につかれたそうですが、史安市の手前で行方不明となられました。護衛していた金椛兵は北朔露軍の攻撃を受け、楼門関まで帰還できたのは半数以下です」

玄月はそこで語り終え、碗の白湯を飲み干す。ルーシャンは夜光杯に葡萄酒を注いで、ひと息に呷《あお》った。日焼けした顔が赤く染まる。

「安心しろ、義兄殿。朔露が攻めてくるのは春の終わりだ。しばらくはうまい肉と酒を楽しめる」

酒壺を差し出して、玄月と宝生の夜光杯をなみなみと縁まで満たした。

「乾杯」

宝生は不安げに、玄月は生真面目な表情で、ルーシャンは厳かな顔で乾杯する。何に対しての乾杯なのかは、誰も問わなかった。

「しかし、やつらの進軍が春の終わりであると、何を根拠に義弟殿は断言できるのだ」

「黄砂の中で大軍を動かすのは賢明ではない。朔露ならやりかねんと思ったが、夏沙や史安に送り込んだ間諜《かんちょう》によれば、進軍の準備はえらくのんびりとしているそうだ」

宝生は納得していない眼差《まなざ》しで、玄月とルーシャンを見比べた。戦争が始まる前に、都へ帰りたいのだろうか。

運ばれてきた、甘酢の利いた鶏と根菜の膾《なます》、そして蒸した豚肉と葱《ねぎ》に香菜を散らした羹《あつもの》へと伸ばした箸をおろして、玄月はふたたび口を開いた。

「春節においてはまだ、ユルクルカタンとイルルフは、夏沙王都に滞在しておりました」

昨年の夏に、五十歳の誕生日を迎えたという朔露の可汗は、建国以来の氏族集会を開いた。後継者を指名し、功労のあった将兵や重臣、親族の封侯を行うためであったという。北大陸で朔露本国を治めるイルルフも、本拠地の朔露高原を発《た》って天鳳山脈を越え、その集会に列席した。

夏沙王都よりも西側の、天鳳山脈の懐深い高原で行われた集会が終わったのちも、朔露軍は東へと進む気配がなかった。朔露軍の来寇《らいこう》をいまかいまかと待ち構えていた楼門関の金椛軍には、朔露の可汗が不慮の災難に見舞われたのではと、願望交じりの噂まで飛び交った。

「朔露可汗は時間をかけて、それまでの体制を一新したのです。朔露の主立った氏族を招集した大集会において、北朔露の領主、小可汗イルルフが、君号を可汗に進め、名前もイルルフクタンと改名し、朔露の次代の可汗として承認されました」

玄月は、宝生には耳慣れない異国の名称や風習について、ゆっくりと嚙《か》んで含めるように説明する。

「なお、可汗のユルクルカタンは自らを大可汗と号して、次男以下の五人の息子、八人の兄弟らをこれまで征服してきた国や都市の王侯に封じ、かれらに小可汗と号することを許しました」

　この小可汗たちが封じられた領地へ赴き、さらに兵を募り、大陸中央へ進撃するための準備に要した時間は、わずかに秋と冬と春。

「砂漠の多い天鳳行路では、冬の間は馬に食わせる秣《まぐさ》を運ぶのもひと苦労だ。馬の餌がそこら中に生え出す春過ぎの方が、行軍の負担も減る。だが、春は春で黄砂のために視界が利かず、下手をすると一軍が死の砂漠にさまよいこみ、渇き死ぬ。さらに、新可汗のイルルフは、雪の深い朔露高原から進軍するのに、春半ばまで待たねばならない。こうした諸条件を合わせ見れば、十万とも二十万ともなるであろう大軍で、万全を期して東へ攻めるのならば、春の半ばから数えて、ひと月やふた月はかかる計算だ」

　そう締めくくったルーシャンは、にやりと玄月に笑いかけた。

「二度と、春の砂漠を旅したくはないな」

三年前の夏沙王国への旅を思い出したのだろう。まだ雪の残る季節に帝都を出発した麗華公主の降嫁は、黄砂の季節が始まる前には、夏沙王都についていたはずであった。しかし、朔露の賊軍に襲われ、女性の多い道中であったこともあり、二ヶ月の旅が遅れに遅れて三ヶ月以上を要し、春の黄色い嵐の中を西へと進まねばならなかった。

同意を求められた玄月は、黙ってうっすらと笑みを浮かべる。玄月のたどってきた道を、宝生に教える必要はない。葡萄《ぶどう》酒をひと口含んでから、話題を変えた。

「宝生殿、まだしばらくは時間があります。都とはまた違ったさまざまな文化を、こちらで経験なされば、辺境の日々も無駄にはなりません。なにか、気晴らしをお求めなら、ルーシャン将軍にご相談なさってはいかがですか」

「おお、そうだ。せっかくの見聞を広める機会であったが、どうも土地勘がなくて、出歩くのも億劫《おっくう》になっていたところだ」

父親の館で酒に浸り、近所の酒楼で酌婦にからむのも、すでに飽きていた。宝生は、迫り来る軍勢の幻影を振り払うように、ルーシャンに余暇の過ごし方を訊《たず》ねる。

武人のルーシャンと、文士の宝生では、求める愉《たの》しみで共通するのは、やはり酒色であろう。必然、話題は方盤城でもっとも人気のある妓楼《ぎろう》の話へと流れる。

「そういえば、義弟殿。飛天楼というのはどういう妓楼であるのか。父の幕友に誘われて遊郭を巡っていたところ、飛天楼に入ろうとしたら断られた。よほどの名士でないと成員になれぬものだろうか」

ルーシャンはすぐには答えず、無意識に顎《あご》の赤い髭《ひげ》を梳《す》いてから話し始める。

「飛天楼は、二年前に移住してきた胡人経営の妓楼だ。まだ遊女や妓女の数もそろってないので、迎える客も予約のみ受け付けている」

玄月は、ふたりの会話を見守りつつ、ルーシャンをはじめ、方盤城に住む胡人が七日ごとに飛天楼に通っている目的が、遊興ではないことを確信した。

「では、我らも予約すれば上がれるのか」

食い下がってくる宝生に、ルーシャンは苦笑を返す。

「女たちも、使用人たちも、金椛語を話せる者がいないのだ。義弟殿は、退屈するばかりではないかな」

やんわりと断られたことに気づかず、あるいは気づかぬふりで、宝生はさらに頼み込んだ。

「実のところ、私は胡語をひとつ学びたいと思っていた。政庁における書記の仕事でも、胡語ができたほうが便利だと痛感している。本音を言えば、本場の胡旋舞《こせんぶ》というのも、見てみたいのだが。飛天楼、というぐらいだから、飛天のように踊れる妓女がいるのだろう？」

ルーシャンは途方に暮れた眼差しで玄月に目配せをしてきたが、玄月は夜光杯を片手に、果てしなく供される金椛料理に注意を向けていた。

調味料は北天江の南岸から取り寄せた肉醬《にくみそ》、豆醬、魚醬、練り胡麻《ごま》。

羊料理は、出てこない。

叩《たた》いて潰《つぶ》した豚肉に、刻んだ韮《にら》と豆豉《トウチ》を練り込んで餡《あん》にし、蟬の羽のように薄く延ばした生地で巻いた薄餅《うすもち》は、揚げたてを酢醬《すみそ》につけて食べる。薄餅に封じ込まれた肉汁と酢醬の酸味が、口の中で調和する。付け合わせは、油通しした春菊と木耳《きくらげ》の、胡桃《くるみ》と甜《あま》醬《みそ》和え。砕いた松の実を散らした、ふきのとうの揚げ浸し。

案外と葡萄酒とも合う。

薄く切り、葛粉《くずこ》の餡でからめた揚げ豆腐。針生姜《しょうが》を散らした大蒜《にんにく》の芽と白菜炒《いた》め。

皮のぷるぷるした野鴨の油煮には、翡翠《ひすい》のように青い酸橙《ライム》の、爽《さわ》やかな果汁を搾ればしつこくならない。

焼いた羊も煮た羊もない。羊の臭いはどこからも漂ってこない。

目の前に赤い葡萄酒がなければ、皇城のどこかで裕福な太監の晩餐《ばんさん》にもてなされているような錯覚を覚える。

そして、白米の炊き上がりは、軟らかすぎず芯《しん》の残らない、金椛の料理人の手による完璧《かんぺき》さ。固い麵麭《パン》のように、羊の煮汁に浸して食べる必要がない。顎が疲れない。

「玄月殿」

宝生とルーシャンに同時に声をかけられ、玄月は顔を上げた。

「玄月殿も、行ってみたいと思われぬか。胡人の美姫《びき》とは、まだお近づきになったことはなかろう」

宝生が同意を求めてくる。美しい胡人の女官は後宮には大勢いた。むしろ、胡人人口の多い河西郡よりも、都のほうに洗練された美人がそろっているのだが、この場で言うことでもあるまい。玄月が応《こた》える前に、ルーシャンが物憂げに牽制《けんせい》する。

「玄月殿は、胡語を学んでおらずとも、仕事に差し支えはないようだが」

自分から話すことはないが、夏沙にいた時間は決して短くはなく、後宮には胡人の女官も宦官《かんがん》もいたので、玄月の胡語を聞き取る能力に問題はなかった。ただ、そのことはルーシャンはもちろん、周囲の胡人には悟らせていない。

「一度でも訪れてみれば、宝生殿のお気が済むのではありませんか。ルーシャン殿の顔で入れぬ店は、この方盤城にはないのですから。配下から胡語のわかる者を連れていけば、問題もないでしょう。ところで、この葡萄酒はその妓楼でも飲めるのでしょうか」

他意のない笑みを浮かべて、玄月は宝生の後押しをした。ルーシャンは苦り切った顔でかぶりを振ったが、結局は宝生に押し切られた。

宝生は、ルーシャンの厚意に感謝の言葉を惜しまない。自らの好奇心や遊興への関心はもちろんであったが、父親からは、ルーシャンの素行はもちろん、堅物すぎる監軍使の弱点と本音も、探り出すよう命じられている。

新しくできた飛天楼なる妓楼が、どのような店かは知らぬが、その名を事前に出してきたのは玄月だ。酒色にも金品にも心を動かすことのない宦官は、異民族の妓女に興味があるのだろうか。宝生の目にも、白玉の肌と金髪碧眼《へきがん》の美女は魅力的に映る。どちらにしても、帝国内で商売をしながら、金椛人は上がれない妓楼など、不遜《ふそん》極まりないことではある。税逃れといった、うしろめたいことでもあるのかもしれない。そう考えた宝生は、父親に認められる機会を逃すつもりはなかった。

それに、美貌《びぼう》の宦官は、美酒美食にも興味がないと父親は言っていたが、そんなこともなさそうである。というより、今夜見せた健啖《けんたん》ぶりからすると、宝生と同じように、都の味に飢えていることが窺《うかが》えたのは、まぎれもなくその夜の収穫であった。

数日後、ルーシャンに連れられて飛天楼に上げられた玄月と宝生は、金椛の妓楼とはまったく異なる内装と調度を、珍しげに眺め回した。

壁という壁は、物語の場面を描いたらしき絵画や浮き彫り《レリーフ》で埋め尽くされ、重厚な扉にはひとつひとつが異なる意匠の、複雑で精緻《せいち》な彫刻が施されていた。色のきれいな小石や破片を寄せたモザイクの壁画は、獅子《しし》や虎、鷲《わし》や鷹《たか》、羚羊《れいよう》や鹿、牡牛《おうし》の姿で埋め尽くされ、床は色の異なる石を切り出し、幾何学的に並べて敷き詰めてあった。

天井を見上げれば、これも彩色された陶磁板《タイル》が嵌《は》め込まれ、蔓草《つるくさ》に咲き乱れる花、葡萄や柘榴《ざくろ》といった果実の間を、華やかな翼を広げた色とりどりの鳥が飛び交い、あるいは枝に停まって休んでいる。

石組みの拱門《アーチ》が連続する回廊の奥から迎えに出た、妓楼の主人と使用人、妓女たちも、砂漠の彼方《かなた》の胡人らに特有の衣裳《いしょう》をまとっていた。

すべてが異国的で、遠い異世界にまぎれ込んだかのような錯覚を起こす。

「いやこれは、また」

そうつぶやいた宝生は、言葉を失ってしまった。

かつて夏沙王国の都を訪ね、その王宮に数ヶ月滞在した玄月は、そこで目にした芸術や装飾との共通点を見いだすことはしたものの、色使いや意匠の隅々まで、天鳳行路の国々とは異質な部分も多かった。やはり地の果てには、自分の感性や常識とはまったく異なる世界があることに、思いを馳《は》せずにはいられない。

「これは、康宇国の一部を切り取って、ここに移し植えたかのようです。といっても、私は康宇国の建造物を、見たことはありませんが」

玄月が感じたままの感想を述べると、ルーシャンは自慢げにうなずいてみせた。

「康宇国の都が破壊された折りに、多くの建築家や美術家も、天鳳行路より避難してきた。職人たちが集まれば、何かを造り出さずにはいられない。この飛天楼は、移民の篤志家が集まって金を出し、難民に仕事を与えるために造らせた。庭をご覧になるか」

間断なく降りそそぐ砂のために、空が黄色く霞《かす》む季節でも、西方風の庭園は早春の喜びに咲き乱れる鬱金香《チューリップ》や水仙が地面を彩り、果樹の枝には杏《あんず》の白い花が風に揺れ、濃い紅や淡紅の巴旦杏《アーモンド》は、一重や八重の花で競い合う。涼やかな水の音に首を巡らせば、地元の岩を切り出して張り巡らされた水路と、大理石を積み上げた噴水からあふれる清水。

葡萄《ぶどう》棚の下には、十人は並んで食事ができる大きさの寝椅子が並ぶ。

報告で聞いたり、坊の通りすがりに目にした土砂の運び出しからは、想像もできないほど整然として完成された庭の造りだ。建物の外観はできあがっている。内装も整っている。いったいどこを工事しているのだろう。

「まだあちこち未完成だ。あまり客を入れないのは、そのためだ。金椛人の客を入れると、珍しがって荒らされるのでな。あ、いや気を悪くせんでくれ」

とってつけたような言い訳をするルーシャンの横に立った玄月は、袖《そで》に入れた手を組んで、飛天楼の全容を改めて見渡した。

「ルーシャン将軍や、康宇の方々の郷愁を慰めるためにも、建てられたのですね」

少年のように澄んだ、静かな玄月の声でそう訊《たず》ねられ、ルーシャンは困りきった顔で頭をボリボリと掻《か》いた。

「いやまあ、職人がいたから、できたことだが」

無骨なルーシャンやその配下の将兵、あるいは莫大《ばくだい》な利潤のために、生命すら懸けて大陸を行き交う興胡らが、こうした芸術や様式美を理解し、求める美意識と繊細さを持っていることは、意外といえば意外であった。

だが、そのように感じることが、自分の知見の狭さを示しているのではないか。ひとりひとりの心や感性というものは、世界の広さと多様な文化と同じくらい、計り知れない深さをそなえているのだろう。

その日、ルーシャンは数人の胡人幕僚と、知己であろう興胡の大人《たいじん》をふたり、宴席に招いていた。宝生と玄月は、通訳代わりの付き人を連れていたが、ルーシャンが招待していた客人らは金椛語にも堪能《たんのう》で、その必要もなかった。

異国の芸能を披露する舞姫や歌姫、楽人らは、金椛人好みに洗練された後宮の胡人楽団を見慣れた玄月には、さほど感銘を起こさせなかったが、宝生は愉《たの》しんでいるようだ。

料理も羊料理が主であったが、軍務局で出されるものよりも、柔らかく臭味がなかった。玄月がその感想を隣の興胡に洩《も》らすと、興胡は大笑して応える。

「飛天楼で出しているのは、どの羊も牝《めす》なら二歳まで、牡なら生まれて一年未満の、選《よ》りすぐりの若羊です。いっぽう、予算をかけられない軍務局の厨房《ちゅうぼう》で、大釜《おおがま》に何百人分も一度に作るような羊湯《ようとう》には、仔を産まなくなった牝羊を使いますからな。あれは臭いも強くて肉も固く、いただけませんが、兵士の腹を満たすには質より量です。陶監軍には別の折りにでも、手軽ながらも良質な羊料理を出す店へお連れしましょう」

中でも白身肉かと思うほど柔らかく色の淡い、甘味を含んだ美味な肉料理に、玄月は西胡にもこのような料理があったのかと感心した。取り分けた給仕人に料理法を訊《き》けば、生まれて間もなく去勢した仔羊を、葡萄の絞り滓《かす》と果物を餌として半年弱育ててから、その腿肉《ももにく》を古い葡萄酒に漬けて熟成させたものという。

玄月はたったいま食べた仔羊の肉が喉元《のどもと》に込み上げ、吐きそうになって席を立った。目の前の客についてなんの知識も持たない給仕は、おのれの失言に気がつかない。覚えたての金椛語ではりきって説明したのに、最後まで聞かずに席を離れた客に首をひねって、給仕の仕事を続けた。

広間を出て、吐ける場所を探していくらも回廊を行かないうちに、ルーシャンの幕僚のひとりに声をかけられる。

「玄月殿、厠《かわや》へ参られるのか」

玄月は生唾《なまつば》を呑《の》み込み、微笑を口元にはりつけてふり返った。

「ええ。どの壁も同じ模様で、迷いそうですね」

同じ帷幄《いあく》に勤める同僚の気安さで、言葉を交わす。

「よく見れば同じではありませんが、案内しましょう。こちらです」

この同僚は、広間へ戻るまで玄月に付き添った。庭に入り込んで荒らされないように警戒しているのだろうか。

席に戻った玄月は、酒や料理を勧められても、わずかに口をつけるだけにとどめ、客人たちの歓談を聞き取ることに集中した。

飛天楼に上がった目的を忘れていたわけではないが、宝生に外食に誘われるようになったことで、美食に溺《おぼ》れがちな宦官《かんがん》の悪癖が、我が身にも忍び寄っていたのだろうか。あるいは、宝生と再会したことで都の味に触れ、そのために慣れない風土に長くいると取り憑《つ》かれるという、懐郷の病《ホームシック》なるものにかかっていたのかもしれない。

どちらにしても、要らぬ欲に惑わされ、自らの足下を危なくするところであった。

心身の鍛練が足りないと、玄月は自戒する。

その後も、用足しにかこつけて回廊や建物を見て回ろうとしても、必ず誰かがついてくるため、自由に楼内を歩けない。いくら宦官とはいえ、あまり頻繁に席を外すのでは、いらぬ疑いを持たれそうだ。客も店の者も寝入るまで、待った方がいい。

宝生は朝まで遊ぶつもりで、好みの妓女《ぎじょ》を物色している。ルーシャンは泊まっていくつもりはなさそうであったが、宝生が帰る気配がないのでつきあわされていた。

そろそろ客が引き上げてゆくころ、宝生が玄月の袖を引き、どの妓女がよいかと訊ねた。玄月は宝生が目を付けている妓女の横から三番目にいる、黒髪の舞姫を指した。

ルーシャンと幕僚は、意外そうな顔で成り行きを見ていたが、宦官が女遊びをしないということはない。前任の監軍であった王慈仙《おうじせん》は、接待に誘われるままに遊郭に出入りしており、女たちに非常な人気があった。どのような手管を使ったのか謎であったが、逞《たくま》しく精悍《せいかん》な男たちを差し置いて、どの女も慈仙と同衾《どうきん》したがったのは、楼門関の花街においては伝説となっている。

ただ、玄月は慈仙とは対局にある堅物と思われていたのが、ここにきて方針を変えたのかと、周囲を驚かせたのだ。

宴席が引けてそれぞれが奥の間に引き取り、深更も過ぎたころ、玄月は寝台から滑り出た。衣擦《きぬず》れの音を立てない、柔らかな綿の軽装をまとう。相方の妓女は、玄月が持ち込んだ麻勃《まぼつ》入りの胡菓子に酔って、陽気に歌い続けたあと寝台に倒れ込んだ。ぐっすりと眠り込んで、頬をつつかれても寝息も乱れない。

「明け方までに戻らなければ、劉宝生の部屋に行って、私が拉致《らち》されたと言え。衛兵どもを踏み込ませて店中を捜索させるよう、要請しろ」

部屋の隅に控《つ》えていた郁金《うこん》に命じる。郁金は緊張した顔でうなずいた。

回廊の壁に吊られた灯籠《とうろう》の、淡い光の届かない闇に紛れて、玄月は足音を立てぬよう、ひたひたと移動する。

見張りなどはどこにも立っておらず、一般の酒楼や妓楼と変わりない。

宝生とルーシャンの部屋は、愉楽の時間も過ぎたのか、灯りも消えているのを確認する。楼内はひっそりとしていたが、時折り扉の隙間から淡い灯火の光や人の声が漏れる。

さらに半刻《はんとき》を待って、楼内がすっかり寝込んでしまうのを待った。

玄月が庭へ出ると、その先には方盤城の南側の城壁が、黒く聳《そび》えているのが見えた。

赤い妖星が城壁の向こうに沈もうとしている。禍罰の星とされる熒惑《けいこく》だ。この星が大きさを増し、夜を明るく照らすのは、災害や戦争、あるいは疫病などの、大きな災厄の兆しであるとされている。天の警告を読むまでもなく、朔露軍が——大きな戦が近づいているのだ。

城外の見回りで立ち寄った墓地は、新しい土盛りが多く見られた。墓所というよりは、捨てられた土砂の山といったほうがふさわしい乱雑さであった。造りかけの廟《びょう》がいくつかあり、配下の者に調べさせたところ、十尺も掘り下げられた墓室らしき空洞があっただけだ。

数家族の興胡が所有する墓所としての届けは出ており、書類上の問題はなかった。

しかし、城壁を挟んだ内と外で怪しいことが行われているのを、見過ごすわけにはいかない。

日中と宴《うたげ》の間、案内されなかった方へと足を運ぶ。

昼は近づくこともしなかった拱門へと近づき、無人であることを確かめる。目を凝らしてその装飾を見上げたものの、回廊の吊り灯籠は油が切れかけているのか、投げかける光の輪はひどく弱くなっていた。ぼんやりと闇に溶けた彫刻は、頭上の拱《アーチ》を昇りゆく太陽に見立てたものらしい。半円から放射状に放たれる直線の周りには彩雲が描かれ、翼を広げた鳩らしき鳥の群れが、天井まで浮き彫りになっている。

拱門の扉は、錠はおろされていないもののずっしりと重く、音を立てずに開くのは困難であった。慎重に押して、ようやくすり抜けられる隙間ができるまで開き、中をのぞき込む。奥の方に炎の影が揺らめき、うっすらと周囲の内装が見えた。人の気配はない。

金椛国では、無人の廟堂でも夜通しろうそくを絶やさない祭祀《さいし》があるが、胡人にも似たような風習があるのだろうか。

煉瓦《れんが》の床には絨毯《じゅうたん》が敷いてあり、足音を立てずに歩くのは易しそうだ。

玄月は扉が閉まりきらないよう、木片を噛《か》ませて中に入った。

それほど広くはない。石灰質の壁に刻まれた装飾は牛や蛇、戦う人物などで、他の部屋のような華麗な装飾とは似ても似つかない。かすかな赤い光とともに彫刻の影が揺れるさまが不気味だ。

　正面奥の拱門はこれまでのよりひと回り小さく、おとながふたり並んでやっと通れる幅で、その先は地下へと続く階段であった。炎は地下で燃やされている。煙がこちらに上がってこないところを見ると、地下室の排気口は別にあるのだろう。

　伸び縮みする焔《ほむら》の、淡い影に浮かび上がるのは、拱の上の日月と星辰《せいしん》、門の左右の獣や人間、あるいは神に擬したらしき浮き彫り。門の両脇には戦や狩猟、あるいは宴のさまが描かれている。そこに集う人々はみな、深目鼻高、長髪巻毛の男女で、この飛天楼で働く者たちと同じ服装をしていた。

　あらためて、周囲の壁画や浮き彫りを、ぐるりと回し見た玄月は、それが長い長い物語――あるいは、ここに集う者たちの歴史を表していることを、直感的に悟った。

　何もかもが、異教的で、玄月の感性にとって異質であり、異端であった。

　気を尖《とが》らせて、階下の気配を探る。パチパチと、樹脂の弾《はじ》ける音がする。かすかに漂う松脂《まつやに》に似た臭いに、この砂漠地帯で獣脂でなく薪を燃やしているとしたら、贅沢《ぜいたく》なことだと玄月は思った。誰かの息づかいや、衣擦れなどの動く気配はなく、階下が無人であることは間違いない。

　絶えず、外の扉の向こうと地下の気配に気を配り、ゆっくりと階段を下りていく。

　地下室は半球の天井を持つ、円形の広間であった。百人も収容できそうにはないが、ぎゅうぎゅうに並べば、半分の二両部隊は詰め込めそうだ。

正面には壁を削り出した祭壇があり、地上の前室まで光を投げていた炎は、その祭壇の中央に据えられた、金属盆の中で燃えていた。盆の端から、火掻《ひか》き棒らしき金属の棒が突き出している。祭壇には他にも、献饌《けんせん》を載せた大小の盆が並ぶ。これだけの地下神殿を造ろうとすれば、大量の土砂が出るのは当然だろう。

薪の燃える臭いに混ざって、生臭さが鼻につく。祭壇の前には寝台の大きさの大理石が置かれ、中央から幾筋かの溝が走っている。近づいてみると、溝には血痕《けっこん》らしきものがこびりついていた。

どうも、予想外のものを発見してしまったようだと、玄月は指先で鬢《びん》を掻いた。

円形の壁を丹念に調べても、外へ続く隧道《すいどう》を隠しているようすはない。疑念に抱いていたことの、少なくとも最悪の部分は取り除かれた。朔露への内応でないのならば、折りを見て、ルーシャンに直接問い質《ただ》せばいいことだ。

玄月は階段を上がって、地上の部屋に戻る。薄めに開けておいた扉はそのままだ。毛足の深い絨毯へと、足を踏み出す。

瞬間、左側に感じた気配に、ぎくりとして真横へ跳び退《の》く。

壁際に削り出された石の腰掛けに、腕を組んで座っていたのはルーシャンだ。低い声で、どこか面白がっているような口調で玄月に話しかける。

「見たいものを見て、満足してくれたか」

闇にたたずむルーシャンの気配からは、敵意は感じられない。玄月は胸郭を激しく叩《たた》く鼓動を抑えようと、深く吸った息をゆっくりと吐いた。

「金椛の法では、淫祠《いんし》邪教は禁じられている。このようなものを、無許可で造っては、あなた自身のために良くないと思うが」

動揺を悟られまいと、玄月は声を低く保ちながら詰問する。ルーシャンは肩をすくめた。暗くてわからないが、苦笑もしているようだ。くだけた調子で、話しかけてくる。

「淫祠でもなければ、邪教でもない。先祖代々伝わる、俺たちの信仰だよ」

「胡人の信仰は保証されている。教会を建てることも許されている。隠れてこそこそと集まるような宗教は、邪教と見做《みな》されても仕方がない。あの祭壇の血など、正道な信仰とは思えない」

帝国の権威を盾にする語気の強さも、ルーシャンは気にかけたようすはなく、ぐっと伸びをして軽い口調で答えた。

「生贄《いけにえ》に羊や牛の血を使うだけで、邪教ではない。終わったら肉として食っている。ちなみに、ここも公認されている教会の支部だ。ただ、認められた成員しか参加できない儀式がある。そこで兄弟に授ける秘蹟《ひせき》を、異教徒や部外者に見られてはならんので、地下に神殿を設けただけだ。兵士《サールバース》ども！」

ルーシャンの低い呼びかけに応《こた》えて、入り口の扉が開き、四人の将兵が入ってきた。最後のひとりが扉を閉めて門《かんぬき》をおろす。唯一の出口を閉ざされた玄月は追い詰められて、地下の神殿に続く階段へと後退《あとずさ》る。階下からの薄赤い光だけでは、個々の顔はもちろん、表情も判別できない。

「いつまでも、おまえさんに気づかれずにいられるとは、思ってなかったさ。というより、もっと早く踏み込んでくると思っていた。安心しろ。朔露を招き入れる隧道を掘っているわけでもなければ、反朝廷の陰謀を企てているわけでもない。ただ、祖国を逐《お》われて合流してくる同胞らの結束を固めるための、俺たち流の手続きが、ここで行われているだけだ。どんなものか見せてやるからついてこい」

ルーシャンの口調からも、まとった空気からも、殺意や害意は感じられない。だからといって、闖入《ちんにゅう》者である玄月に対する好意は、微塵《みじん》も感じられなかった。

玄月は左右を素早く見回したが、屈強な五人の将兵に囲まれては、逃れる隙など、一《いち》分《ぶ》もなかった。耳から首にかけて噴き出す汗を、手の甲で拭《ふ》き取り、玄月はルーシャンについて、ふたたび階下へと下りた。

「金椛人は、迷信深いくせに神は信じない。邪教として中央に報告されては、あとが面倒だ。だからといって命をとって口を塞《ふさ》ぐほどの大事ではないし、おまえさんを説得するのも時間の無駄だ。一番いい方法は、兄弟に加わってもらうことだ。幸い、俺は新入りに秘蹟を授ける位と資格を持つ。面倒くさい手順が必要だが、今日は祭司がいない。入信儀式は省略する。運が良かったな。玄月」

ルーシャンは、祭壇に並ぶ供物のなかから、枝の束を取り上げて炎に放り込んだ。乾燥した枝葉はたちまち燃え上がり、地下室を煙で満たす。

何が行われるのか。さまざまな邪宗において行われているという、数々の残酷な儀式についての事例や噂が思い起こされる。抑えがたい恐怖が、苦い唾《つば》となって、玄月の喉《のど》元《もと》まで込み上げた。

「私は、得体の知れない異教になど入信しない」

敢然として言い返す玄月の異論を無視し、ルーシャンは祭文を唱えながら、さらに香木を放り込む。地下の神殿は甘ったるい匂いで満たされた。

「教義については、おいおい教えていく。そんなにややこしいことはない。順番が前後して、申し訳ないことだが、秘蹟を先に授けよう」

ルーシャンは朗らかに断言すると、炎の皿から飛び出していた火掻き棒の柄を手に取った。棒の先の、真っ赤に焼けた鏝《こて》が目に入った玄月は、思わず息を呑《の》む。反射的に身を翻したが、待ち構えていた大男ふたりに、両側から肩と腕をつかまれた。

「放せっ」

思わず叫んだおのれの声の高さに、自身の矜持《きょうじ》が傷つけられて唇を噛む。

「すぐすむ。みんな通る道だ。まあ、ちょっと熱いがな。五日くらいは痛みも続くが、たいしたことじゃない。俺の印もあとで見せてやる」

玄月は肩で呼吸しながら、首を横に振った。

「この地下神殿を秘密にして欲しければ、誰にも言わない。この飛天楼の集会が、朔露に内応するものでないことがわかれば、それでいい。これ以上、そなたらの信仰には、干渉しないと誓う」

「何に誓うというんだ？　神も聖霊も信じぬ金椛人が？　俺たちがこの地上で信じられるのは、秘蹟を授けられた兄弟だけだ」

　ルーシャンはにやりと笑い、背後のひとりに指示を出す。

「手巾《しゅきん》でも口に噛ませてやれ。悲鳴をあげられて、宝生に聞きつけられたら面倒だ」

　ルーシャンに衿《えり》をつかまれた玄月は身を引こうとしたが、無駄であった。ぐいと引き寄せられる。開かれた衿から、胸元をのぞき込んだルーシャンは、はたと手を止めた。眉《まゆ》を寄せて、部下に康宇語で何か命じる。四人の部下は、玄月を溝の刻まれた大理石の卓に、うつ伏せにして押さえつけた。

「自分で手当てできるように、ふつうは胸の上の、筋肉の厚いところに捺《お》すんだが。おまえさんの場合は、上腕の内側がいいだろう。右利きだったな。左の袖《そで》を上げて、肘《ひじ》を押さえろ。火が服に燃え移らんように、袖は肩の上で押さえておけ」

　異国の言葉で祭文を唱えながら、ルーシャンは玄月の固定された左腕に、焼き鏝を当てた。固く目を閉じ、歯を食いしばる一瞬。しかし、激しい痛みと肌の焼ける臭いは、永遠に続くかと思われた。冷水をかけられ、熱をとってからひんやりとした香りの軟膏《なんこう》を焼けただれた傷に塗られる。

「見込んだ通りだ。うめき声ひとつ上げん。前からおまえさんが兄弟になってくれたらいいと思っていたんだ。すぐにでも兵士の位にしてやりたいが、まずは鳥《マート》の位から始めてくれ。飛天楼に上がるときは、鳥と名乗るだけでいい。ちなみに俺の位は獅子《シール》だ。あ、宝生は連れてくるなよ。この方盤城の誰が兄弟なのかは、おいおい教えていく」

汗でびっしょりの玄月の額を拭《ぬぐ》きながら、ルーシャンは上機嫌で言った。

「玄月。おまえさんが忠義を捧げているのが皇帝だけだってのは、わかっている。だが、その印が刻まれた以上、ここで行われる秘儀について口外することはできない。ひとに見られたら、おまえさん自身が邪教徒として裁かれちまうからな。おまえさんたちの言葉で云う『一蓮托生《いちれんたくしょう》』ってやつだ。その代わり、この大陸じゅうに、その印ひとつで動いてくれる兄弟ができた。おまえさんにとっても、悪いことじゃないはずだ」

その言葉を証明するように、四人の男たちは儀式の続きらしく、玄月を兄弟と呼びながら、火傷《やけど》に触れぬよう抱擁した。

舞姫の部屋まで玄月を連れ帰ったのは、何度か言葉を交わしたことのある千騎長のひとりだ。確か、名をラシードといった。ルーシャンが辺境の傭兵《ようへい》隊長だったころからの雑胡隊の兵士で、麗華公主の降嫁のときには夏沙王国にもついてきた。ルーシャンの古くからの部下は、みなずいぶんと出世している。

ラシードは自分の衿《えり》を開いて、左の鎖骨の下を指さした。太陽と牡牛《おうし》の双角を象《かたど》った小さな刻印を誇らしげに見せる。

「あんたが俺たちの兄弟になってくれたのは嬉《うれ》しい。この『不敗の太陽』の秘儀には、本当は男しか入信できないんだけど、あんたの勇気が真の戦士のものだってのは、俺たちみんな、わかっているから、誰にも文句は言わせない。俺たち『兵士』は兄弟のために死ぬ誓いを立てている。『鳥』のあんたにはその義務はないけど、困ったことがあったらいつでも相談に来てくれ。力になる」

青年はひとりで勝手に感激して玄月の拳《こぶし》をとり、両手でおしいただく恭しい仕草で額に当てた。楼門関に受け入れられた難民の長や興胡が、この流れでルーシャンの手の甲や指に口づけをしていたのを思い出した玄月は、思わず拳を引き抜こうとした。肘から上腕へと痛みが走り、うめき声を呑み込む。

抱擁や接吻《せっぷん》は、胡人の間ではふつうの挨拶《あいさつ》のようだが、金椛人に対してなされたことはない。相対する性別や身分によって、細かい決まりがあることは漠然と察していたものの、ラシードの取った礼がどの程度の親密さを示したものかは、不明であった。自分の周囲に、丁寧に育て上げた垣根を、いきなり根こそぎ倒されて、踏み込まれたようなものだ。

顔色の悪い主人を心配そうに迎えに出た郁金《うこん》に、玄月は小さくうなずき、もう休むように言いつける。そして、水差しから茶碗《ちゃわん》に水を注ぎ、ルーシャンに渡された痛み止めを飲んだ。

寝息を立てる黒髪の舞姫の横に滑り込み、闇を見つめながら唇を噛《か》む。

火中の栗に手を出して、文字通り火傷をしてしまった自分の未熟さが腹立たしい。

異国人の藩鎮として基盤の危うい ルーシャンは、監軍の玄月を中央への命綱とするつもりで、この夜を待っていたのだ。

これが敵の張った罠《わな》であったら、明日を見ることはなかっただろう。

知らず知らず、ルーシャンの磊落《らいらく》な性格に油断して、自信過剰になっていたのだ。

陽元にも明かせない秘密を抱え込んでしまった。

異国の邪教に取り込まれた己の運命も呪わしいが、金椛人の感性として、身体に取り返しのつかない傷を付けてしまうことが、先祖に対して申し訳が立たない。すでに人並みの身体ではないものの、それ以上に自我の帰属すべき拠《よ》り所が、破壊されてしまったように思える。

玄月は右手を上げて両のまぶたを押さえつけ、いつまでも疼《うず》く刻印の痛みに歯を食いしばった。

五、天鋸山脈・戴雲王国　春　啓蟄《けいちつ》の末候より春分、清明
（陰暦二月中旬より三月中旬）


金椛《ジンファ》語の授業を準備するうちに、遊圭は勉強を教えられることはあっても、誰かに教えたことはなかったことに気がついた。

ともに後宮に住み込んだ少女、明々には、読み書きの手ほどきをしたことはある。医

生官試験の受験勉強では、みなに遅れがちな明々の課題を手伝ったり、解釈を助けたりした。ただ、それは面と向かって教えるというより、ともに暮らす日々のなかで、生活の自然なやりとりを通じて行われた。そして明々は遊圭より年上で忍耐力もあり、なにより学ぶことに積極的だった。

が、十歳かそこらの少年王は、なんのために異国語を学ばなくてはならないのか理解しておらず、四半刻《しはんとき》でさえ、じっと座っていることも難しい子どもであった。

同年代の子どもたちと接することの滅多にない、孤独で病弱な子ども時代を過ごした遊圭は、健康な男児がどれだけ元気で落ち着きがなく、癇癪《かんしゃく》を起こさずとも動作が激しく、しかも思いついたら即行かつ乱暴に動き回るかということを、初日から思い知らされた。

後宮には、十歳前後の少女も、宮官の小間使いとして仕えていたが、小さなおとなのように与えられる仕事を黙々とこなしていた。癇癪を起こす女童《めどう》もいたが、少なくとも暴れたり、いたずらを仕掛けたりするような少女はいなかった。

まず墨を磨《す》ることから始めようと、遊圭は水滴を手に、壁際の小卓に備えられた水瓶《みずがめ》の蓋《ふた》を取る。水音とともに何かが飛び出し、遊圭の顔にぬるっとしたものがべちゃりと当たった。粘りのある水音とともに卓に着地したのは、おとなの掌《てのひら》ほどもある、青みがかった茶色の蛙だ。ぬめりのある柔らかな塊は、もたもたとうごめき、再びぴょんと飛び上がって床へ降り、出口を探して跳びはねる。

水に濡《ぬ》れた顔を呆然《ぼうぜん》とさせた遊圭に、賢王は大喜びで爆笑し、次いで椅子を蹴《け》って蛙を追い回す。書机に肩や背中をぶつけてもなんともないらしく、蛙を捕まえるのに夢中だ。遊圭は書机から転がり落ちそうな書巻を、慌てて押さえて抱え上げた。

「賢王殿下、お鎮まりください！」

と呼びかけたところで、戴雲《たいうん》国の内側で話されている言葉しか知らない賢王が、遊圭の指図を理解するはずもない。扉近くに控える女官に、

「ナスル殿を！　呼んできてください」

と叫んでも、この女官は蛙を見て真っ青になり、いまにも卒倒しそうだ。

遊圭が急いで扉を開けた途端に、突破口を見つけた蛙はぴょんぴょんと宮室から逃げ出し、築庭に面した回廊へと逃走した。賢王もそのあとを追って庭へ駆け出し、あっという間に茂みへ潜り込んで姿が見えなくなった。

騒ぎを聞きつけて駆けつけた衛兵に、公用語の通じる者がいた。事情を説明したところ、なんでもないことのように失笑された。

「とにかく、授業中も通訳が必要です。わたしは戴雲の言葉を理解できませんし、賢王殿下には、わたしの知っている言語がひとつも通じない」

呼び出されたナスルとザンゥ摂政に、遊圭はそのときもまだ手巾《しゅきん》を握りしめていた拳を振って主張した。

とはいえ、ナスルも暇ではない。独立した商人であり、常に王宮に出仕しているわけ

でもない。

そういえば、遊圭を拉致《らち》したこの国の小隊長は、ひどい訛《なま》りだったが金椛語が使えていた。だったら他にも金椛語を話せる者がいるのではないか。

「かの小隊長が天鋸《てんきょ》行路へ公主を捜しに派遣された理由が、唯一金椛語を話せる人材だったからだそうです」

とナスルが説明する。

「かれはどうなりましたか」

「処刑されました」

遊圭は卓に両手をついて、がっくりこうべを垂れた。

とにかく、公用語を解する者を早急に選んで、派遣されることになった。

自室に戻った遊圭に、賢王の無軌道ぶりと、初日の顚末《てんまつ》を聞かされた真人は、腹を抱えて笑い出す。

「あ、傷に響く。笑わせないでください」

「そんなに面白いですか。わたしは疲れました」

うんざりしつつ、手前で湯を沸かし、お茶を淹《い》れる。

「まあ、遊び盛りの年頃ですから、しょうがないでしょう。遊び相手はいるんですか、その坊ちゃま王様は」

遊圭は茶碗の湯を捨てる手を止めて、首をかしげた。

「そういえば、王宮には子どもの姿を見ないな」

禁城では、言いなりにしかならない宦官《かんがん》を相手に遊んでいた、従弟《いとこ》の翔皇太子を思い出して、遊圭は賢王に少し同情的な気分になった。

翔はそろそろ手習いを始めている年頃のはずだが、読み書きを教える宦官は、さぞかし苦労していることだろう。

茶を注ごうと茶瓶を傾けた遊圭は、はっと手を止めた。

「そうか！　慈仙《じせん》が玄月の失脚を急いだ理由は——」

考え込む遊圭に、真人が話しかける。

「あの、お茶が茶碗からあふれてますよ」

遊圭はあっと驚いて、茶瓶を置いて卓にこぼれた茶を拭《ふ》き取る。衣服にも飛んだ滴を見て、遊圭は嘆息した。今日はやたらと濡れる日だ。

翌日、宮室へ上がった遊圭を、賢王は神妙に見上げた。ザンゥ摂政にこってり絞られたのだろう。反省の色を見せて遊圭に何か話しかけてくる。そして自分から書机に向かった。

遊圭はむしろ頭のうしろで警鐘が響いた気がして、書籍の山や筆記具を見回す。そして賢王がしきりに、好奇の視線を一番上の書巻に注いでいるのに気がついた。

相手に予測のつく行動をしている限り、どんないたずらをされるか、わかったものではない。すぐに授業を始めるのをためらう遊圭であったが、同席するはずの通訳もやってくる気配がない。

遊圭は間をもたせようと、周囲を見回した。書机から逸《そ》れて、棚に置いてあった蹴鞠《けまり》を手に取って指さす。

「これは、戴雲語でなんといいますか」

賢王は、しばしきょとんとしていたが、自分のおもちゃを取られると思ったのか、怒って飛びかかってきた。すばやく身をかわした遊圭は、いっそう興奮する賢王の目の前で、鞠を開け放された窓の外へ放り投げた。

遊圭に殴りかかるべきか、鞠を取りに外へ飛び出すべきかと、賢王が迷っている隙に、遊圭は露台から中庭へと走り出て、鞠を拾い上げた。

「返して欲しかったら取りに来い！」

不思議とこういう挑発は正確に伝わるものだ。賢王は叫びながら、遊圭のあとを追ってくる。遊圭は鞠を軽く投げて、賢王めがけて蹴り飛ばす。まさか自分にむけて鞠が飛んでくるとは、思わなかったのだろう。賢王は慌てて両手を広げたが、遊圭の蹴りもさほど上手《うま》いものではなかった。あっさり賢王の前にポトリと落ちる。賢王の顔に挑戦的な笑みが広がり、正面に転がる鞠めがけて駆け寄った。助走をつけて、思いっきり遊圭に蹴り返す。

十歳にしては切れのある鞠の勢いを、遊圭は両手と胸で受け止めた。思わず二歩ほど後ずさり、コンコンと咳《せき》が出る。

「蹴鞠はこういう遊びじゃないんだけどね」

そうひとりごちて、遊圭はふたたび賢王に向けて鞠を蹴った。こんどはうまく賢王の広げた両手に収まり、賢王は鞠を蹴らずにふりかぶって投げ返してきた。

遅れてきた通訳の青年が、庭まで追いついてきた。しかし、なにが起きているのか理解できないまま、啞然《あぜん》として蹴鞠（というより、鞠を投げたり蹴ったりして転がし合う遊び）に興じる賢王と遊圭を眺めている。遊圭は青年にも鞠を蹴り飛ばした。

通訳の青年は、遊圭よりは蹴鞠に長じていたらしく、優雅な動作で、正確な位置と高さに蹴り返した。遊圭は学生時代に少しだけ囓《かじ》った蹴鞠の要領を次第に思い出して、だんだんと面白くなってきた。もっとも子ども相手に蹴り合っているだけなので、蹴鞠の決まりなど無視した運動でしかなかったのだが。

賢王が疲れてくるまで続けるつもりだった遊圭だが、先に自分の息が切れてきそうだ。心配していた矢先に、鞠を蹴りそこねた賢王が足をもつれさせて転んだ。

「そろそろ、休憩しましょうか」

遊圭は通訳の青年に礼を言って、室内に入るよう、賢王に促した。しかし賢王は転んだまま仰向けになって足をばたつかせ、鞠遊びの継続を要求する。

「今日のぶんの書き取りが終わったら、続きをやりましょう、と殿下に伝えてくれませんか」

と遊圭は通訳の青年に頼んだ。

一日にひとつの金椛文字を教える一方で、遊圭と賢王は、蹴鞠遊びに必要な一連の単語と言い回しを、三日とかからず互いの言葉で覚える。

遊圭が家庭教師を引き受けたのは、こちらの金椛語を教えるだけでなく、かれ自身がこの国の言葉を学ぶのに好都合であったからだ。蹴鞠から始まって打毬《だきゅう》、投壺《とうこ》、また女子の遊びではあるが鞦韆《ぶらんこ》を作らせたりなどして、賢王の興味が尽きないように、日々に必要なものの名前や動作の表現を教え合った。

はたから見れば、賢王と遊んでいるようにしか見えなかったであろうが、ふたりの会話が成立し、意思の疎通が図られているようなので、特に苦情は出ないようであった。

自室に帰ると、忘れないうちに対訳表を作った。

往診に訪れる典医や、水や食事を運んでくれる女官らを相手に、すでに簡単な言い回しを覚えていた真人は、この簡易な辞書づくりに協力的だ。

「医生官の受験のときもそうでしたが、遊圭さんは本当に勉強が好きなんですね」

丸顔の童顔に、ひとの良さそうな笑みを浮かべて、真人はしみじみと言った。

遊圭は筆を止めて真人を見た。

「好きかどうか、考えたことはないです。他に取り柄がないというのもあるんですが、学んだことをおろそかにしていたら、生き延びられないじゃないですか。身につけた知識が、いつ、どこで絶体絶命の危機を救ってくれるかわからないんですから」

「確かにそうです」

思い当たることがあるのだろう、真人は素直にうなずいた。

「賢王殿下にすっかり懐《なつ》かれたようですね。それにしても、遊びながら教えるなんて、画期的です。『教えて厳ならざるは、師の怠りなり』ってのが金椛流の教え方だと思っていましたが」

からかうようにそう言われて、遊圭は苦笑する。言われてみれば、従弟の翔皇太子や、ルーシャンの末息子芭楊《バヤン》にも懐かれた。子どもと遊ぶのは嫌いではない。むしろ愉《たの》しんでいるのは、小さかったときに、子どもらしい遊びができなかった、遊圭自身かもしれなかった。

「真人さんは、どうやって金椛語を覚えたんですか」

「そりゃもちろん、笞《むち》と笞です。筆使いの跳ね、払いを、ひとつ間違えても、親父に手や膝《ひざ》をピシャッと叩《たた》かれましたよ」

遊圭は、親や家庭教師から体罰を受けたことがない。身体が弱すぎたのもあるが、学問すら、部屋からろくに出ることのできない次男の、単なる暇潰《ひまつぶ》しと思われていたのだ。読本や写本をひとつ片づけるたびに、家庭教師が驚き、親が喜ぶのが見たくて、遊圭は一生懸命に墨を磨《す》り、学問に夢中になった。

「国士太学の受験勉強をしていたときに、幼い従弟たちと遊んだのが役に立ったようです。机に向かう前に身体を動かす遊びをした方が、集中力が増すんですよ。従弟の手習いも、わたしの書見も、すごく捗《はかど》りました」

「そんなもんですか。年を取ったらどこか田舎に落ち着いて、手習い小屋でもやろうと思ってるんですが、いいことを聞きました」

「年寄りになるまで、生き延びる気満々ですね」

遊圭が冗談を言えば、真人は「当然じゃないですか」と飄々《ひょうひょう》として言った。

「あと、怪我が治ってから、遊圭さんが毎朝練習している武術みたいなのも、教えてください。長い棒と短い棒を紐《ひも》でつなげた、あれ」

「梢子棍《しょうしこん》のことですか。あれは難しいので、杖術《じょうじゅつ》の基本から始めた方がいいですよ。といっても、わたしの習った杖術は、武術というより、型と呼吸法に主眼がおかれています。体力作りの運動ですから、戦闘には向きませんが、それでよければ」

「慈仙たちとまた会うことがあったときのために、少し鍛えた方がいいかなと思ったんですが」

真人の真剣な口調と面持ちに、遊圭は浮かびかけた苦笑を引っ込める。

「十年修業したって、慈仙さんには勝てませんよ。懐に石灰を切らさないことですね」

「相手を斃《たお》すのに、石灰を使うのは卑怯《ひきょう》だって、遊圭さんは言いませんでしたか」

目の下にできた隈《くま》の濃さのために、大熊猫を思わせる丸い目を見開いて、真人は軽い驚きを見せる。

義仙《ぎせん》に襲われたとき、真人は肩に刀傷を負いながらも、懐に隠していた石灰を義仙にぶちまけて、窮地を切り抜けた。石灰は水分を含むと、発熱して凝固する性質を持つ。目と喉《のど》を焼かれた義仙をかばって、慈仙が急いで撤退してくれたお陰で、真人と菫児《きんじ》は命びろいしたのだ。

「この場合、どちらが卑怯かといえば、慈仙たちの方です。慈仙も義仙も、一騎当千の熟練兵ですよ。丸腰の橘さんとでは、巨人が赤子の手を捻《ひね》るようなものだ。武器があっても、敵《かな》うものですか。わたしだって、慈仙を相手に絶体絶命となれば、石灰を投げつけて逃げ切るのに、やぶさかではありません」

かれらに騙《だま》され、裏切られたことがよほどこたえたのだろう。遊圭はきっぱりと断言した。真人は鼻白んで、遊圭の顔をまじまじと見つめる。

「橘さんの傷が完全に塞《ふさ》がったら、杖術の型は教えましょう。体力の回復も早まるでしょうし、護身術も、基礎ができていれば、いざというときに役に立つものです」

このごろは、教える役回りばかりだなと、遊圭は内心で苦笑した。

「ユーケイ、いいものやる」

遊圭の手を引いて、庭に出てきた賢王は、反対の手に持っていた袋を差し出した。

まずは触れて感触を確かめ、中身が蛙やトカゲでないことを確かめてから口を開いた。中身は赤や緑などの色をつけた糖蜜飴《とうみつあめ》だ。口の中で溶けてしまうが、カリカリとした歯触りも悪くない。しかし、遊圭は顔をしかめる。

「こういう甘い菓子を、子どものときからいつでも食べていると、歯がこの蜜飴のようにボロボロになって、溶けてしまうんです。そして、それはそれは痛いことになります。溶けて腐った歯は、太い針で歯茎から掘り出さないといけなくなりますよ」

怖い顔で警告され、賢王は両手で頬を押さえた。

「いつも、食べてない。かあさまに、もらった」

「賢王殿下には、お母様がご健在でしたか」

王宮にいて、賢王の家族について耳にしたことがなかったので、遊圭は思わず問い返した。父親はすでに他界しているが、後見は摂政のザンゥがひとりで仕切っており、母親が出てくることはなく、兄弟姉妹がいる気配も、王宮内ではなかった。

「かあさま、は、てら、にいる」

賢王は、白い雲に隠れた山の峰を指さして言った。夫を亡くしたために出家した、ということだろうか。それでも未成年の子を残して、寺にこもってしまうのは珍しい。この国では普通なのかも知れないが。

「いつでも、会えるのですか」

「なのかおきに」

賢王は指を七本立ててみせた。そして指を一本たおして、付け加える。

「だから、あとろっかい起きたら、また会える」

「それは、次が楽しみですね」

遊圭は同情したものの、かける言葉に悩んだ。下手に気の毒がっては、賢王が今の状況を不満に思ってしまうかも知れない。それに、王侯の親子の場合は、必ずしも同居するのが普通というわけでもない。

「ユーケイに、いいこと教える」

「なんですか」

糖蜜飴をポリポリと頰張りながら、遊圭は耳を貸す。

「賢王のなまえ、ツンクァっていう。ユーケイは賢王をツンクァって呼んでもいい」

それは大変な名誉なことだ。

「ありがとうございます。ツンクァ殿下。ちなみに、金椛人には名前がふたつあります。わたしの遊圭は字《あざな》で、世間ではこの名で通ります。もうひとつは諱《いみな》といって、公式の名であり、家族と仕える主《あるじ》だけが使います。わたしの諱は『游《ゆう》』といいます」

金椛人にとっては当たり前の慣習ではあるが、異国人には面倒くさいものだと思われていることのひとつだ。ツンクァは何度もうなずきながら理解しようとする。

「賢王はユーケイをユウと呼んでいいのか」

ツンクァが上目遣いに訊《たず》ねるのがなかなか可愛らしい。

「ツンクァ殿下は一時的な雇い主ですので、遊圭とお呼びいただかなくてはなりませんが、公式の書類には星游と記しますので、諱を知っていただくのは問題ありません」

ツンクァはわかったような、わからないような顔で目玉をぐるぐるさせていたが、やがて満足そうにうなずいた。掌《てのひら》に転がした糖蜜飴をまとめて口に放り込む。

「知ってるか、ユーケイ」

　話題がころころと変わる。覚えていて使える金椛の単語が、まだ少ないためだろう。

それも学びの時間だ。

「あっちに行くと、クマが出る」

　母親のいる寺院の下斜面の森を指して、にっと笑った。

「とてもかわいい。見に行こう」

　遊圭の手を握って、すたすたと歩き出す。

「行きませんよ、殿下。われわれだけで、熊の森へ行くのは無謀です。春の熊は、冬眠から醒《さ》めてお腹を空《す》かせていますから、わたしたちは頭から食べられてしまいます」

　遊圭は慌てて引き留める。ツンクァは残念そうにふり返った。

「ユーケイもみなと同じことを言う。でもクマはかわいいぞ。それも、金色のクマだ」

　灰茶か白黒の熊ならともかく、金色の熊など、見たことも聞いたこともない。虎と間違えてはいないかと思ったが、もっとも恐ろしい猛獣だ。どちらにしても可愛い生き物ではない。

「仔熊《こぐま》ならかわいいでしょうが、母熊は恐ろしいと聞きます。この都は山の中にあって、森に囲まれていますから、熊がふつうにやってきそうではありますね」

「金色の仔グマは、とても懐いている。母グマも金色だけど、近づいてこない。黒いクマは、危ないから狩る。クマの黒い毛皮、欲しかったらユーケイにやる。いっぱいある」

「毛皮は重そうだからいりませんが、胆や掌なら欲しいです。薬になるので」

ツンクァは目を見開いて、遊圭の袖《そで》を引いた。

「なにに使う薬？」

「熊胆《ゆうたん》は主に胃腸の薬になりますが、強壮剤にもなりますし、熱痙攣《けいれん》の対処薬としても有効です。胆だけでなく、肉なども大変滋養があるといいます」

医学的な言葉は理解できまいと、遊圭は身振り手振りも加えて、患部や症状、そしてその効き目を説明する。傍目《はため》には、お腹を押さえて苦しんで見せたり、身体のあちこちを撫《な》でたり、両手を上げて元気なさまを表現しているところは、子どもの関心を引くために、おどけて踊っているようにも見えたであろう。

ツンクァは急に押し黙って、母の住む寺院のある山上を見上げた。

「どなたか、ご病気なのですか」

ツンクァは首を横に振ると「なんでもない」とつぶやいた。「食べちゃうのは、かわいそうだ」

黄砂もこの標高までは吹き上げてこない。春霞《はるがすみ》を見下ろす王都の石垣に、遊圭とツンクァは並んで腰掛ける。飴を舐《な》めつつ、とりとめなく話しているうちに、少しずつ少年王の周囲について事情がわかってきた。

「ザンゥは、とうさまのとうさまのおとうと。かあさまの、とうさま」

遊圭はツンクァの家系図を地面に書き出した。崙陸蔵《ロンルウザン》、遵訶爾《ツンクア》と、ツンクァは自分たちの名前が異国の文字で表されたことに興奮し、真似をして棒を取ったが、うまく書けない。画数の少ない字をあてた方が良かったかな、と遊圭は考え直した。

それよりも。

父方と母方のそれぞれの祖父が兄弟ということは、ツンクァの両親は従兄妹《いとこ》同士ということになる。金椛ではありえないことだが、戴雲には戴雲の都合があるのだろう。胡娘は、西方の胡人の国では近親婚に寛容だとも言っていた。

戴雲の民は、数世代前に天鋸山脈の南麓《なんろく》から、高地に生息する毛並みの厚い水牛を追って、死の砂漠に面した北麓《ろく》へと移動してきた人々だという。家畜化された高地の水牛は、土地の開墾や荷運びはもちろん、その乳と肉は食料に、温かな長毛は布を織る繊維に、糞《ふん》は燃料になり、あらゆる恵みを高山の民にもたらす。

太陽の軌道に面した、天鋸山脈南麓の方が、気候的にも良さそうではあるが、戴雲の民が北麓に移動した理由が、戦禍から逃れてきたのか、毛長水牛のためによりよい高原の牧場を求めてのことかは、ツンクァの話からは読み取れなかった。

戴雲人の顔立ちは金椛人と似ていなくもないが、肌の色は濃く、頬は紅をささずとも赤い。商業活動のために天鋸行路に下りていくことは少なく、数世代の間に分裂していった部族間で、牧場の取り合いに終始していたという。標高を下れば、高山種の山羊《やぎ》を飼う先住の部族と土地を奪い合い、各部族は統合と分離を繰り返していた。

「サロ？　とかいう国に追われた西の民が、タイウンの牧場に逃げてきて、争いになった。とうさまが、戦士を連れて行って、戦って、戴雲国を作った」

サロとは朔露《さくろ》のことだろう。ナスルから聞いていたのと、だいたい一致する。

「とうさま、サロに殺された」

地理的なことがわからないが、戴雲国の先王は天鋸山脈のかなり西の方まで領土を広げていたらしい。遂に朔露軍に遭遇して、戦死したもようだ。

「とうさまは、とても大きな人だった。タイウンの男たちは、つよくて、大きい。ツンクァも、大きくなる」

ツンクァは両手を上げて、誇らしげに大きく広げた。

残念ながら、朔露はツンクァが成人するまで、待ってはくれないだろう。

「でも、かあさまは、よわい。タイウンのおんなたちは、よわい。よわくなると、てらに行く。そして、かえってこない」

熊胆の話を聞いて、表情に落ち着きのなくなったツンクァのようすから、遊圭はそうした事情を予想していた。寺がしばしば療養所にも使われるのは、どこの国でも珍しいことではない。ツンクァは真剣な目つきで、遊圭を見上げる。

「ユーケイ、ケガを治すのうまい。女官が言ってた。マヒのケガがきれいに、すごくはやく治っている。ユーケイは、かあさまのケガ、治せるといい」

真人は女官に傷まで見せているのかと、遊圭はあきれた。つまり女官相手に、服を脱ぐようなけしからんことをしているのだ。あとで叱りつけてやらねば。

「ユーケイはよい医者だと、マヒが言ったと女官が言ってる。はだのケガを治せるか」

医術の腕を褒められていたことを知り、遊圭はついつい表情筋をゆるめた。咳払《せきばら》いをして、口元を引き締める。

「医者の卵ですらありませんが、簡単な病や怪我なら見立てて、手当てをすることはできます。ただ、手に入る薬の量や、種類にも左右されますが」

「ユーケイも、こんどてらにくると、ザンゥに言う。いっしょにきて」

戴雲国の国母に会えるというのなら、断る理由はない。

ザンゥ摂政に呼び出された遊圭は、先王の妃であり、現在の賢王の母について、これまで誰も触れようとしなかった理由を知った。

「異国人のそれも男子を、尼僧院に入れることは教条に反するのだが」

苦い顔で、遊圭に辞退するよう圧力をかけてくる。

「金椛国でも、病人が出家して寺に入ってしまうのは、不治の病ですとか、余命が限られてきた者ですが、賢王殿下の母君は、そこまで悪いのですか。こちらの典医は、よい薬をそろえていると見受けていましたが」

「薬も祈禱《きとう》も効かぬ、おかしな病だ。ここ何世代かで女や年寄りがかかるようになった。手や顔が赤く腫《は》れ、皮膚はひび割れて落ち、やがて食事もできなくなって寝たきりとなり、精神を病んで死に至る」

遊圭は、脳内の医経をひもとき、該当する症状を探し始める。ツンクァの話を聞いたときは、近親婚による疾患かと思ったが、一致する病症はない。後天的なもののようだ。

「それは、周りの人間にうつりますか」

ザンゥは上目遣いに考え込んでから、不確かな口調で答える。

「姉妹や親子で同じ病にかかることはあるが、麻疹《はしか》や疱瘡《ほうそう》のような広がり方はしないな。詳しいことは、典医に訊《き》け。賢王殿下が心配されるのはわかる。夏が近づくと、症状が悪化するので、面会ができなくなる。金椛国に同じような病気があって、治療法があるのなら、試してもいいだろう」

うまくいけば、戴雲国に恩を売ることができる。遊圭はいそぎ部屋に戻って、医経と本草集を隅から隅まで精査して、該当する症状や病名、治療法を探し出す。

書籍とはかさばる荷物だが、持ち歩く価値はあるものだと遊圭は思った。


馬の背に揺られて、王宮よりひとつ上の尾根の、寺院へといたる山道から、遊圭は石の都の全容を見下ろすことができた。白い雲が山肌を這《は》うように流れ、ときどき視界が途切れるが、森を切り拓いたところは段々の畑になっており、高黍《たかきび》の畑が広がっている。この季節の放牧は、さらに高地の草原に移動するという。森林の途切れたその上には、毛長水牛や大角山羊の好む草があるのだという。

遊圭は隣を進む典医に訊《たず》ねる。

「その赤肌病は、男のひとは罹《かか》らないんですか」

「年寄りくらいだ。五十を過ぎたくらいから、罹る者は罹る」

そういう本人も五十を過ぎたばかりで、高山の風と太陽のために、すでに皺《しわ》だらけの赤い顔で答える。ただこの赤さは、高黍の酒と気候のせいだろう。爛《ただ》れてもおらず、腫れてもいない。

「天鋸山脈のこちら側に移住する前は、赤肌病が発症することはなかったんですね」

「と、聞いている」

「ほかに、こちらにきてから罹患《りかん》するようになった病が、ありますか」

典医は口伝の歴史を思い出そうと、毛織りの帽子の下で目を細める。

「羊がな、一部族につき五千頭はいたが、蹄《ひづめ》が腐ってみんな死んでしまったという。草がいけんかったんだろう。水牛はなんともなかったから、水は悪くないはずだ」

「穀物は高黍だけのようですが。種籾《たねもみ》も南麓から持ってきたのですか。他に何を栽培しているのですか」

質問攻めにされて、典医はうるさげに遊圭をにらみつけた。

「高黍は、もともとこのあたりの先住民が育てていたのを、取り入れたと聞く。南から持ってきた植物で根付いたのは、豆と蕪《かぶ》、瓜《うり》。自生していたのは芋、蒜《ひる》などか。南で育てていた穀類については、口伝が残っていない。なぜそんなことを訊く？」

「金椛国では、病の根源を、気候や季節、風土とそして、日常の食事に求めます。特に、医と食には密接なつながりがあるのです」

遊圭らに出される食事は質素で品数も少なかったが、長く食べているうちに、病を引き起こすようなものは見当たらなかった。典医はさほど感銘を受けたようすもなく言葉を返す。

「それはそうだろう。ちゃんと食わねば力もつかず、病も治らん」

何を当たり前のことを、といった調子で、鼻を鳴らした。

この典医の持つ薬草の知識は尊敬に値したが、文字を持たない戴雲国の智の伝承は口伝のみ。その積み重ねられた知識と臨床経験が通用しない、新天地に潜む風土病らしき赤肌病には、対処する術《すべ》がないようであった。先祖から伝えられた知識の外側にあることには、お手上げなのだろう。

春も盛りを過ぎた陽気に、森の空気は芳しく、鳥のさえずりはかしましい。人間を警戒しない獣の気配も、どこか浮かれている。

そういえば、天狗《てんこう》はまったく姿を見せなくなったが、いまごろどうしているのだろう。本当に野生に戻って、遊圭のことは忘れてしまったのだろうか。

雲の切れ端から、谷を見下ろす遊圭の視界に、新緑の狭間《はざま》を黄色い獣がすっとよぎった。ツンクァが見たという、金熊母子《おやこ》の話を思い出したが、むしろ金毛猿の方が、実在性がある。目を凝らして森を見渡し、金色の獣の姿を探し求める。しかし、一行は峰を包む雲の中に入ってゆき、視界はひんやりとした白い霧に包まれた。

尼僧院に着いて、母親会いたさに駆け込んでゆくツンクァ賢王のあとを、遊圭はゆっくりと進む。寺院の環境を観察するためだ。

薄暗い部屋にこもり、顔の前に面紗《めんしゃ》を垂らしたツンクァの母親は、発症して一年も経っていないという。つまり夫を亡くしたあとだ。母親に会えて喜ぶ息子の前でも、面紗を上げて顔を見せようとはしなかった。

遊圭が顔と肌を見せるよう伝えると、母妃はためらって首を横に振る。ツンクァが熱心に勧めなければ、診察はできなかっただろう。手の甲は火傷《やけど》したかのように濃い桃色をして、ところどころ皮膚が剝《は》がれていた。

遊圭の、手持ちの軟膏《なんこう》を少し分けて塗ってみたが、一時的な効果しかなさそうだ。舌診のために開かせた口内は、喉《のど》の奥まで荒れていた。声をだすのもつらいらしく、遊圭の問いに、うなずくか、首を横に振るかのどちらかであった。

だが、母妃は、ツンクァが膝《ひざ》に頭を乗せるのを拒むことなく、息子の黒い髪を愛《いと》おしげに撫《な》で、背中を優しく叩《たた》く。

この病が伝染性ではないことを、誰もが知っているようで、母妃が賢王に触れることを止める者はいない。見た目を恥じて顔を伏せ、筆談もならず、声を出すことも不自由な母妃からは、詳しい話を聞くことはできなかった。

脈診からわかることは、あらゆる臓器が弱っていること、特に脾胃《ひい》は疲れ果てており、嘔吐《おうと》や下痢などのために、体力もかなり衰えているという、典医の言を確認するに終わった。

「どんな軟膏も胃腸薬も効かぬ。口の中が荒れて、甘くした粥《かゆ》しか食べられない」

そして、遊圭だけを連れて、重症の患者の部屋へと連れて行った。そこは病室というより牢獄《ろうごく》だ。寝具は荒れ、身体を清めることもないため、悪臭を放っていた。

「ぼんやりしているかと思えば、いきなり暴れ出すので、こうして閉じ込めておかなければならない。幻覚を見たり、徘徊《はいかい》する者もいる。女は罪深いから、このような病気になるのだろう」

「でも、年を取った男性も罹患するのですよね。かれらにはなんの罪があるのですか」

矛盾を突いた遊圭の指摘を、典医は聞き流して何も言い返さなかった。

「厨房《ちゅうぼう》を見せてください」

遊圭が案内された厨房は、糖蜜《とうみつ》や水飴《みずあめ》はたっぷりあるのだが、大量の高黍と萎《しな》びた青菜のほかに、食材らしきものはほとんどない。口が荒れ、胃腸が弱った病人たちに、粥以外に食べられるものなど、限られているからだろう。

遊圭は、医経をさらった段階で、この症状に該当する病名を絞り込んでいたが、ここに来て患者の症状を細かく調べたことで、推察が正しかったことを確信する。

症状の軽い患者の部屋を訪れて、かれらが発症する前の食生活について詳しく聞き込み、確信はさらに深くなった。

聞き取りの作業を終えて、母妃の部屋に戻ってきた遊圭に、ツンクァがまつわりつく。

「かあさまが治るなら、クマを獲《と》ってくる。かわいそうだけど」

遊圭はやんわりと笑って、その肩に手を置いた。

「熊は、おとなに獲ってきてもらえばいいことです。殿下。でも、熊胆《ゆうたん》は典医殿の薬棚にありますから、当分は大丈夫ですよ」

典医は首を振った。

「熊胆は最初に処方した。だが、摂取させている間は症状がおさまるが、治ったと思ってやめると再発する。これだけの人数に常食させるには、貴重すぎる薬だぞ」

「とりあえず、在庫を使い切るまで、熊胆入りの粥を全員に食べさせてください。それで快方に向かったら、次の手を打ちます。ナスル殿に、最寄りの城市へ買い物にいってもらわなくてはなりません」

王都へ戻った遊圭は、街の家々を訪れた。戴雲の一般民の食生活についても、細かく調査した上で、ザンゥ摂政に、この病の記録を学んだことがあると告げた。

「治せるのか」

ザンゥは初めて、遊圭に対して好意的な表情を見せる。

「全員を治せるかどうかは、わかりません。手遅れのひともいるでしょうし、わたしの知っている治療法が、体質に合わない患者もいるでしょう。それでも、半年から一年、根気よく食事療法を続ければ、この病気をこの国から追い出せると思います。ただ、ひとつ確認したいことがあるのですが」

遊圭の放った視線の厳しさに、ザンゥは無意識に顎《あご》を引いて警戒をあらわす。

「この病に罹るのは女性がほとんどということですが、女児や若い女性は罹っていませんね。若くて罹患しているのは、母妃殿下のような、夫に先立たれた未亡人。そして、男性では労働や兵役に耐えられなくなった老人。この国では、こうしたひとたちには、肉を充分に食べさせていない、と見受けました」

ザンゥは口の端をぎゅっと結んで、不快な目つきとなった。

「戦えぬ者は、肉を食べる必要はない。これは、天鋸山脈を越えてくる前からの、我らの伝統で、掟《おきて》だ。以前はそれで赤肌病などなかった。それに、若い女も肉を食べることはほとんどないが、発病はしない。矛盾するではないか」

「天鋸山脈の南麓《なんろく》では、高黍《たかきび》は主食ではなかったそうですね。それに、若い女性や女児は、牛や山羊《やぎ》の乳を飲み、凝乳《ヨーグルト》や乾酪《チーズ》を食べているでしょう？　しかし、子育てを終えた女性たちは、子どもや夫たちに遠慮して、それすらも食べないそうです。さらに、未亡人や子どもに先立たれた老人にいたっては、早く死者のあとを追えとばかりに、高黍の粥とわずかな菜しか与えられない。先王の妃であったひとでさえ！」

徐々に怒気を帯びてくる遊圭の指摘に、ザンゥは不快そうに眉《まゆ》をひそめたが、反論はしなかった。ザンゥにとって母妃は娘であり、その病状を気にかけていないはずはない。

遊圭はおのれの分を過ぎた発言を自覚し、気持ちを落ち着けようとする。

部外者である遊圭に、僧院に出入りすることを許可したことからも、母妃に対する思いは汲《く》み取れる。ただ、国母だからといって、慣習から外して特別扱いできない事情があったのだろう。

数世代にわたる周辺部族との葛藤《かっとう》や、朔露の侵攻に猟場を圧迫されている現状では、高山種の水牛や山羊の畜肉のみでは、戴雲国全体に行き渡らせるほどの量を確保するのは、難しいのかもしれない。

「食養学によりますと、高黍に限りませんが、一種類の穀物だけを食べ続けるのはよくありません。何種類かの穀物と豆類を合わせ、肉や魚も食べたほうがいい。戦う戦わないに関係なく、生きている限り、ひとは五味五気の食べ物を必要とするのです」

そこへ、呼びにやらせていたナスルが到着した。

「わざわざすみません。大急ぎで蕎麦《そば》の種と、それから、もし市場にあれば落花生の実をあるだけ買い求めてください。高地で育つ麦があれば、苗か種籾《たねもみ》も。あとは胡麻《ごま》と、それから白米もお願いします」

最後の品は、自分と真人のための、どさくさにまぎれての注文であったが。

ザンゥには、次のことに取りかかるように提案した。

「早急に、寺院の患者たちには、高黍の粥に牛や山羊の肉を柔らかく挽《ひ》き潰《つぶ》したのを加えて与えてください。肝臓も捨てずに、血抜きをしてから、茹《ゆ》でて糊《のり》状になるまで擂《す》り潰して料理に加えます。それから、まだ症状の出てない女性や老人にも、肉入りの粥をふだんから食べるように奨励してください」

ザンゥは渋い顔をしたが、異論は唱えなかった。もしも財源に問題があるのならば、遊圭は解決策を用意していた。


「やっぱ白飯は美味《うま》いです」

喜びにむせびながら、真人は炊き上がった米を堪能《たんのう》する。遊圭も豆醬《まめみそ》で煮詰めた肉を白飯の上に載せて、休む間もなく口へ運ぶ。

「初めて目にした病気の診断や治療法までわかるなんて、さすが十四歳で医生官試験に合格しただけのことはありますね。すごいです。そしたらずっと太医署で勉強を続けている秀芳さんなんて、話を聞いただけで、治療できちゃうんじゃないでしょうかね」

口に飯を頰張ったままで、遊圭をおだてて秀芳を持ち上げる。

「赤肌病は、金椛では粗皮《そひ》病という名で知られています。単一穀物を主食にしているのが身体によくない典型例として、特に高黍だけを主食にしている地方の、風土病とされる粗皮病が、引き合いに出されます。また、食養学においては、僧などが肉食を避ける場合は、なるべく複数の穀物を摂《と》るのが良いとされています。おかずもなく白飯ばかり食べるのも、良くないんですよ。肉をどうぞ」

遊圭は豆醬の塩と旨味《うまみ》がしっかり利いた葱《ねぎ》と肉料理の皿を、真人に勧めた。

王宮の献立から、都と周辺の農村まで、栄養指導や、土壌と気候に合った穀物の作付けの経過を見回っているうちに、あっという間にひと月が経った。農業の方は専門外なので、ここは戴雲の農民に試行錯誤してもらうしかない。

試験的に作らせた蕎麦の畑をツンクァと散策しながら、遊圭は均《なら》した土から早くも伸びてきた芽を指して言った。

「蕎麦は花の咲く季節が長いですから、まだ播種《はしゅ》に間に合います。粥だけではなく、粉に挽いてから高黍粉と混ぜて麺麭《パン》にしたり、ふかして饅頭《まんじゅう》を作ったり、寒いときは温かい湯麺《たんめん》にもなり、いろんな味が楽しめますよ。冷涼な気候でも育ちますから、もしかしたら、このあたりにも自生しているかもしれません。初夏から秋にかけて、白くて小さな花が咲きます」

どんな花が咲いて、どんな味の種が生《な》るのかと、ツンクァは畝にしゃがみ込んで、小さな芽を興味深げに指先でつつく。

ツンクァの母妃はまだ面紗《めんしゃ》を垂らしたままだが、快方に向かって寺院を出ることが叶《かな》った。王宮に戻って、ふたたび息子と暮らし始めている。

真人は床上げをし、傷の痛みを訴えることもなく、中庭の散歩もできるようになっていた。

「まだ、新しい皮膚は、薄くて柔らかいので、急な動きや、背中の筋肉を引っ張るような動作は避けてくださいよ。簡単に破れて、また血が噴き出してきます」

すっかりなまった足腰を鍛え直そうと、やたらと歩き回る真人に警告する。

「わかってますよ。でも、いつでもここから出て行けるようには、しておきませんとね。足手まといになりたくありませんし。それに、まっすぐお国へ帰るつもりでもないんでしょう？　胡娘さんを菫児《きんじ》につけて先に帰したのも、そのためですよね」

新緑の濃い中庭を、真人について歩きつつ、遊圭はおもむろにうなずいた。

「長逗留《ながとうりゅう》する羽目になったのも何かの縁です。天鋸行路を少し西へ戻って、朔露軍に新しい動きがないか、最新の情報を集めて帰国したい。この戴雲国の居心地が良すぎて、天鋸山脈の裾《すそ》では戦争があることも忘れてしまいそうだけど」

「そうでもないですよ」

真人は左の肘《ひじ》を右手で支えて、慎重に肩を回しながら言った。

「宮殿内の噂では、若い男子が徴兵されていて、村のほうでは男手が足りなくなっているそうです」

童顔で人の良さそうな見た目の真人は、すっかり殿舎周辺の使用人と顔見知りになり、片言の戴雲語で話しかけては、王宮の情報を拾ってくる。

「それは、ホルシードの散歩についてくる兵士からも、少し聞き出しました。新兵が増えて、練兵の時間が倍になり、朝起きるのがつらいってこぼしてました。明日かあさってには、練兵場に連れて行ってもらうことになっています」

遊圭の行動は、それほど抑制されなくなったが、殿舎を出るときは、必ず監視の兵がひとり以上ついてくる。鷹《たか》の散歩のときは三人だ。それでも、赤肌病の治療の効果が出てきたお陰か、王宮の人々は遊圭に好意的になっていた。徐々に王都の周辺へと出かける範囲が広がり、街や森へ足が延ばせるようになった。

鷹狩り――といっても、ホルシードは狩りの訓練を受けていないので、ただ気が済むまで飛び回り、疲れたら餌をもらいに、遊圭のもとへ戻ってくるだけなのだが――は、文明の進んだ都市の貴族にとっては娯楽に過ぎない。しかし、その王が前線に立ち、幼い子を残して戦死するような山懐の国々に住む人々にとっては、猛禽《もうきん》を操る技術は、切実な生活の術《すべ》でもある。

猛禽を飼い馴《な》らすことは難しく、鷹を操る者はそれなりの敬意を払われるため、遊圭がホルシードを連れて歩くときは、やたらと話しかけられ、足を止める羽目になる。いろいろ訊《たず》ねられても、遊圭のほうでは複雑な会話ができないので、長話は避けることができるのだが、地元の言葉を練習する機会は増え、顔見知り以上の知己が日々増えていく。

「ホルシード様々だ。そのうち、鷹匠に紹介してもらえそうだから、狩りの教え方を学ぶことができたら嬉《うれ》しいけど、そこまで長居はしたくない」

「情報収集も、捗《はかど》っているようでなによりですね。そういえば、ナスルさんが王都に戻ってきたそうですが、天鋸行路の朔露軍に関する、新しい話は聞けましたか」

運動を終わらせた真人は、露台に上がって長椅子に腰を下ろした。少し動いただけなのに、真人の息は上がり、額や鼻の頭には汗が玉になって浮いている。

標高が高いせいもあるのだろう。日々動き回っている遊圭は慣れていたが、床上げしたばかりの真人には、まだきついのかもしれない。

遊圭は屋内から水盤と水差しを持ち出して、真人の問いにうなずき返した。

「ええ。ついに朔露南方軍が動き出したようです。黄砂が鎮まったから、天鋸行路を進んでくるつもりでしょう。ただ、劫河《こうが》の氾濫《はんらん》が収まるまでは、騎馬の大軍を河の東側には渡せないだろう、というのは、ファリドゥーンさんと同じ意見のようです」

死の砂漠の深奥に孤立した伝説の郷で、麗華公主と暮らす胡人医師の名を口にする。

遊圭は汗拭《あせふ》きを絞る手を止め、顔を上げて北東の方角へと向ける。

「楼門関はどうなっているんだろう——」

ルーシャンはすでに、朔露軍と剣戟《けんげき》を交わしたことだろうか。

国境が戦禍を蒙《こうむ》るこのときに、陽元は慈仙の口車に乗せられて、玄月を都へ召還するのだろうか。

六、朱門関・宇堅城、天鋸行路　春分の末候より穀雨（陰暦三月初旬より四月）

遊圭の婚約者、李明々《りめいめい》が無理を承知で朱門関を出て、天鋸《てんきょ》行路を西へと遊圭を迎えに行くことを決心したのは、空が淡い黄色に染まる、高地の遅い春も真っ盛りのころであった。

戴雲《たいうん》国に囚《とら》われた遊圭が、ツンクァ賢王の家庭教師として、軌道に乗り出したころにあたる。

皇后玲玉の心遣いによって、明々に随行してきた娘子兵《じょうしへい》の林凜々《りんりんりん》と、遊圭の流刑先で留守を預かっていた星家の家僕で、楼門関《ろうもんかん》から明々についてきた潘竹生《はんちくせい》は、遊圭を捜し出すために、どこまでもついていくと誓ってくれた。

一方――

「いまは、砂漠入りするには、いい季節ではありませんがね。一応は申請してみますが、期待しないでください」

楼門関から明々たちを護衛してきた雑胡《ざっこ》隊隊長の達玖《タルク》が、日焼けした彫りの深い顔に、困惑を浮かべて相談に応じる。

金椛《ジンファ》帝国では、一般の民は国外へ出て行くことは許されない。国から発行された正規の旅行許可証を持った者だけが、朱門関を出入りできる。それも、公務で諸外国へ派遣される官吏や軍関係者、交易を生業《なりわい》とする興胡たちに限られる。

「俺としても、星公子の安否を確かめずに楼門関に帰れません。星公子には、都で世話になった恩もあります。なんらかの手段は、探してみましょう」

明々の頼みに応じた達玖は、楼門関を守る総大将、游騎将軍ルーシャンの、腹心の武官だ。髪の色は金椛人と同じ黒だが、胡人特有の強いくせ毛を、金椛流に頭頂で結って、布冠に包み込んでいる。

達玖《タルク》と遊圭は、親子ほどに年は離れている。しかし、遊圭の護衛を務めたこともあり、体術の師で、同時に西方公用語の教師でもあった。

公私にわたる四年越しの親交に、友人を見捨てるという選択肢はない。

女人の護衛をして朱門関へ行くよう、ルーシャンに命じられたときは、戦雲迫り来る楼門関を離れることに驚いたが、それが遊圭の消息を確かめるためであれば、否やはなかった。まして、遊圭と祝言を挙げるために、帝都から楼門関まで三千里の道のりを越えてきた明々を、門前払いするわけにもいかなかった。

ほとんどの女性が、生まれ育った土地から出ていくことのない金椛の社会で、明々のような行動力は珍しい。さらに楼門関では出会えなかった遊圭を迎えるために、壮年の男子でも苦行である朱門関までの旅を、明々は見事に耐え抜いた。

ところが、朱門関で待ち続けるかれらに届けられたのは、星公子の訃《ふ》報《ほう》だった。

明々はひどく落胆し、しばらくは外出もできないほど塞《ふさ》ぎ込んだが、数日後には、遊圭の自筆による誤報修正の便りを受けて、一同は喜びに沸き返った。

一刻も早く再会したい明々が、遊圭を迎えに自ら天鋸行路を行くと宣言したために、達玖は忙しく役所に出入りすることとなった。

役所をたらい回しにされた挙げ句、朱門関を擁する宇《う》堅《けん》城の政庁に出向いた達玖は、待たされること半刻《はんとき》、太守の執務室に通された。宇堅城の楊《よう》太守は、五十過ぎの恰幅《かっぷく》のいい地方出身の官僚だ。

一介の辺境軍人に過ぎない達玖を、愛想良く迎えてくれた。

「ルーシャン将軍の噂は、かねがね耳にしている。このたびの星公子の災難には、同情を禁じ得ないが、金椛の女人を朱門関から送り出せるかどうかは、法に照らしてみないと、すぐには返事を差し上げかねる。星公子はいずれは帰還されることであろうから、おとなしくこの地で、待っておられたらよいのではないかな。もちろん、星公子の正室となられるお方だ。滞在の都合はすべてこちらでお世話する」

と体よく追い払われ、とりあえず返事を待つことにした。しかし、三日経っても、五日が過ぎても、政庁から音沙汰《おとさた》はない。

「楊太守には、法を調べる気など初めからなかったのかもしれん」

達玖は力なくぼやきつつ、どうしたものかと思案に暮れた。

「すみません。役所の方も、今日も大家《ターチャ》からの手紙は届いてませんでした」

と、凜々よりも拳《こぶし》ひとつぶん背の高い竹生《ちくせい》が、背中を丸めて明々に謝る。

竹生は、遊圭からの続報が、流刑先の自宅や、都の星家邸に宛てて送られていないかと、朱門関の駅逓《えきてい》に日参していた。

明々は落ち着かず、朱門関に通い詰めては、閉ざされた門を見上げる毎日だ。門が開かれていれば、出入りする人々に駆け寄り、そこに遊圭の姿がないか、確かめる。見つからなければ天鋸行路から来た旅人に、遊圭の消息を尋ねた。

が、まったくといっていいほど、遊圭の噂は届かない。明々は焦慮を深めていった。

「どこかで病に倒れているのではないかしら。胡娘さんがいれば安心だと思ったけど、最後の手紙には、胡娘さんのことは書かれてなかったもの。もしかしたら、遊々はひとりになってしまって、どこかで立ち往生しているのかもしれない」

悪い想像ばかりが頭の中に湧き起こる。宇堅城の興胡を回って、近日中に西へ発《た》つ隊商を、自分の足で探し始めた。

凜々が心配して、明々を止める。

「朱門関を出る隊商があっても、許可証がなければ出国はできません。無許可で出て行ったら、追っ手がかけられてすぐに連れ戻されますし、逃げ切っても、帰国のときに入国が許されません」

もっとも遅咲きの山桜が蕾《つぼみ》をほころばせるころ、明々たちは地響きに驚いて通りに出た。宇堅城の東側、朱門関とは反対側にある、金椛領側の大門が開いて、騎馬や歩兵の大軍が城内に流れ込んできたのだ。

その日の朝から政庁に出向いていた達玖《タルク》が、駆け足で明々たちの宿舎に戻ってきた。

「星公子が行方不明になる前に都へ送った報告書に、天鋸行路からも朔露《さくろ》の南方軍が大挙して攻めてくるとの情報があり、さらなる援軍を送るよう、皇帝陛下の勅が下されたのです」

さらに達玖は、明々の一行が、この行軍に加われるよう手配してもいいと、楊太守が申し出たことを伝えた。

「皇帝陛下は、星公子が密命を帯びて死の砂漠入りしていたことを、太守に明かされたそうです。その星公子が任務を果たして帰国の途上にあるはずなので、迎えを出すよう命じられたとか」

一同は晴れやかな笑顔を交わした。旅の準備を始めようと急ぐ面々を、凜々が引き留めた。

「でも、王慈仙《おうじせん》の抱えた訃報はどうなったのかしら。主上は、遊々さんが行方不明であることは、ご存じなの？」

その問いには、達玖によって、あっさりと答が与えられた。

「陛下はまだ、星公子の遭難を知らされてはいないと思う。けが人を抱えた王慈仙は、水路を取ったはずだ。いまごろは北天江を優雅に船で下っているところだろう。陸路の街道を来た援軍とは、行き合うことはない」

明々は、両手を握り絞って、凜々と達玖の顔を見比べた。

「じゃあ、王さんが都に着いたら、帝《みかど》は遊々が死んだものだと思い込んでしまわれるんじゃない？　大后《おおきさき》さまのご心労が心配だわ」

凜々がすぐに意見を出す。

「わたしたちから、都へ手紙を出しましょう。わたしどもの身分では、主上に直接のお手紙を差し上げることはできませんが、それぞれに伝手《つて》を頼って、都と宮城の誰かに言付けましょう」

「ええ、そうしましょう。どうしてもっと早く、それを思いつかなかったのかしら」

遠くにいる遊圭の安否で頭がいっぱいになり、都でかれを待つ人々のことを、すっかり失念していたようだ。明々は頰を赤くして、凜々の案に賛同した。


楊太守は、明々の出国許可を出したが、軍隊内では身元は明かさず、男装を通すことを要求した。兵士らの風紀を乱さないためだというが、男装しても男には見えないのではと、明々は鏡を見てため息をつく。

もう一人の女性、凜々ははじめから兵装であり、体格のよい朴訥《ぼくとつ》な田舎青年といった風情であるので、男装といっても髪型を変えるだけだ。黙っていれば違和感がない。

「俺の小姓ってことで、なんとかなります」

悩む明々に、達玖《タルク》は楽観的な口調で断言した。

「ただ、いまの季節に天鋸行路の砂漠地帯を行くのは、命がけです。この先、俺の命令は絶対ですよ。いいですね」

以前、遊圭が旅の土産に聞かせてくれた、夏沙王国と楼門関の往復の旅は、話だけでもおそろしく危険だった。命にかかわらない砂漠の旅なんて、あるのだろうかと、明々は思った。

「はい」

明々は、ここまでの旅でずいぶんと鍛えられた。だから、遊圭に再会するまでは、決してあきらめまいと、決意も新たに固く誓う。

天鋸行路に配置される援軍一万は、宇堅城で三日の休息を取り、朱門関から出発した。明々と凜々、竹生と達玖の小隊二十人は、輜重車《しちょうしゃ》の部隊に配された。

達玖の部隊には、胡人と胡人の血を引く雑胡と呼ばれる兵士が多い。毛色の違いから、金椛人ばかりの援軍では奇異の目で見られがちだ。それゆえ、明々たちはできるだけ目立たぬように行軍についてゆく。

明々は、朝の元気なうちは、ここまで乗ってきた遊圭の愛馬、金沙《きんさ》に乗って進んだが、午後にはお尻《しり》が痛くなってしまい、馬車に乗り換えてガタゴトと揺られて西へ向かう。

しかし翌朝には元気を取り戻し、可能な限り騎乗して、旅を続けた。

さすがに一万の軍隊であれば、行き交う隊商は道を譲り、盗賊に襲われる心配もない。速度は遅いが安定した進み具合で、野営を繰り返し、いくつかの城市を通過していく。

高標高の漠野に聳《そび》える朱門関を出て数日。

厚い布に幾重もの皺《しわ》を寄せたような山と谷が、いつ終わるともなく続く。空は西へ行くほどに濃さを増してゆく砂霞《すながすみ》で、真昼でも薄暗い。いくつの川を渡り、台地を下りてきたのかも、いつしか数え忘れたころ、唐突に谷は大きく開いて、見渡すかぎりの視界が黄色く染め上げられた。眼下には、無窮の砂砂漠が地の果てまで広がっていたのだ。

楼門関から朱門関まで、金椛領のいくつかの砂漠や荒野を目にし、乗り越えてきた明々であったが、巨大なひとつひとつの砂丘が、波のように無限に寄せてくる砂の海に、ただひたすらに啞然《あぜん》とした。

「あれ、みんな砂でできているの?」

馬上の明々は、あんぐりと口を開けて、かたわらの凜々に訊《たず》ねる。

「ええ、どの砂丘も頂上からふもとまで、黄色くて細かい砂の粒でできています。この砂の海の岸辺に住む人々は、一度足を踏み込んだら、二度と生きて帰ることのできない『死の砂漠』と呼んでいます。これらの砂丘群は風に押されては、少しずつ動いています。そうやって、途中にある街や緑地を砂で埋めては、また風向きが変わると、じりじりと別の方角へと移動していくのだそうです」

ゆるゆると動き回る砂の山脈、その黄色い襞《ひだ》の、重なり合う果ても見えない。

麗華公主は、この無数の砂丘を越えた地平の彼方《かなた》にある王国へ、嫁いでいったのか。

明々は、愕然《がくぜん》として言葉を失った。

麗華の嫁ぎ先は、文字通りに砂上に築いた城のごとく、あるいは砂漠に漂う陽炎《かげろう》のごとく、失われてしまった。そして、麗華は故国を目指さずに、砂漠の奥へと消息を絶ったという。

「遊々は、この砂漠のどこかにおられる麗華公主を、捜しに出たの?」

眼下の果てしない砂ばかりの地平を目にしただけで、明々にはそれがどれだけ不可能な任務か想像できる。

これまで乗り越えてきた、金椛領内の砂漠、枯れ草まじりの砂礫《されき》の荒野でさえ、街道を示す里程や、道しるべなしには乗り越えることはできない、苛酷《かこく》な大地であった。

この、生き物の影すら見えない、砂一色に染め上げられた万里の地平へと、遊圭は麗華を捜しに踏み込んでいったのか。

「そうです。そして、見事、伝説の郷《さと》を探し当てて、公主さまと再会なさったのです。遊々さんは、すごいお方ですね。見た目は、そんな強さをお持ちのようには見えませんが、芯《しん》の強さと賢さは、おそらく帝国一の壮士では、ございませんか」

凜々が誇らしげに遊圭を褒め称《たた》えたので、明々は胸の奥でチリチリと熱を放つ痛みを、言葉にすることをためらった。

遊圭が、麗華のために、命を懸けた。

求婚までした明々には、行先も目的も一切告げずに、帰還すらおぼつかない困難な旅に出たのだ。

急にもやもやと胸が痛み、目頭が熱くなる。これはなんという名の感情だろうか。

思えば、遊圭はいつも麗華の不幸を我が身のことのように悩み、異国への降嫁にまで付き合って、一年近くも帰ってこなかった。

明々の両親は、遊圭との結婚にいい顔をしなかった。官界へ進もうとする人物が上昇指向を持たないはずがなく、出世のためにより高貴な女性を娶《めと》るため、任官前に苦楽をともにした糟糠《そうこう》の妻を離縁してしまうことは、よくある話であったからだ。

もしかしたら遊圭は、いつまでも求婚の承諾を返さない明々をあきらめて、未亡人となった麗華を追っていったのではないか。

突拍子もなく湧き上がった疑念に、明々は息を詰めて胸を押さえた。

そのとき、強い風が砂漠から吹き寄せた。

砂の痛みに明々がまぶたを閉じる直前、前方にいた達玖《タルク》が、馬首を返してこちらに駆け戻ってくるのが見えた。

まだ何十里も遠くに霞《かす》む砂丘の彼方に、黄色い砂塵《さじん》がむくむくと巻き起こる。それはみるみるうちに、うす黒い積乱雲と化して天空を覆い尽くさんばかりとなった。

「明々さん、馬からおりてっ」

凜々がそう叫んだ直後、真昼の視界を灰色の闇に変える砂の嵐が、山麓《さんろく》を降りてきた明々たちを呑《の》み込んだ。

明々の身体がふわりと浮いて、視界がひっくりかえる。

迫り来る砂塵に驚いた金沙馬が、竿立《さおだ》ちになって宙に放り出されたのか。それとも、誰かに馬から引きずり下ろされたのか。

地面に叩《たた》きつけられた覚えもないまま、前後上下の区別を失い、ひどい圧迫感にぎゅうぎゅう押しつけられた。

何が起きているのかもわからない。

目にも口にも、きつく両手で押さえた防砂頭巾《ずきん》の中、結い上げた髪の奥にまで、細かな砂が入り込む。固く閉じた口の中もざらつき、ぎゅっとつぶったまぶたに入り込もうとする砂に、たちまち水分を吸い取られた眼球が痛みだす。

ごうごうと押し潰《つぶ》されそうな音に塞《ふさ》がれた明々の耳に、「明々さん、大丈夫ですか」と、同じように砂を浴びているだろう、凜々の声が遠くに聞こえる。

どこに力を入れても、身体を動かすことができない。

「だい、大丈夫」

自分がどういう体勢で、本当に大丈夫なのかわからないまま口を開けば、砂の塊が入ってくる。吐き出しても、また入り込んでくる。

手に触れるのは、硬い地面か砂、あるいは自分の袖《そで》ばかりだ。

誰かが、厚手の外套《がいとう》を明々の頭から被《かぶ》せてくれて、やっと息ができた。

砂を吐き、睫《まつげ》についた砂を指で落としながら、目を開ける。凜々が大きな布か何かを二人の背に広げて、明々に覆い被さるようにしている。

「すみません。砂雲が上がるのを見て、すぐに幕を張ろうとしたんですが、間に合いませんでした」

「なに？　いまの」

砂を吐きながら明々は問うた。

「砂嵐です。まだ続いています。起き上がらないで」

ごうごうと風の音は止まず、薄明のようなあわさのなかで、凜々の輪郭もはっきりとは見えない。

「こんなひどいのは、天鳳《てんぽう》行路の夏沙行きでも体験しませんでした。砂漠慣れした夏沙兵たちが、風を読みながら案内してくれたからでしょうね」

自嘲《じちょう》の苦笑いを含んだ凜々の声が、明々の耳元でささやいた。

「私、落馬したのかと思った」

「ええ。さっきは、落馬しかけた明々さんを、達玖《タルク》さんが空中で受け止めてくださったんです。達玖さんは、嵐が来るのがわかって、すぐに駆けつけてくれたんですが間に合わなくて。でも、私たちに幕を被せてくれたのも達玖さんです」

耳を澄ますと、男たちの声が、風の音に交じって聞こえる。何を言っているのかは、まったく聞き取れなかった。こんな嵐の中でも、達玖たちは、砂嵐に前後を失った兵士らを助けているのだろうか。

砂嵐が去ったあとも、空気中には胡粉《ごふん》のように細かい砂が漂い、天と地の境も定かではなかった。あわいの世界、黄昏《たそがれ》の国にいるようだ。

突然の砂嵐に混乱したのは明々だけではなく、この遠征に初めて加わった大半の金椛兵もそうらしかった。逃げ出した馬の捜索や、砂に埋もれた輜重車《しちょうしゃ》の掘り出しに、丸一日を費やす。

これが遭遇する最後の砂嵐でもないと、明々はこの先は馬車に乗るように達玖に指示された。馬車の中は、床も座面も、どこもかしこも砂だらけではあったが。

「東部の私たちが、春霞と呼んで眺めていたものの正体は、これだったのね」

明々は砂を握りしめ、ひどくくたびれた声でそう言った。

それからの明々は口を開くこともほとんどなく、行軍に遅れないよう、黙々と従った。

こうした行軍に慣れている達玖や、砂漠行の経験のある凜々は、度重なる砂嵐に気力を削られたようすは見せなかった。遊圭とすれ違ってしまわないように、行き合う隊商に注意を払い、呼び止めて話を聞き、早馬に出会えば遊圭からの書簡を運んでいないかと訊ね、精力的に動き回る。

明々がひどくおとなしくなってしまったことに、気づく暇もなかった。

城市に入れば、みなで手分けして城下の宿をひとつひとつ見て回った。

「まったく影も見当たりませんね。まだこっちまで来ておられないのでしょうか」

死の砂漠に点在する、三つ目の城市でも、手がかりは見つからなかった。

「遊々が手紙を送ってきた城市へは、あと何里あるの？」

明々の口調からは、もはやうんざりした気持ちが隠せない。遊圭を捜しに行くと言ったのは自分自身だったのだが、ここまで単調で苛酷な旅が続けば、どんなに逞《たくま》しく元気な人間だって嫌になるだろう。

荒野と砂漠、雪解け水で増水した谷川を越えるだけで、月がどんどん欠けてゆき、空から姿を消した翌日から、ふたたび丸くなっていく。

遊圭も街道の西のどこかで、同じ月を見ているのだと思えば、耐えられるはずなのだが、「いったいどこをほっつき歩いているのよ！」と、拳《こぶし》を馬や駱駝《らくだ》の鞍《くら》に叩きつけたくもなる。

春とはいえ、砂霞《すながすみ》越しでも地上を突き刺す苛烈な日射しと、乾燥した大気。そして止むことのない砂まじりの風に、肌はすっかりぼろぼろだ。こんな顔で遊圭に再会しても、きっと愛想を尽かされるだろう。

それに交易行路といっても、金椛帝国の主要街道みたいに、舗装された一本の道がわかりやすく貫いているわけではない。天鋸山脈の雪解け水は、毎年のように川筋を違えて谷に注ぎ込み、砂漠を目指して氾濫《はんらん》する。そのために昨年まで使われていた行路はときに押し流され、新しく造られたり、旧道を復活させたりする。そうして網の目のように道が分かれてしまっている場所もある。

もしかしたらすれ違ってしまったのではと、引き返した方がよいのではと、明々は迷い始めていた。

明々はその不安をこらえていたが、やがて耐えきれずに、凜々に打ち明けた。

「すれ違ってしまうことは、ありそうです。ですが、遊々さんが主上へ宛てた親書を投《とう》函《かん》した城市はわかっているのですから、そこで再会できなければ、引き返せばいいだけのことですよ」

あっさりと、なんでもないことのように諭されて、明々はあっけにとられた。

立ち寄る城市では、達玖《タルク》は野営をせずに、金椛軍とは別行動を取り、明々たちのために、隊商宿でも良い部屋を取ってくれる。女性の明々と凜々に対する配慮はありがたいのだが、このあたりまで来れば、街でも行路でも金椛人を見かけることはほとんどない。言葉の通じない明々と竹生は、金椛軍から離れてしまうと、宿から出るのも恐ろしく感じてしまう。

達玖の率いる雑胡の小部隊は、それでなくても金椛軍の兵士らに怪しげな一団として見られている。傭兵《ようへい》でもなく、正規部隊でもない。小判鮫《こばんざめ》のようについてくる、行く先々で自分勝手な行動を取る異民族の小部隊。上層部の方では、話はついているらしいのだが、表に立っている達玖には、いろいろと面倒なことだろう。

何もかもが、達玖におんぶに抱っこで、申し訳ないやら、情けないやら。

「ねぇ、竹生。私、間違っていたかな」

日干し煉瓦《れんが》の隊商宿の二階、上客用の客室に落ち着いた明々は、水と盥《たらい》を持って上がった竹生にそう話しかけた。

「何がですか」

盥に水を注いでいた竹生は、水音で明々の遠慮がちな問いがよく聞こえていなかった。

「朱門関では、遊々が心配で、会いたくて、凜々や達玖さんにわがままを言ってしまったけど、私なんて、言葉もわからない異国の、それも砂漠の街道では、何の役にも立たない。達玖さんや凜々に頼りっぱなしで、足手まといい。あのまま朱門関で待っているべきだったんじゃないかしら、って」

竹生は、常にない明々の弱音に、朴訥《ぼくとつ》な笑みを浮かべた。

「ああ、そうですよね。もっと早く音を上げられるんじゃないかと思ってましたが、一生懸命がんばっておられるんで、行けるところまで行ったらいいかと思ってました。僕もぜんぜん役に立ってませんけど、こんな理由でもない限り、金椛の国の外に出ることなんて、ないじゃないですか。だから、気にしてません。僕も早く大家《ターチャ》に再会したいですし。凜々さんも、同じ考えだと思います」

明々はびっくりして両手を握りしめた。

「そうなの？　凜々がそう言ってたの？」

「いやぁ、そうじゃないかな。大家を捜すの、すごく真剣に手伝ってくれてます」

その言葉は、明々の胸にチクリと刺さった。凜々は明々よりも忙しく、積極的にひとの集まる場所に出入りしたり、すれ違う人々の中に遊圭の姿を捜して歩く。兵士としての訓練を受けている凜々とは、そもそも体力が違うのだと言われればそれまでなのだが、それ以上に、明々は遊圭を見つけ出したい熱意が冷めかけているのだ。

「音を上げたわけじゃないけど。半日も馬に乗っていられない、異国の言葉も話せない、しかも女って、旅には——」

話相手が、自分と同年の男性であることに思い至って、明々は言葉を濁した。こういうところが不便なのだ。帝都から楼門関、そして朱門関への道のりは、旅慣れない明々の体力や、未熟な馬術に合わせて進むことができた。

しかし、朱門関から天鋸行路は、男ばかりの軍隊に合わせて、粛々と進む。

地図の通りに定間隔で、宿の整った邑《むら》や城市があり、女にとって不便な、月経の巡りに合わせて、水の手に入りやすい宿で数日かけて休むこともできた、金椛領内の旅とは違うのだ。

「――私、本当に周りに面倒ばかりかけてる。冷静になって考えてみれば、玄月さんがたくさんくれたお金で、旅に慣れた人たちを雇って、捜しに行ってもらえばよかったのよね。私よりずっと早く行って、早く帰ってこれたと思うの」

「でも、大家の顔を知らない人間を雇ったところで、本物と出会ってもわからずにすれ違うかもしれませんよ。お金目当てに、偽者を連れて帰るかもしれませんし」

竹生の指摘に、明々はそれもそうかと思う。

「実際、来てみて思ったことですが、金椛の外も、ずいぶんと広いですねぇ。駅逓《えきてい》のある邑も大きいし、荒れ地や砂漠にいきなり現れる交易都市は、流刑先の嘉《か》城よりも大きいですしね。大家の顔を知っている人間を送り込んだとしても、偶然行き会って見つけることは、難しいと思います」

現実的な竹生の意見に、明々も冷静に現状を見つめ直す余裕ができてきた。

「私、無駄なことをしている？」

竹生はごま塩に伸びてきた髭《ひげ》をボリボリとこする。笑みを浮かべようとして逆に顔をしかめてしまった。

「無駄とは、言い切れません。運が良ければ、明日にでも大家に再会できるかもしれません。そしたら、大家《ターチャ》はきっとお喜びになります」

そうなるとは、九割がた信じていないから、励ましの笑みが苦笑になるのだ。

明日、遊圭と再会したとしたら――

明々はどんな顔をして遊圭を迎えたらいいのだろう。ちゃんと笑えるだろうか。お帰りなさいと、言えるだろうか。

「遊々は、私が砂漠の中に消えてしまっても、捜しに来てくれるかしらね」

ぽつりと、こぼれてしまったつぶやきに、竹生が目を瞠《みは》って応《こた》える。

「そりゃそうです。大家はそれこそ死に物狂いになって、明々さんをどこまでも捜しに行きますよ」

一厘の疑いもなく、竹生は即座に断言した。

「でも、砂漠を越えるのには、ものすごい準備が必要なんです。大家と胡娘さんの荷造りを手伝ったんですが、ひとり分の水と食料と燃料を運ぶのに、駱駝が二頭いるんです。その装備だけでも、家一軒分のお金がかかるのに、駱駝一頭がめちゃくちゃ高価で、大家の役所勤めの、二年分のお手当になります。お願いですので、砂漠で迷子になったりしないでくださいよ。星家が借金で潰《つぶ》れてしまいます」

明々は驚きのあまり、首のうしろから頓狂《とんきょう》な声が出た。

「遊々は、そこまでして、公主さまを捜しにいったの？」

明々の質問の意味を、一瞬つかみそこねた竹生だが、慌てて首を横に振った。

「費用を出したのは、楼門関に勤めている、玄月さんとかいうお役人ですよ。公主さまを捜しに行くんですから、そりゃぁ、帝の懐から出るに決まっているじゃないですか」

竹生は、こんどこそ心の底から明るい笑い声とともに、明々を励ました。

「ああ、そうよね。もちろん」

明々は恥ずかしくなって耳まで赤くなる。冷静に判断する力を、どこかで失くしてしまったようだ。皇帝の命令は、絶対だ。

「遊々は、主上に言われて、公主さまを捜しに行ったのよね」

竹生は明々のかすれた声音に、不思議そうに首をかしげる。

「そりゃそうですよ。そうでもなきゃ、死の砂漠なんて呼ばれている地獄みたいな所、誰も行くわけがないじゃないですか。ほんと、天子さまってのは、お気楽なもんですね。勅命ひとつで、木っ端役人を砂漠に放り出したり、何万って軍隊も送り出したりできるんですから」

竹生は、言っているうちに芯《しん》から腹立たしくなってきたようだ。手に持っていた桶《おけ》をガンと拳《こぶし》で叩《たた》いた。その音に、急に我に返って恥ずかしげに肩をすくめる。婦人がこれから足を洗うというのに、いつまでもおしゃべりをしていたことに気がついたようだ。

「お着替えが済みましたら、呼んでください。食事を持って上がります」

上気した顔で、あたふたと部屋を出て行く。

ひとりきりになった明々は、深いため息をついた。

遊圭が帰らないのは、麗華にひきとめられているからではと、まったく馬鹿げた、しかし笑いとばすことのできない疑念を抱えて何日も来たが、ここまで来たら引き返しても意味がない。腹を据えていくしかないだろう。

＊　　＊　　＊

胡娘とともに帝都を目指して天鋸行路を進んでいた菫児《きんじ》は、同行する隊商の長、魏文《ぎぶん》に呼び出された。

「金椛帝国から派遣されてきた一万の軍隊が通り過ぎるまで、次の城市から進むことができません」

「何日くらい動けないのですか」

「三日は足止めになります」

一日も早く都へ戻りたい菫児は、焦って胡娘を見上げた。胡娘も腕を組んで考え込む。

「司令官は誰だろう」

この増援が決定された折りの、朝廷のようすも気になる。遊圭の災難を伝えて、協力を仰げる相手であれば、面会を申し込むのも手だ。

「でも、慈仙さんに買収されているかもしれません」

菫児は不安にためらう。

「慈仙にそんな時間や余裕があったとも思えんし、生き証人の私が出て行けば、こちらを信じざるを得まい。どちらにしても、三日もぼんやりして過ごす手はない」

胡娘は即断すると、士官らの営舎へと足を運んだ。そこは、忙しく出入りする将兵でごった返していた。

旅姿の胡人女性と、少年のふたり連れに興味を示す金椛兵士はおらず、宿舎の玄関に進もうとする胡娘を、衛兵が邪険に押しのけた。

「関係ない者が近づいてはならん」

肩を押してくる兵士の腕をつかんで、胡娘は強気で言い返した。

「関係はある。責任者に会わせろ」

殺気立って囲んでくる兵士らに、菫児は膝《ひざ》が震える思いで、胡娘の上着の裾《すそ》にしがみつく。

「ゴタゴタ言わずに、この軍隊で一番偉い人間のところへ連れて行け。私はシーリーン。皇后の薬食師で、いまは星遊圭公子の護衛として、死の砂漠から帰還したところだ」

あまりに自信たっぷりに名乗りを上げるので、下っ端の兵士らは胡娘がそれなりの身分の者と思ったようだ。ひとりが取り次ぎに走り、宿泊の準備に忙しい軍吏が出てきて、対応を代わった。

「星公子といえば、皇后陛下の甥《おい》にあたる方の？　おお、そちらが星公子か」

ひょろっとした口ひげを震わせて、軍吏は菫児《きんじ》に手を差し伸べた。

「あ、違います。僕は星公子の使者です」

「公子はどちらに」

胡娘は、菫児をかばうように前に出た。

「ここにはいない。公子の救出のために手を借りたいのだ。この軍の司令官に会わせてくれ」

軍吏は慌てふためいて、ふたりを宿舎の一室へと案内する。

「司令官は昭威《しょうい》将軍、呉亮胤《ごりょういん》殿です。いまはまだ、城外に野営する兵士らを慰労して回っておいでですので、あと一刻《いっとき》はお待ちいただくことになります。それより楼門関から、游騎将軍の副官、達玖《タルク》殿が一隊を率いて同道されています。なんでも、天鋸行路におられるはずの星公子をお迎えするよう、遣わされたそうです。そちらの宿になら、すぐにご案内できます」

「達玖殿と！　頼む！」

早速、胡人兵が固まって荷を降ろしている一角へと、案内される。

「菫児、あそこだ！」

胡娘が足を速めたそのとき、菫児が悲鳴を上げた。すぐに途切れたその悲鳴に、胡娘は身体ごとふり返ったが、菫児の姿は消えていた。周囲を見回すと、ふたり組の金椛兵士が、布にくるんだ大きな荷物を抱えて、駆け去って行く。

胡娘は腰に手を回したが、いつもはそこにあるはずの弓矢は、宿に置いてきていた。すぐに走り出して、逃げるふたり組を追う。

「そいつらを捕まえろ！」

胡娘の叫びに応えたのは、ちょうど騎馬で来合わせた、くせ毛で黒髪の武人だ。鞍壺《くらつぼ》から抜き取った鞘《さや》付の鉾《ほこ》で、ふたり組の脛《すね》を払い上げた。宙に浮いたふたり組のひとりは尻《しり》から着地し、もうひとりは背中から石畳に叩きつけられる。地べたに放り出された布袋は、くぐもった悲鳴とともに、もぞもぞと芋虫のように動いた。

ひとりは立ち上がってすぐに逃げだそうとしたが、武人の鉾で背中を打たれて石畳に胸から倒れ込む。もうひとりは起き上がるなり、胡娘に向かって走り出した。

逃げずにまっすぐ胡娘へと疾走する兵士の手に、鈍く光るものが見えた。全速でかれらを追いかけてきた胡娘は、避《よ》けることもできずに正面からぶつかり合う。石畳に、ひとつかみの銀貨が澄んだ音を立てて散らばる。突き飛ばされ、仰向けに倒れた胡娘へ、馬上の武人がかけつけた。

「シーリーン殿！　大丈夫か」

「達玖、殿」

胡娘は歯を食いしばり、身を起こそうとしたが、腹を押さえてうずくまった。上着に赤い染みが広がる。達玖の部下に助けられ、麻袋から這《は》い出してきた董児が無事なのを見て、胡娘はほっとした笑みを浮かべて石畳にくずおれた。

「動くな、シーリーン殿。出血している」

達玖《タルク》は馬を部下に任せると、胡娘を抱き上げて宿へと入り、二階の客室へと階段を上がった。客室では明々と凜々が、旅装を解いていた。階下の騒ぎを聞きつけて、扉から顔をのぞかせる。

「胡娘さん！」

運び込まれてきたけが人を目にして、明々と凜々は同時に叫んだ。急いで寝台を用意する。

「血！　刺されたんですかっ」

最初に訊《たず》ねたのは凜々だ。明々は胡娘の帯の留め金を外し、切り裂かれた上着を開く。

「達玖さんっ、水と布を持ってきてくださいっ」

「明々。どうしてここに」

胡娘は青ざめながらも、予期していなかった再会にかすれた声で呼びかけた。

「心配するな、かすっただけだ」

上着の裏に留め付けた革袋の裂け目から、残っていた銀貨がこぼれ落ちる。赤く濡《ぬ》れた下着を慎重に剝《は》がすと、出血はじわじわと滲《にじ》み出るほどにおさまっていた。

明々は安堵《あんど》の息を吐いた。

「銀貨を詰めた革の財布が刃物を防いでくれて、命拾いしましたね。傷は浅いですけど、刃が流れたせいでしょう。おへその横から脇まで切れてます。出血が多いのはそのせいですね。動かないで」

日に当たったことのない胡人の肌は、胡粉《ごふん》のように白く、まるで雪の上に南天の実を散らしたように、傷口からぷつぷつと血の玉が盛り上がる。

「傷が閉じるまで、少なくとも三日は安静にしてくださいよ。遊々はどうしたんですか」

止血と手当てをしながら、明々はどきどきしながら訊ねる。

「遊々は戴雲という国にいる。あの刺客、菫児《きんじ》を遊々と間違えてさらおうとした。慈仙の差し金に違いない」

胡娘は額を押さえながら、枕に頭を預けて目を閉じた。慈仙が都へ向かう道々、ならず者を雇って、天鋸行路を東へ進む胡人の女と、少女とも見間違える少年のふたり連れを襲わせる可能性を、なぜ考えておかなかったか。

「傷は浅いが、倒れたときに石畳で頭を打った。吐き気がする」

明々は凛々に手桶《ておけ》を用意するように頼む。

「いまは無理せず、休んでください。遊々の話は、いっしょにいた男の子から聞きます」

手桶を運んできた凛々といっしょに、菫児が部屋に入ってくる。菫児はいまにも泣きそうな顔で胡娘を見つめ、凛々は菫児を抱き寄せるようにその肩を支えていた。

「すみません。すみません。僕が油断していました。遊圭さんに、なんてお詫《わ》びすればいいのか」

軽傷と聞いて安心したのか、菫児はぼろぼろと泣き出した。洟《はな》をすりながら胡娘の枕元に膝をつく。

「遊々に菫児《きんじ》を守るよう頼まれていたのは私の方だ。城内だからと、武器を持ち歩かなかったのは私の油断だ」

明々は固く絞った綿布を胡娘の頭に当てて冷やし、手桶を枕の横におく。

「さあさあ、胡娘さんは休んでください。菫児さん？　あなたも痣《あざ》だらけじゃないですか。竹生の部屋で手当てしましょう」

胡娘が眠りに落ちるまで見ているように竹生に言いつけ、菫児を竹生の部屋へと連れて行く。賊に放り出されたときに石畳にぶつけたらしい、額のたんこぶや、背中の痣を手当てする。その間、達玖《タルク》や凜々とともに、遊圭たちが天鋸行路で遭遇した一連の災難について、じっくり話を聞くことができた。

七、金椛帝国・西鳳宮　清明（陰暦三月）

青蘭会の宦官《かんがん》、王慈仙《おうじせん》と林義仙《りんぎせん》は、朱門関を通過したのちは、北天江を船で下り、陸路は駅馬を乗り継いでおよそひと月かけて帝都に帰還した。旅の疲れも落とさぬまま宮城に参内し、上奏ののち時を置かずして皇帝の前に召し出された。

先だって、星遊圭の任務終了を報告する速達書簡を得て、その帰還を心待ちにしていた皇帝陽元と皇后玲玉は、王慈仙のもたらした訃報《ふほう》に愕然《がくぜん》とした。まもなく臨月を迎えようとしていた玲玉は、報《しら》せを受けたその場で気を失った。意識が戻ったあとも、腹の痛みと張りを訴え、出血もみられたため、早産を防ぐために、夜も昼も侍御医《じぎょい》が交代で永寿宮《えいじゅ》に詰めて、皇后の看護にあたった。

皇帝陽元は、一日に何度も永寿宮に足を運んでは、玲玉を見舞い、容態を訊ねる。

一方、凶報の使者は御前への出仕を控えて、次の召喚を待つ。

「契兄《きっけい》、おれたち、大丈夫かな」

目の包帯を片手で押さえながら、林義仙はしゃがれた低い声でささやいた。慈仙は身体の大きな義仙が丸めた肩に手を置いた。

「遊圭さえ、死んでいてくれれば何の問題もありませんけどね。橘真人にさえ会わなければ、遊圭の生死を確認して、いざとなればとどめを刺して帰れたのに」

慈仙も悔しげに小声でささやき返す。

遊圭一行が賊に連れ去られるところを菫児に見せ、しばらくは山中に潜んで戴雲《たいうん》国のようすを見つつ、遊圭と胡娘が生きて解放されるようなら、そこでふたりを始末し、ゆっくり帰国する予定だった。

ところが、その計画を真人にぶち壊しにされてしまったのだ。義仙は失明して、この先の宮仕えすらおぼつかない。

「朱門関に通じる街道や河港には、刺客を張らせてあります。胡人の女を連れた、公子然とした男子の旅人は、見つけ次第始末してくれます」

お陰で懐がかなり軽くなってしまった。遊圭の死を確認できる物を持ち帰った刺客には、さらに報酬を払わねばならないが、この陰謀が露見したときのことを思えば、たいした出費ではない。玄月に代わって後宮を仕切るようになれば、すぐに取り返せる。

「こんなときに、役に立てなくて」

義仙は曲げた指を不安げに噛《か》んだ。慈仙は安心させようと、義弟の肩から背中へと撫《な》でさする。

「契弟《きってい》は、いまは養生していなさい。すべて私が大事なく片付けます。玄月さえ早急に始末してしまえば、あとはどうとでもなる」

ただひとつ、義仙の犠牲が役に立ったとしたら、青蘭の壮士ふたりがかりでも、遊圭を救えなかった敵の手強《てごわ》さを、陽元が信じてくれたことだ。

「本当に、玄月さんを落とせるのか」

慈仙は内心で舌打ちをする。あとから入ってきた青蘭会の宦官は、玄月に対して少なからぬ畏怖《いふ》と敬意を抱いている。この企《たくら》みに加担するよう、義仙を説き伏せるのは簡単ではなかった。

玄月の大度と大胆さは、親の七光りと陽元の寵《ちょう》あってのものだ。後宮に放り込まれたときの、底辺の泥沼を這いずり回っていた玄月の姿を、義仙にも見せてやりたい。

ほんの気まぐれに、ちらと優しい言葉をかけただけで、この膝《ひざ》にすがりつき、庇護《ひご》を求めてきた無力な豎子《こぞう》。

この慈仙が守ってやらなければ、官家の出自を憎む宦官や、その天与の美貌《びぼう》を妬《ねた》む女官たちの嫉妬《しっと》を買い、蟻地獄のような後宮に擂《す》り潰《つぶ》されていたことだろう。

慈仙の弟分にしてやったのでなければ、陽元の目に留まることも、父親に再会することも叶《かな》わず、生き延びることすらできなかったはずだ。

それをいつからか、当たり前のような顔をして、この慈仙に命令するようになった。

「もちろんですよ」

普段は優しげな面差しに、昏《くら》い薄笑いを浮かべて、慈仙は強くうなずいた。

「そのために、何年もあの恩知らずの風下で耐えてきたんですから」

陽元は、政務の時間は上の空で過ごし、正午には飛んで後宮へ戻る。日暮れ後もぎりぎりまで永寿宮に留《とど》まり、自身の宮殿へ帰ろうとしない。

面会はなかなか許されないが、異変があればすぐにでも対応できるよう、公務以外の時間は永寿宮に入り浸りとなっていた。

産み月に満たない早産は、さまざまな原因によって引き起こされる。対処を間違えれば、母子ともに命にかかわる症例である。破水と陣痛が始まり、育ちきらなかった胎児が下りてくれれば、その子の命はあきらめるしかない。そのときでさえ、大量の出血や、高熱の続く母親が生き延びる確率は、五割にも満たないのだ。

寝室から出てきた侍御医に、陽元は苛々《いらいら》と訊《たず》ねる。

「どんな容態だ」

侍御医は揖《ゆう》を組んで腰を折り、厳かに所見を告げた。

「出血は続いておりますが、量は減っております。産道は開いておりませんので、赤子が下りてくる心配はいまのところございません。熱は平熱より少し高いようですが、腹が張ることのないように、安静に過ごしておられれば、このままやりすごせるかと」

希望的観測を告げる。誤診をすれば自分の首が飛ぶのだから、対応も慎重になる。

それから数日が経ち、容態は安定し、食欲もでてきたということで、陽元は思い出したように王慈仙を引見した。

なぜ遊圭が死の砂漠へと踏み込むことになったのか、そのいきさつを問われた慈仙は、こう答えた。

「玄月は、ためらう星公子に、公主の探索は大家《ターチャ》のご命令によるものだと、申し上げたのです」

「私はそのような命は下していない！」

陽元は信じがたさに顎《あご》を震わせる。手に持った笏《しゃく》も、小刻みに震えた。伴友とも信じてきた玄月が、自分の言葉を騙《かた》って遊圭を従わせたことに、怒りが込み上げる。

「大家のご命令では、なかったのですか」

慈仙はおそるおそる龍顔を見上げて、その逆鱗《げきりん》に触れることを怖れた。

慈仙がもっとも強く、公主の探索――正しくは公主に従った義弟の林義仙の探索――を主張した本人であることは、口が裂けても言わない。

「そんなことは、ひと言も言ってはおらん。手がかりは捜し続けろとは命じたが、死の砂漠を横断してまで捜させるつもりなどなかった。まして玲玉のたったひとりの甥《おい》を、死の危険にさらすなど、言語道断」

陽元は、あるいは玄月が意図を取り違えるような言い方を、自分がしてしまったのかと、怒りの次に不安が湧き起こる。

「慈仙、そなたが游について砂漠を越えてくれたのか」

「はい。最後までお守りできずに、申し訳ありません。星公子はその、武器は使いこなされないので、奴才《わたくし》も義仙もできる限り庇《かば》ったのですが、義仙が重傷を負わされるほどの狡猾《こうかつ》な賊どもで、公子はあっという間に討たれ、奴才も義仙も、命からがら窮地を脱してきたのです」

陽元は拳《こぶし》を額に当てて、沈痛な面持ちで考え込んでいたが、やがて重たげに顔を上げた。

「麗華の無事を確認してくれた游が、命を落とすとは。麗華のことも、そのままにしておいても、胡楊の郷とやらで平穏に過ごしていたであろうに。游の命を犠牲にしてまで、求めるべき消息ではなかった」

笏を握りしめる拳の震えは止まらない。玄月に直《じか》に問い詰める必要がある。

「楼門関《ろうもんかん》から紹《しょう》を呼び返せ。私の言葉を偽った罪は、許さぬ。寵臣《ちょうしん》の身であることに驕《おご》ったか」

主《あるじ》と家族のみが使う玄月の諱《いみな》を、陽元は口にする。

慈仙は床に平伏して、「御意」と応《こた》え、膝をついたまま退出しようとした。

「待て。なぜ、紹は嘘をついてまで、游を砂漠に送り込んだ？」

顔を伏せていた慈仙の口元が一瞬、上向きに弧を描いた。慈仙は床に両手をついて、その袖《そで》を見つめながら返答する。

「奴才ごときには、推察いたしかねますが。星公子は、玄月を怖れていたようです」

「游が紹を？」

「砂漠を旅していた間、星公子には親しくしていただきましたが、公子のおっしゃるには、そのように玄月と会話をしたことがないそうです。玄月には嫌われているので、話すのも非常に緊張すると」

陽元は首をかしげた。無意識に笏で顎を撫でる。

「紹は、游を嫌っていたのか。いつから？」

「奴才には、大家《ターチャ》の問いの答は知りかねますが、玄月が公子と親しげに話していたところは、見たことがございません。おふたりは顔を合わせても、空気が張り詰めた感じがして、必要以上の言葉を交わしません。奴才も口を挟むのを控えていました」

陽元は首をかしげつつ、笏を振って慈仙の退出を促した。

「召還には鳩を使え。半月で戻ってこいとな」

「御意」

慈仙は膝行《しっこう》して陽元の宮殿を出ると、その命令を即座に実行した。

楼門関から半月で帰ってくるのは自殺行為だ。最速の駅使が、駅逓ごとに騎手から騎手へと通信書簡を引き継ぎながら、昼も夜も走り続けてようやく達成できる日数だ。ひとりの人間が、寝食を摂《と》らずに走り続けられる距離ではない。

帝都の門をくぐる頃には、疲労で心臓が破れてしまうことだろう。

陽元は、それだけ急いで帰ってこいという意味で言ったのかも知れないが、生真面目な玄月は、理由も告げぬ緊急の帰還命令に、陽元の身に何が起こったのかと驚き、半月以内に帰還するために、どんな無茶でもする。

寝不足のために道中で落馬し、命を落とすかもしれない。そうなってくれれば、慈仙にとってはこれほど楽なことはなかった。

途中で鷹《たか》や悪天候で失われないよう、五羽の軍鳩《ぐんきゅう》に同じ書面の文書を託し、北西の空へと放った。

玄月の帰還まで、二十日あまり。

陽元と再会する前に始末したいものだが、あの澄まし顔が窮地に陥ったとき、どんなみっともない顔をするものか、見てみたい。

まずは皇后玲玉を煽《あお》って、玄月だけでなく父親の陶司礼太監も、死罪に追い込む。遊圭の死の真相が知られる前に、玲玉も舞台から消えてもらわねばなるまい。かねて昵懇《じっこん》の曹《そう》貴妃と、じっくりかたらう必要がある。外戚《がいせき》族滅法が廃されてから、自分の産んだ男子を皇太子に据えたいと願う妃嬪《きひん》はいくらでもいる。

青蘭会の基盤をそっくり自分のものにすれば、陽元の代の後宮は、慈仙の思うがままだ。薄黄色い空へ、点となって見えなくなっていく鳩を見送りながら、慈仙は笑いがこぼれるのを我慢できない。

まだ身体を起こせないが、身体も精神的にも落ち着いてきた玲玉と、面会できると知らされて、陽元は急いで永寿宮を訪れた。

「ご心配をおかけして、申し訳ありません」

消え入りそうな声で、玲玉は謝る。

陽元は寝台の帳《とばり》をかき分けて玲玉の手をとった。疲れた顔ではあったが、荒れた肌を見られまいと、薄く白粉《おしろい》をはたき、淡い紅を載せた頰と唇がいじらしい。髪も櫛《くし》を通し、肩口で丸く結わえてある。

「まだ、腹は痛むのか」

丸く盛り上がった寝具に、押し潰《つぶ》されてしまいそうな儚《はかな》さで、玲玉はにっこりとほほ笑んだ。

「いまは、おさまっています。まだ、侍御医から、長い時間は身体は起こしてはならぬと言われておりますが。櫛を通して気分は良くなりました」

「そうか」

「陽元さま」

微熱のために、潤んだ瞳《ひとみ》で見上げられて、陽元は思わず身を乗り出す。

「どうした」

「紹は、何をしていたのでしょう。あの子を、危ないところに行かせないよう、命じておりましたのに」

陽元は、とっさの返答に詰まった。遊圭に手柄を立てる機会を与えるように、玄月に命じたのは自分だ。麗華を見つけて帰国させれば、特赦も可能と玄月は判断したのかもしれない。

だが、慈仙だけをつけて死の砂漠を越えさせ、その上、不穏で治安の良くないという天鋸《てんきょ》行路を行かせたのは、どういうことか。そのような絶望的な旅に、陽元の命であると偽って出したことへの腹立ちがおさまらない。

「それについては、すぐに呼び戻し、厳しく調べさせる」

険しい顔でそう言った陽元は、扉の向こうに小さな顔が三つ並んでいることに気がついた。

「子どもたちに、顔を見せてやれるか。無理はならんが」

「もちろんです。不安な気持ちにさせてしまっていることでしょう」

陽元は、女官に命じて、ひとりずつ母親の顔を見せ、声をかけさせてやった。

「ゆっくり休み、よい子を産んでくれ。游のためにも、な」

自ら一番下の公主を抱き上げ、子どもたちを寝室から連れて出る間際に、そう声をかける。玲玉の目尻《めじり》から、一筋の滴がこぼれおちた。

「哀れな子。生まれた時から病弱で、思うに任せない身体で、それでもいつも、精一杯、必死で生きてきたのに。陽元さま。どうぞ、あの子を苦しめた者を、決して赦《ゆる》さないでください」

「もちろんだ」

きっぱりとうなずきつつも、玄月が自分の意向を汲《く》み違えたことが、信じがたい気持ちもある。遊圭自身が慈仙に語るほど、玄月と遊圭は相容《い》れぬ関係であったのか。玄月は、遊圭を嫌って死の砂漠へと送り出したのか。

遊圭が、謀叛《むほん》人の友人を庇って告発されたときも、官人法を用いれば流罪は免れたはずだが、判決を告げに行った玄月は、そのことを説明しなかったのだろうか。

都から、遊圭を遠ざけるために？

陽元は何が玄月をそうさせたのか、やはり本人に問い質《ただ》してみなくてはと思うものの、そうしたところで、もはや星遊圭は帰ってこない。

あの、ひたむきで真っ直ぐな、自ら決めた目的を果たすためには努力を惜しまず、いかなる苦難も乗り越えてきた、あの少年は。

自室に戻って、遊圭が最後に送ってきた書簡を読み返す。麗華がいかにして安息の日々を得たか、息子を慈しんで育てているか、新しい家族に迎えられて、幸福に暮らしているか。丁寧に綴《つづ》ってあった。

麗華の文も同封されていた。柔らかな少し拙《つたな》い筆跡で、息子の名は陽元に因《ちな》んだこと、天子の名と重ねるのは不敬なことではあるが、夏沙語なので許して欲しいと書かれている。陽元の治世の、長久と平和を願って結んであった。

同腹の兄弟のいない陽元にとって、数多い異母兄弟姉妹の中で、もっとも心にかかる妹であった。実母を殺害した永皇太后の娘であったが、母親の陰謀については何も知らぬ、これもまたひたむきにひとを愛する娘であった。

この妹の無事を自分が知るために、将来有望な甥《おい》の命を引き換えにしてしまった。哀しみで胃が締め付けられるよりも、腹の底に怒りが湧いてくる。

陽元は近侍を呼びつけた。ガサガサと衣擦《きぬず》れの音を立てながら、前屈《かが》みの宦官《かんがん》が進み出て床に膝《ひざ》をつき、叩頭《こうとう》する。陽元は丸い宦官帽に向かって命じた。

「司礼太監を呼べ。いますぐに」

「御意」

すでに陶名聞は宮城を退出して帰宅していたが、近侍はこの命令をすぐに実行した。急使が名聞の自宅へ走り、陽元の命令を伝える。

すでに就寝の用意を終えていた陶名聞は、皇帝の呼び出しにふたたび着替え、輿《こし》を急がせて参内した。灯りのついた紫微宮《しび》の奥には、皇帝が午後の龍袍《りゅうほう》姿のままで書き物をしていた。

官僚であったときから、陽元の教育係であった名聞は、皇帝に対する煩雑な宦官の礼作法を、いくつか省略できる特権を与えられている。例えば、他の宦官であれば許しがあるまで膝をついたまま、床を見つめて受け答えをしなくてはならないが、名聞は最も丁寧な揖礼《ゆうれい》ひとつで、陽元と会話を始められることが、そのひとつだ。

しかし、かつて見たこともないほど、剣呑《けんのん》とした表情の陽元に、陶名聞は叩頭の礼をとって参内の口上を述べたのち、声がかかるのを待った。

「星公子の訃報《ふほう》は、耳にしているな」

皇后が寝込むほどの騒ぎになっているのだ。司礼太監である名聞が知らぬはずがない。名聞は顔を伏せたまま答えた。

「存じております」

ふた呼吸の間を置いて、陽元は言葉を継いだ。

「紹がかかわっているようだ。私の命であると偽って、星公子を死の砂漠へ麗華の探索に行かせたという。護衛は慈仙のみ。これは、死にに行けと言っているようなものではないか」

驚きに、許しもなく名聞は顔を上げる。

「まさか、紹が大家《ターチャ》のお言葉を偽ることなど、決してございません」

狼狽《ろうばい》のあまり、直截《ちょくせつ》な言葉と甲高い声で、息子の無実を訴える。陽元は卓に肘《ひじ》をついた。冷淡な眼差《まなざ》しで名聞をじっと見下ろす。

「紹が星公子を嫌っていた、という者がいるが、なぜだ。父親のそなたならば、わかるのではないか」

名聞は、外戚族滅法を逃れるために、星遊圭が女官を装って後宮に隠れ住んでいたことは知らない。玄月は、遊圭が麗華の降嫁に、尼僧として随伴したことも、父親には話していなかった。息子と遊圭のかかわりは、族滅法が廃止されて、遊圭が西部の隠れ家から都に帰って以来であると思っている。

この二、三年で、玄月が遊圭に好悪の感情を抱くようなつき合いが、相互にあったかどうかさえ、知らないのだ。

彼が知っていたのは、族滅を免れた公子が、外戚の特権を得て家の再興を図り、若年にして見事に難関の童試に合格、国士太学に入学し、やがては官僚となり外戚としての将来を嘱望されていた、ということだ。

「愚息と星公子に、個人的なやりとりがあったのか、詳しくは存じません。名門の官家に生まれ、官僚となるべく育てられたにもかかわらず、少年のときに一族を亡くし、進むべき将来への希望を失った、という点では、公子の境遇に思うところが、紹なりにあったのかもしれません」

息を震わせながら、名聞は息子の心情を思い遣《や》った。

「しかしながら星公子は、強運をもって生き延び、大家《ターチャ》の温情を賜って、星家再興の道へと進まれたわけですが――紹は、」

名聞はそこで言葉を切った。もう何年も経っているのに、ただ一度だけ、息子に罵《ののし》られた言葉が蘇《よみがえ》る。

――命惜しさに誇りも名誉も捨て、官奴に落とされ――種を絶たれて生き延びたところで、なんの大恩か――

卑しむべき宦官にさせられた不満と怒りを、陽元と他の宦官らの前で爆発させた息子の叫びは、そのあとも繰り返し思い出されては、名聞を苦しめてきた。

「紹は、宦官として生きることを命じた私を、ずっと恨んでおりました。官僚にするために、厳しく学問を押しつけ、それが叶《かな》わぬとなれば、自宮を強いたこの父を。あれは、いつまでも、許しはしないでしょう」

その恨みが、父の自分ではなく、日の当たる場所を歩いてゆく星遊圭に向けられたと、名聞が思ってしまったのも無理はなかった。

名聞の声は震え、こらえることのできない涙がこぼれて床に落ちる。感情の起伏が激しいのは宦官の常であったが、そうならないように自己を律してきた名聞であった。しかし、このときは長年目を逸《そ》らしてきた後悔に、胸がぎりぎりと締め付けられ、全身がしぼんでいく。

名聞は膝を引きずるように這《は》い進み、陽元に懇願した。

「あれに罪があるとしたら、それは私が作り出した罪です、どうか、私を処罰してください。この老僕の命で償わせてください」

陽元は、このみすぼらしく惨めな薄墨色の塊から顔を背けた。学問の師であり、政道の導師であり、遠い実の父帝よりも人生の規範と見上げていた師父だった。そして、かれを傀儡《かいらい》に育てようとした、嫡母永氏の呪いから解き放ってくれた恩人でもあった。

それがいまは、育て損ねた我が子の命乞《いのちご》いのために、泣きじゃくる醜怪な老人でしかない。

「もうよい。下がれ。明日は参内しなくてもよい」

「大家！」

「下がれと言った！」

苛立《いらだ》ちに声を上げ、涙と鼻水で見苦しいばかりの惨めな老人に、陽元は背中を向けて立ち上がった。そのまま奥へと足を向ける。

いたたまれなさにその場を逃れたのは、悔恨と嘆願に身もだえする名聞ではなく、一天万乗の主たる自分であることに、いっそう腹を立てながら。

八、戴雲王国・天鋸行路　初夏　清明、穀雨（陰暦三月中旬より四月初旬）

真人が健康を回復し、少年王ツンクァの信頼と、その母親の感謝を得、戴雲《たいうん》国の首脳部とは、友好的な空気を作り出すことに成功した遊圭は、そろそろ帰国の準備にとりかかる。

金椛《ジンファ》帝国や、朔露《さくろ》可汗国の規模に比べれば、取るに足らない新興の小国ではあるが、高原育ちの剽悍《ひょうかん》な兵士一万は、ひとつの戦局を左右するのに、決して少ない数ではない。特に、初代の王を朔露に殺された恨みのある新興国ならば、日和見がちな天鋸《てんきょ》行路の諸国よりは信用できるだろう。

ザンゥ摂政に、金椛帝国へ正式な使節を立てた朝貢を勧めた遊圭は、その采配《さいはい》は自分がとることを約束する。

「こちらから贈れる物といえば、熊の毛皮と鉱物くらいなものだがな」

「朝貢に贈る品物の内容は、問題ではありません。朔露側にはつかない、という意思表示だけでも、金椛帝国には貴国からの進貢を受け入れ、回賜《かいし》の使者を立てる意義があります。通常は、返礼として帝国より贈られる品物は、帝国の威信をかけた最高級の工芸品や文物、帝国内各地方の特産品になりますので、進貢する側が損をすることはまったくありません」

熱弁をふるう遊圭を、ツンクァ賢王は頼もしげに見上げ、ザンゥ摂政は胡散臭《うさんくさ》そうに反論する。

「こちらばかりに都合のいい取り引きを、なぜ強大な金椛帝国が受け入れなければならない？　うまい話には裏があることくらい、辺境の田舎者でも知っていることだ」

なかなか食えない御仁である。さすがに先王の舅《しゅうと》として孫の摂政を務め、五部族を束ねるだけのことはある。遊圭は年の功に逆らうことをあきらめた。

「正直に申し上げれば、あなた方が金椛側についていただければ、味方が一万増えます。しかし朔露側につかれてしまうと、敵対兵力が一万増えてしまう計算になります。せめて中立でいてもらうだけでも、回賜の費用を補って余りあるほど、金椛帝国にとっては、得策なのです」

「朔露につく気は毛頭ないが、金椛の尖兵《せんぺい》となって戦うほどの実力は、我が方にはないぞ。大盤振る舞いされたからといって、金椛帝国の捨て駒となり、我が国が滅んだら元も子もない。それに、たとえ援軍を寄越《よこ》されたとしても、朔露に勝てるのか。夏沙王国に送られた金椛軍二万は、あっさりと、朔露に敗れたというではないか」

「夏沙王都が落ちたのは、夏沙王イナールの弟、ザード侯の背反によるものです。応援した当の王室が分裂していれば、何万という援軍を差し向けたところで、勝てる戦ではなかったでしょう」

痛いところを突かれたが、朔露の戦略を知っていた遊圭は、うまく言い抜けることができた。

「天鳳《てんぽう》行路では朔露におくれをとりましたが、金椛帝国は、西の砂漠から東と南には温暖な海岸、その内陸には天鋸山脈のような高山地帯を抱えた広大な版図を有し、帝都にはあらゆる種類の農産物や家畜が各地から集められています。朝貢では、手に入るだけの穀類の種籾《たねもみ》や菜類の種、そして畜獣を皇帝陛下より賜り、持ち帰りましょう。より強靭《きょうじん》な兵を育て、人口を増やし、この戴雲国の基盤を盤石となすために」

食糧の自給と財源に不安を抱える戴雲国にとって、金椛帝国への朝貢は利点しかない。遊圭はそれだけは自信を持って断言できた。

ザンゥ摂政が重臣らに諮ったところ、満場一致で朔露よりは金椛、という意見でまとまった。少なくとも、夏沙王国の敗北を招いた王室内の分裂は、戴雲国にはないようだ。

地理的にも中立の難しい戴雲国ではあるが、感情的に添えない朔露を選ぶことはない。

ザンゥが遊圭の提案に難癖をつけて結論を引き延ばしたのは、祖国を安売りできない矜持《きょうじ》のためであったろう。

次は使者の人選である。

「できるだけ、王室か政治の中心にいる人間を正使に立ててください」

重臣たちは顔を見合わせる。一日でも戴雲領から出たら、自分の領地がなくなるという不安でも抱えているようだ。

ザンゥは自分が行くべきかと遊圭に訊《たず》ねた。

「摂政閣下の留守は、誰が見るのですか」

重臣たちとザンゥらの全員が、天井を見上げて嘆息した。

人材がなさすぎるのも、新興国の悩みだ。

「正使が、成人の男性である必要はありません。賢王様に一番近いご親族でも」

「賢王が正使として金椛の都に行こう」

ツンクァが大きすぎる椅子から発言した。母国語のときは、金椛語を話すときの幼いしゃべりかたではなく、おとなびてしっかりした言葉遣いになるのだが、重臣たちの前で発言するときは、さらに人が変わったように硬い口調になる。

遊圭はふと、従弟《いとこ》の翔皇太子を思い出す。

ツンクァは変声期の不安定な声音で、ザンゥや重臣たちに意見した。

「金椛の帝《みかど》は蹴鞠《けまり》も打毬《だきゅう》も上手で、太子は賢王よりも年下と聞く。賢王が金椛語で挨拶《あいさつ》すれば、新しい国だからといって、みくびられないだろう。使節の準備を始めよ」

ザンゥ以下一同は、賢王の決定に従った。

ツンクァは、いたずらっぽい笑みを遊圭に向ける。金椛語を教える間にした、帝都のようすや金椛の文化、芝居や球技、子煩悩な皇帝と優しい皇后、やんちゃな太子とその弟妹の話が、功を奏したようだ。

星公子の、帝都帰還の旅は、賑《にぎ》やかなものになりそうだ。

が、しかし、その翌日に王宮へ舞い込んできた急報に、世界の都といわれた金椛帝都へ派遣する、使節の準備は宙に浮いた。

朔露南方軍司令官、小可汗イルコジからの使者が、戴雲の王都を探し当てて、帰服を呼びかけてきたからだ。

使節団の編成のために、賢王を囲んでの会議に同席していた遊圭と真人は、そのまま謁見の間へとついていき、使者の口上を聞いた。

朔露の使者は、遊圭が記憶しているような毛皮とすり切れた革鎧《よろい》、戦斧《せんぷ》で武装した騎馬戦士ではなかった。正使は朔露の騎将らしく、漆の色も艶《つや》やかな手入れの行き届いた革鎧に、毛皮の縁取りのついた帽子を被《かぶ》っていた。冑《かぶと》は革紐《かわひも》で肩から吊《つ》している。武器は預けて丸腰であった。副使は通訳を兼ねた、康宇人の興胡だ。

朔露正使の口上を、副使が康宇語に訳し、ナスルが戴雲国の首脳陣に説明して話が進む。

正使は、小可汗の族弟ジンと名乗った。目鼻立ちは金椛人に似て彫りは浅いが、色は胡人なみに白い。体つきは逞《たくま》しく、鼻筋の通った若者で、細い切れ長の目が印象的だ。

この初夏に劫河《こうが》を渡って金椛帝国へ進軍する朔露南方軍のために、兵糧と換え馬を用意すること、帰服の証《あかし》として、王族から人質を差し出すこと。進軍の暁には、天鋸行路に戴雲軍を進めて金椛軍と天鋸行路の各都市国家の連絡を断つこと、を要求してきた。

重臣の視線が、自分へと揺れるのを避けて、遊圭はあらかじめ真人を促して使者の背後に並ぶ官吏の列にまぎれていた。ふたりとも戴雲人よりは色白だが、衣装は現地の宮廷服をまとっているので、黙っていれば目立たない。

その場からは、正面の椅子にいつもより姿勢よく腰かけて、人形のようにじっとしているツンクァ賢王の表情がよく見えた。母の食養に合わせて改善された食生活のせいか、最近は顔色もよくなってきたツンクァであったが、使者の目的がわかるにつれ、不安を隠せない面持ちとなっていく。青ざめ、目だけで遊圭の姿を探している。

しかし、朔露のために働く康宇人の副使と、朔露の侵攻をよしとしない同郷のナスルとの間に張られた糸が、遊圭には気になる。この交渉の鍵《かぎ》を握る通訳ふたりの間にあるのは、同調か、葛藤《かっとう》か、他国の人間にはうかがい知れない。

このとき遊圭は、諸国の争いや講和を操っているのは、国を支配する王侯ではなく、興胡のような人間たちではないかと思った。

ザンゥは朔露の要求が可能であるか検討し、その間、使者をもてなすための席をもうけるとし、謁見を終わらせる。

特上の客室に使者を案内させ、遊圭を自分の執務室に呼び出した。

「朝貢どころではなくなった」

国交もない他国が、無体な要求と使者を送り込んできたということは、拒絶されれば問答無用でねじ伏せるつもりなのだろう。それなりの数の軍勢が、王都の近くに潜んでいて、色よい返事が得られなければ、時を移さず襲撃されるかもしれない。

絶えず西側を警戒していた戴雲国だが、天鋸山脈は広大で、すべての山河を常時索敵できるわけではなかった。かつて、金椛帝国の領内で、錦衣《きんい》兵の護衛に囲まれながらも朔露の賊軍に襲撃されたことのある遊圭は、かれらの神出鬼没さを侮ることはしない。

「朔露が当国を圧迫するためにどれだけの兵力を割いているのか、それを知ることが先決です。戴雲軍で対処しきれない数の朔露軍が侵攻中であるとわかれば、金椛軍の最寄りの駐屯地へ、援軍の要請はできます。我が国と貴国とは国交がありませんが、わたしの権限で、ある程度の数は動かせるでしょう」

そんな権限は与《あずか》っていないので、はったりに過ぎないのだが、嘘というわけでもない。印章を使えば、自分の身分と任務に応じた護衛を要請して、多少の兵を借りてくることは可能だ。

ザンゥ摂政の面に、焦慮が浮かび上がる。

「先王は皆に慕われていた。朔露につくことを喜ばぬ者たちの方が多い。だが、彼我の兵力の差が大きすぎる。金椛軍は間に合うのか」

朔露の尖兵と密偵が、どこまで天鋸行路と北麓《ほくろく》の高原に食い込んでいるのかわからない以上、遊圭はなんとも答え難い。

「ここは二面外交しかありません」

遊圭は嘆息とともに提案した。ザンゥは渋い顔でその先を促す。

「まず、予定通り、朝貢の使節を金椛へ送ります。朔露に勘づかれないよう、地味な隊商を装って出発する必要はありますが。金椛領に入って、朱門関の太守に通達してからでも、国使の体裁は立てられます。わたしが文書を用意します。次に、朔露との交渉で、先延ばしできるもの、出兵ですとか、兵糧は国情を鑑《かんが》みて時間がかかると言い抜け、供出できる兵数や物量については言明せず、値切れるだけ値切るのがいい。そして、人質ですが――」

これが難題だ。人質を預けてしまえば、両手を後ろ手に縛られるのと同じだ。はじめから捨て駒として、要らぬ王族を押しつける政略もあるが、王族の少ない戴雲国の選択肢にはない。また、支配階級と庶民の距離が近い小国の常で、王族に対する国民の敬慕の念は深い。人質を送ってしまえば、戴雲国は朔露につくほか道はなくなってしまう。

「わたくしが、参ります」

ふたりの背後から、女性の声が名乗り出た。驚いてふり返る遊圭の目に、面紗《めんしゃ》を上げた母妃の、まだ若く決然とした顔が映る。

「お父様。わたくしは朔露のために、夫を失いました。朔露に与《くみ》することには同意できません。しかし、恨みのためにこの国まで滅ぼしてしまうこともまた、できません。時間が必要なら、わたくしが人質として朔露へ参ります。朔露に帰服するか、戦うかの判断はお父様にお任せします。戴雲国がどちらの道を進もうと、時が到れば、わたくしは足手まといにならぬよう、自決する覚悟はできています」

「しかし、それではツンクァ賢王殿下が――」

遊圭が思わず口を挟むと、母妃はまだ少し赤みの残る頰に笑みを浮かべて言った。

「ツンクァと、ツンクァの治める戴雲国の未来を守るために、わたくしができる唯一のことです」

ひと月前は、人前に出ることすらできなかった母妃は、国母として毅然《きぜん》と答えた。そして、ふわりとほほ笑んだ。

「朔露には夫を殺されましたが、遊圭さまには、この命を救っていただきました。わたくしは、どちらを選ぶかと訊《き》かれれば、金椛の情にすがりたい」

まだ喉《のど》に痛みの残る声のつらさが、大国の間で去就を迫られる、弱小国の悲哀そのものに聞こえる。

ザンゥ摂政は、母妃の意思を尊重して、二面外交の筋書きを立てたが、ツンクァが納得しなかった。母妃に説得されてついには折れたが、遊圭の部屋に忍び込んできたツンクァは、朝貢の正使に立つ決意を告げた少年王の威厳もなく、ただの子どもになって泣きべそをかく。

「かあさまは、賢王を置いていく。病気が治っても、またいなくなってしまうのなら、治したことにならない」

朔露の要求に母妃が名乗りを上げたのは遊圭のせいではないが、病に冒されたままであれば、このような責務を負うことはなかっただろう。

「赤肌病が治らなければ、母妃様はやがて心をも病んで、ツンクァ殿下のお顔も見分けがつかなくなり、二年の内にお亡くなりになっていたことでしょう。その方が、良かったのですか。一国の国母として、ご自分の命運を決断されることは、母妃さまにとって名誉のある生き方ではございませんか」

それは、建前ではあったが、ひとつの真実でもあった。しかし、自身と金椛帝国が生き延びるために、この少年の母親を利用することが、正しいこととは遊圭には思えない。

ツンクァの、肉親を失おうとしている骨を噛《か》む痛みに、遊圭もまた無関心ではいられないのだ。

まだ声変わりもしないうちに、冷たくて残酷な世界に放り出される少年に、族滅によって家族を失った自身の過去が蘇《よみがえ》る。

「ツンクァ殿下のお母様を、わたしがお守りします。母妃さまの近侍として、朔露の小可汗のもとへ参りましょう。ツンクァ殿下が、朝貢の使節として、金椛皇帝から援軍を取り付けて戻ってくるまで、わたしが母妃さまをお守りして、朔露領から逃げ帰ります。それならどうですか」

横で見守っていた真人は、目玉も飛び出さんばかりに驚いたが、遊圭の強い視線を受け止めて、顎《あご》が外れそうなほど開いた口から、言葉を吐き出すことは我慢した。

「ユーケイが、かあさまを守ってくれる？　本当に？　ここに、必ず連れて帰ってくれる？」

泣きすぎて顔を腫《は》らしたツンクァの頬を撫《な》でて、遊圭はうなずいた。

「ええ、必ず。わたしは、家を再興するまで死ぬことのない宿命を予言されていますから、かならず母妃さまを連れてこの都へ帰って参ります」

納得したツンクァが宮室へ戻ったのち、真人は遊圭に詰め寄った。

「あなた、朔露のど真ん中に飛び込んでいくつもりですか？　生きて帰れない確率の方が九割九分九厘ある方に僕は賭《か》けます！　まさか僕について来いとか言うつもりじゃないでしょうね！」

「わたしはもともと、西の前線を偵察してくるつもりでしたし。可能な限り西の諸国へ旅を続けるのは橘さんの夢だったんじゃありませんか」

落ちついて言い返す遊圭を、真人はあきれて見つめる。

「橘さんは金椛人じゃないから、もし朔露に捕えられても、すぐには殺されません。ひとりでここに残っても、天鋸行路に下りた途端に指名手配で捕まってしまいますが、わたしが身元を引き受けない限り、都へ送られて慈仙《じせん》に首を落とされる運命です。そちらを選ばれますか」

真人はうなり声を上げた。両腕を振り回して、遊圭の衿を絞め上げたい誘惑に耐えているようだ。

「虎穴《こけつ》に入らずんば、虎子を得ず、と云うじゃないですか。この場合は熬虎児《イルコじ》、小可汗でしょうけども」

「駄洒落《だじゃれ》を言っている場合じゃ、ないでしょう！」

真人の罵声《ばせい》を聞き流し、遊圭は寝台に身を投げて、頭のうしろで手を組んだ。天井を見上げる。石膏《せっこう》で固めて、幾何学的な模様が彫り込んであったが、あまり洗練されているとはいえない。文化も、政治も、若く幼い国だ。ツンクァそのもののように。

遊圭は寝返りを打って腹ばいになり、真人に笑いかけた。

「会ってみたくありませんか？　世界の三分の一を征服した男の息子に。もしかしたら、朔露可汗国に楔《くさび》を打ち込むことができるかも知れません」

「小可汗を、暗殺するつもりですか」

真人の顔から血の気が引いて、限りなく白くなった。

「わたしでは無理でしょう。もちろん橘さんにも無理です。イルコジ小可汗は手練《てだ》れの戦士という話ですし、あの族弟のジンの所作を見れば、朔露の将軍はひとりひとりが武の達人なのは、歴然としています。イルコジが秋を待たずに渡河を強行する作戦も、早急に金椛の駐留軍に知らせなくてはなりません。わたしはこの機会に朔露に潜入して、できるだけ敵の情報を集め、隙を見つけて、南方軍そのものを削《そ》ぎ落とす妙策を思いついて、帰ってこられたらいいとは、思いますよ」

真人が、そのくたびれた童顔を、遊圭の寝台に近づける。

「なんか必勝の策があるんですか」

遊圭はにっと笑った。

「それはこれから考えます」

「その自信、どっから出てくるんですか！　死んだら元も子もないんですよっ」

遊圭は目を伏せて、ふふっと笑った。

「わたしは死にません。星家を再興してふたたび栄えさせるまで、死なないことになっています。小さな時に人相見にそう言われました。おかげで族滅を生き延び、後宮でも生き抜き、紛争地帯を指一本失うことなく走り抜け、死の砂漠も無事に縦断できました」

そうとでも信じなければ、遊圭は帝都に帰れる気がしない。真人の顔色に血色が戻り、それは怒気となって発散される。

「遊圭さんは死なないかも知れませんが、僕と母妃は死なない予言はされていませんから！　ついでにあのぼっちゃん王様も！　人間は簡単に、死ぬんですよっ」

遊圭は真人の目を見つめ返し、ささやき声で返した。

「知ってます」

しばらくの沈黙のあと、真人は根負けしてかぶりを振った。

「腹が据わっているなら、もう何も言いません。でも、絶体絶命になったら置いて逃げますからね。金椛国を通らなくても、どこかで船を見つければ、僕は自力で祖国へ帰ってみせますよ」

「ありがとうございます」

遊圭の淡い笑みに縁取られた謝意に、真人は戸惑った。

「なんでそこで礼を言うんですか」

「絶体絶命までは、見捨てないつもりなんですね。助かります」

真人は顔を赤くしてぶつぶつ言い出したが、それは金椛語でも胡語でも、まして戴雲語でもなかった。

「あーもうこのぼっちゃんはどうにもならないどうなったってしらないぞこんちくしょうくそったれ」

かれの故郷の東瀛《とうえい》国の言葉であろう。怒っているわりに抑揚が平たく、それほど不快な罵《のの》りには聞こえない。餌をもらえない小猿が騒いでいるようだ。

「でも、どうやって母妃について行くんですか。僕らは顔も肌も戴雲人とは少し違うし、胡語だって金椛訛《なま》りばりばりで、すぐにばれちゃいますよ」

ひとしきり頭をかきむしった真人は、急に冷静になって、策の不備を指摘してきた。

「ああ、それはまあ、考えてあります」

遊圭は口ごもりながら答えた。頰と喉《のど》を撫でて、指先の感触を確かめる。この年になっても、髭《ひげ》が生えてこないことに劣等感を抱き始めていたが、この際は役に立つ。喉《のど》仏《ぼとけ》もさほど目立たないが、首は出さない方がいいだろう。

「あまり顔を出さず、声も出さず、ずっと母妃のそばに控えていることができる近侍、という役目があります」

真人は肩を揺らして笑った。

「女官にでも化けるつもりですか。昔取った杵柄《きねづか》で？」

遊圭は笑い返さなかった。いたって真剣な眼差《まなざ》しで天井を見上げる。

「惜しい。尼僧が一番無理がないと思います。尼僧が典医の仕事も兼ねるのは、珍しいことではありませんし。慈仙の置き土産を、活用する機会だ。橘さんの顔も、戴雲人に見えるよう少し浅黒く塗りましょう。声の方は、むかし声色を操る訓練を受けたことがありますから、女性の声らしく聞こえる練習を、もう一度やります」

ザンゥ摂政が、朔露の使者にイルコジ小可汗への返答を託し、正使を送り返してから五日後。朔露の副使を道先案内に、母妃と数人の侍女と護衛、そして尼僧を装った遊圭の一行が、戴雲国の王都を発《た》って山を下りた。真人は兵士の役である。

慈仙の置き土産の変装具から、白粉《おしろい》と色粉を配合して小麦色の脂粉を作ることに成功して、遊圭も真人も戴雲人と見分けがつかなくなっていた。

戴雲宮廷の女官服を借りて、平凡な侍女の顔をつくり、尼頭巾《ずきん》をつけた遊圭を、ツンクァ賢王とザンゥ摂政はひどく残念そうな表情で迎えた。そのときの宮廷の反応を、真人はいつまでも思い出しては、ひとりで笑っている。

偽公主を装ったときの、美少女ぶりを期待されていたらしい。

「見たかったですねぇ。たいした美形ぶりだったようですが」

真人は、成人前に後宮に潜み暮らしていた当時の、遊圭の女装ぶりを知っている。その昔を懐かしみ、戴雲国の面々が欺《だま》されたという、美貌《びぼう》の公主を見そびれてしまったことを、ひたすら悔しがった。

「あのですね、橘さん。女装というよりも、変装ですから。目立たないように侍女に扮《ふん》するんですよ。朔露兵に目を付けられたら、仕事にならないじゃないですか。第一、金椛風の化粧なんて、論外です」

遊圭は長身とは言い難いが、女性を演じるには背が高い。真人と懇意の女官の協力を得て、極力目立たない平凡な容姿に仕上げるために、ぎりぎりまで三人で試行錯誤を重ねた。

真人はなおも言い募る。

「とはいえ、美貌でごまかせないと、女性に化けるのは難しいですよ。顔がふつうだったら、見る方は胸とか尻《しり》とか、動作や言葉遣いに注意がいってしまいますからね」

確かにその通りだ。女官時代の仕草や動きも、かなり忘れている。遊圭は筋力をつけるために、ふだんから手首と足首に巻いている鉄札《てっさね》入りの革帯に、さらに錘《おもり》を増やした。これでうっかり重たい物を持ち上げたりせず、無意識に歩幅が広がることもない。公主と間違えられて拉致《らち》されたときは、雪の残る早春であった山道は、すっかり初夏の新緑にそまり、気の早い夏の花が、白や赤の色彩を森のあちこちに散らしている。

この頃は、国名の由来となった朝晩の雲海も、王宮のある高原までおりてくることは少ない。

「あ」

景色に見とれていた遊圭は、樹間にきらりと光るものを見て、思わず声を漏らした。

「どうしました、遊圭」

問いかけてきたのは輿《こし》に乗った母妃だ。

「金色の獣が、木の枝を渡っていきました。あれは、なんという獣ですか」

母妃は額の上に手をかざして、遊圭の指さした谷間を見つめる。

「さあ、明るい茶色の獣でしたら、狐でしょうが、木には登りません。金毛猿は、もう少し標高の低いところで群れているはずです」

「ツンクァ殿下は、金色の熊がいるとおっしゃっていました」

母妃は明るい声を転がして笑った。

「そのようなことを、言ってましたね。とても可愛いのだそうです。手が、人間のように動くとか。金色の熊など、聞いたこともありませんが、一度見てみたいものです」

遊圭は驚いて顔を森へ向けた。手先が人間のように器用な動物といったら、天狗《てんこう》ではないか。しかし、天狗の毛並みは灰褐色で、熊の仔と間違えるほど大きくはない。

ふたたび森へ視線を向けた遊圭が、どんなに目を凝らしても、二度と金色の獣の姿が視界をよぎることはなかった。


大過なく山を下り、天鋸行路に下りて西へ向かう。かつて駱駝《らくだ》に乗って渡った浅瀬は広い河になっていて、船を雇わなくてはならなかった。

母妃の体調を整えるため、三ヶ月前に慈仙らと滞在した城市に数泊する。

城市は、ひと季節前と変わらず賑《にぎ》わっており、朔露侵攻の緊張感はなかった。遊圭は金椛軍の駐屯地へ行って連絡をつけたかったが、同行している朔露の副使に勘づかれることを怖れて、行動に移せなかった。

城市で一番良い宿で三泊目。宿主が部屋までやってきて、この一行はいつ発つのかと恐縮しながら訊《たず》ねる。

「こちらで買う物がそろってから、出発する予定ですが。宿代に不足でも？」

そう取り次がせると、宿主は途方に暮れたようすで答える。

「あさってから、ちょっと大人数のお客さんが来ることになっていて。この宿が一番大きいので、空けておけって通達がありまして。それで」

こちらも、一国の妃が泊まっているのだから、それなりの所帯だ。

「あさっての朝には、発てるようにします」

病後の母妃のために、薬をそろえたかった遊圭だが、断念することにした。自分の喘《ぜん》息《そく》薬や健胃薬も、使わないまま古くなってしまったのを入れ替えたかったが、しばらく持ち歩くしかない。生薬が湿気を吸わないよう、気をつけなくてはならないだろう。

「そういえば、この春は喘息の発作が起きなかったな。一番、邪気を引き込みやすい季節なのに」

薬の在庫を確認しながら、遊圭はひとりごちる。

冬はとにかく気を張っているので、喉の乾燥に気をつけ、暖かくして予防を欠かさないせいか、ひどい風邪は引き込まなかった。その分、日中と朝晩の気温の上下が激しく、それでいて暖かな春は、気がゆるんで邪気に冒されやすい。

このまま鍛錬を積んでいけば、人並みに健康になっていくのだろう。遊圭は嬉《うれ》しさに頬がほころぶ。

「何をにやついているんですか。遊尼さん」

「いやー。いっぱい蜂蜜《はちみつ》が手に入って良かったなと。これがないと、風邪を引いたらどうしようかと、不安になるんです。沙棘《サージ》ほどじゃないですけど、喉もなめらかになりますからね。変声の術にはなくてはならないものです」

荷物から蜂蜜の壺《つぼ》を取り出して、抱えて見せた。

＊　＊　＊

いっぽう、胡娘らと別れ、さらに西へ向かった明々たちの一行は、間もなく遊圭が消息を絶ったという城市に着こうとしていた。その日は夜明け前に出発したこともあり、予定よりも早く城門をくぐれそうだ。

一番いい宿を取ってくるよう、達玖《タルク》が先に使いを出したというので、明々は風呂《ふろ》に入れたらよいなと考えていた。遊圭に会う前に、旅の埃《ほこり》も垢《あか》もこすり落としてヘチマ水で肌を潤わせ、髪も洗って油で艶《つや》を出しておきたい。しばらく会わなかった間に、すっかり年増になってしまったなどと思われたら悲惨だ。肌が荒れて、髪がパサついているのは、きつい日射しと乾燥した風、そして頭皮まで入り込んでくる砂のせいなのだから。

胡娘と再会して、遊圭の置かれた状況を聞いてから、明々たちは時間のかかる大軍といっしょに進むよりも、達玖の手勢だけで先を急ぐことを決めた。

遊圭が囚《とら》われている場所もわかり、天鋸行路の治安も魏文《ぎぶん》という商人から詳しく聞いた。一日も早く戴雲国とやらに行きたい明々だが、山に入る前に案内人を雇い、駱駝や馬を換えないといけないと達玖が言うので、金椛語の通じる城市に二日ほど滞在することになった。

わくわくと落ち着かない明々を、馬首を並べた竹生がからかう。

「せっかく旅に慣れてきたのに、もう終わりですね」

「まだこれから引き返すのも大変じゃない？　でも遊々といっしょなら、お互いに積もる話をしているうちに、都に着いちゃいそうだけど」

かつては、こうした会話に加わってくる凜々だったが、都へ向かった胡娘と菫児《きんじ》を見送ってから、ずっと上の空でふたりのうしろから馬を進めている。

明々は気遣わしげな視線を、一日に何度も背後に投げかけて、凜々の表情を窺《うかが》う。

菫児から、玄月の危機を聞いた凜々は、かれらと都へ引き返すべきではと苦悩した。

明々も、そうすることを勧めたが、凜々は明々たちと西へ進むことを決断した。

「楼門関《ろうもんかん》を発《た》つときに、明々さんをお守りするよう、そしてふたりを無事に連れ戻すよう、固く命じられたのです。その任を放り出して都へ戻ったら、玄月さまに叱られてしまいます」

玄月の命運も救いたいが、自分を見込んで与えられた任務を放り出して、明々や遊圭に何かあったら、玄月に失望されてしまう。

凜々にとって、どちらがつらいことなのか、計ることのできない選択であった。

最終的に、胡娘のひと言が凜々に勇気を与えた。

「私が、玄月を助けよう。だから、凜々が遊々を守ってくれないか」

慈仙の罪を告発できるのは、胡娘と菫児《きんじ》だ。凜々が都へ行っても玄月のためにできることは少ない。だが、一日も早く遊圭を連れて帰れば、玄月の潔白を証明できる。

そう凜々が自分を納得させたからといって、玄月の身が心配でたまらないのは、どうしようもないことだ。

先を急ぎたいのは誰もが同じ気持ちだ。しかし、戴雲国への道を確実に知るためにも、次の城市で準備に時間をかけなくてはならない。それがこの地方をよく知る達玖《タルク》の意見であった。

城門をくぐり、朔露の侵攻などどこ吹く風と賑わう街の大通りを、明々たちは宿へと向かった。まずは荷を降ろして休みたい。

しかし、先触れにやらせた達玖の部下が、宿が空くのは昼過ぎになると報告してきた。

達玖は馬や駱駝を駐屯地に預け、人間たちは身軽になって街へ繰り出すことにした。

達玖と雑胡兵らは酒楼に出かけ、明々は竹生と凜々を伴って市場へ向かった。異国情緒あふれる朝市は、珍しい食べ物や香辛料、家財や日用品から工芸品、装飾品であふれている。なにより気になるのが絨毯《じゅうたん》などの敷物や、暖かそうな毛織物だ。遊圭と再会したら、ここで都への土産を買おうと、よさそうなものを物色して歩く。気に入ったのがあれば、買って宿に預けておいてもいい。

明々があれこれと目移りして、竹生に意見を訊ねたが返事がない。まさかはぐれたかと思ってふり返る。竹生も凜々もすぐそばにいたが、ふたりは大通りを西門へ向かう行列を熱心に眺めていた。

「どうしたの。なんの行列？」

近くにいた売り子が金椛語を解したらしく、聞き取りにくい抑揚で教えてくれた。

「どっかの、お姫様の、輿入《こしい》れだ。おととい東から来た。どこまで行くのかな。途中で朔露の賊にさらわれなきゃ、いいが」

確かに、行路をゆく一団にしては、女性の数が多い。二十人の男たちに担がれた輿には覆いがかかり、中にいる貴婦人のようすはわからない。前後を守る護衛の数も、百人はくだらないのではないか。

「すごいね」

竹生に話しかけても、ぼんやりして返事がない。

「竹生、なに見とれてるの。女輿だからって、鼻の下を伸ばしてるんじゃないのよ」

「いえ、あの」

竹生はとまどって、この陽気に生成りの外套《がいとう》を頭からかぶった騎乗の尼僧を指さした。

「なんか、似てるなぁって」

「誰に？」

明々が、竹生の指先と視線の先を追ったときはすでに、尼僧の後ろ姿は遠ざかっていくところだった。

「あの、」

竹生はいいにくそうに口ごもる。

「竹生さんも、そう思いましたか」

凜々が相槌《あいづち》を打った。

「どういうこと？」

明々の問いに、凜々と竹生が同時に答える。

「大家《ターチャ》に」

「遊々さんに」

え？　とつぶやきながら、明々は仰々しい行列のあとを目で追った。

「いやでも、違うと思います。尼さんにするには、もったいないくらいきれいなひとでしたから。もうすぐ大家に会えると思っているから、ちょっと似てるひとがみんな大家に見えただけかなと」

竹生は女装した遊圭を見たことがないのだから、気のせいだと片付けてしまえる。

しかし、凜々はもっと不安げに両手を握りしめて、行列が過ぎていくのを目で追っている。いまにも走って追いつこうと、葛藤《かっとう》しているさまが、表情にも無意識な足踏みにも出ていた。

明々は輿を追って走り出した。行列の先頭は、もはや西門を出ている。

女輿とその横を行く騎乗の女官たちに追いつき、くだんの尼僧の顔の見えるところまで追い越す。ちょうど、尼僧は輿の内側の貴婦人と言葉を交わしているところで、頭巾《ずきん》の下からのぞく横顔の、優しげな目元とほのかに紅《あか》い口元が見えただけだった。

「遊々！」

尼僧の握る手綱がびくっと動いて、輿へと傾けていた首を起こす。明々は尼僧がこちらにふり向くのを待ったが、その後ろ姿は背筋を伸ばして前を向いただけだった。

「遊々！　遊々でしょ！　私よ！　明々よ！　私の声が聞こえないの？」

明々はさらに追いかけて、輿へ駆け寄ろうとした。しかし、輿に従っていた護衛兵に阻まれ、近づけない。凜々が駆けつけ、殺気立つ護衛兵から明々を引き離した。

騒ぎを聞きつけて、群衆がそちらに気を取られ、行列の人々もふり返る。輿とともに遠ざかる尼僧も、ゆっくりとこちらへとふり向いた。その目は、驚きに見開かれている。

あっというまに、輿とその周りの女官たちは護衛兵たちに囲まれて、慌ただしく城門の向こうへと消えた。

「あれ、遊々だった、よね」

まだ自分を強く抱き留めていた凜々に確かめる。

「はい。遊々さんでした」

凜々が低い声で同意する。

「なんで？　どうして？」

明々の双眸《そうぼう》にみるみる涙が盛り上がり、あふれ出す。

「私を見たよ。目が合って、ちゃんとわかったのに。どうして戻ってこないの！」

凜々と竹生は、なぜ、どうして、とつぶやき続ける明々をなだめながら、達玖《タルク》の休んでいる酒楼へと連れて行った。

「すぐに追いかけることが、できますか」

話を聞き、凜々に詰め寄られた達玖は、顎《あご》をさすりながら首を横に振った。

「追いかけない方が、いいと思います。それから、いまはこの部屋を貸し切ってるから、よかったんですが、その話は普通の声でもしない方がいい」

「どういうことですか」

明々が赤い目をして問い詰める。達玖は無骨な指でトントンと卓を叩《たた》いて、状況を整理する。

「まず、公子は女装しているんですよね。つまり、身元を隠しているんですよ。しかも、この辺りでは異性装は重い罪になります。敢《あ》えて女装して、どこぞのお姫様に同行している理由はなんだと思いますか？　下手に白昼の公道で正体を暴けば、星公子の命はありませんよ」

冷静に指摘され、明々は顔から血の気が引いた。あやうく遊圭を大変な目に遭わせるところだったのだ。

「まあ、でも、星公子の居場所がわかったのですから、次の手が打ちやすい。誰かに尾行させて、接触を図らせましょう。さすがに女装できる者はいませんが、女輿の道中なら、追いつくのは難しくない。事情を探らせてきます」

達玖は、酒を飲んでいない部下を招き寄せて、行列のあとを追うように指図した。達玖自身も席を立つ。

「ちょっと、駅逓と駐屯地を訪ねてきます。星公子が、なにか伝言を残しているかもしれません」

明々は達玖について行ったが、なんの収穫もなかった。とりあえず、宿に落ち着こうということになり、そこに女輿の一行が泊まっていたことを知る。

「あの貴婦人のご一行には、尼僧がいましたね。だれか、話をしたひとはいませんか？」

凜々が尋ねて回っても、誰も口を利いた者はいないという。そのうち厨房《ちゅうぼう》にいた炊女《かしきめ》が、「ああそういえば」と濡《ぬ》れた手を拭《ふ》きながら出てきた。

「明日になったら、駅逓に持って行ってくれって荷物を預かってるよ。尼僧さんじゃなくて、異国訛《なま》りの男だったけど。そっちの兄さんみたいな顔をした」

と、竹生を指さす。

「あんたのほうが、よっぽど男前だけどね」

へらへらと笑って、近くにいた皿洗いの少年に、手にとった包みを朝一で駅逓に持って行くように言いつけた。

明々は飛びつくように、前に出た。

「ちょっと、待って。その宛名《あてな》を見せてちょうだい」

「あ、こら。勝手に開けていいもんじゃないだろ？」

ひったくるようにして、魚皮紙の包みを開いて出てきたのは、金椛文字の書簡の束だ。

それも——

「遊々の字」

また涙が込み上げそうになったが、明々はこらえた。

「私宛《あて》のもある！」

明々の郷里の、明薬堂宛になっている書簡を取り上げて叫ぶ。明々が薬屋を閉めてしまったことを、遊圭はまだ知らないのだ。

「竹生にも、趙婆《ちょうば》さんや、ルーシャンさんにも！」

底の方に、陽元と玲玉宛の親書を見つけた明々は、書簡の束を魚皮紙に包み直して、炊女に礼を言った。

「明日になってから出すように、言われているんですよね。だったら私が出してきます。預かってくれて、どうもありがとう」

包みを胸に抱きしめて、喜び勇んで部屋へと上がる。

一刻も早く、自分に宛てて書かれた、遊圭の手紙を読みたかった。

九、楼門関—帝都　初夏　立夏（陰暦四月）

春の終わりが近づき、空の色が少しずつ青みを増してくる。

日課のように西側の城壁に登って、季節のためでない黄砂の雲が地平に湧き起こるのを、いまかいまかと待ち構えてにらみつけるルーシャンの背後から、少年のような声が話しかけた。

「さきほど、都からの書簡が、駅使によって届けられました。遊圭が、麗華公主の消息を確認したそうです」

ルーシャンは、軽い驚きに身体ごと玄月に向き直る。

「一行は雨水の候には、無事に天鋸《てんきょ》行路に達していたようです」

ルーシャンの日焼けした頬が、嬉《うれ》しげにほころぶ。

「それは重畳、公主様の消息はつかめたのだろうか」

「麗華公主様も王子殿下も、胡楊の郷《さと》において、息災でいらしたそうです」

「ますます喜ばしいことだ。それでは遊圭も公主様も、そろそろ都へ帰り着いたころだろうな」

「公主様は、ご本人のご希望により、伝説の郷に留《とど》まられたそうです。遊圭は公主様親子の無事を確認して、帰郷の途についたそうなのですが、そこで得た朔露《さくろ》可汗国の情報と、天鋸行路の情勢についても、書き送ってきました」

「朔露が天鋸行路にも兵を進めているのは、予想の範囲内ではあるが、より詳しい情報はありがたい。しかし、朔露はいったいどれだけの軍勢を擁しているのだろう」

ルーシャンは頭に手をやってボリボリと掻《か》いた。縮れて布冠におさまりきらない赤い後れ毛が、獅子《しし》の鬣《たてがみ》のようにふわふわと顔の周りで揺れる。

遊圭の書簡には、天鋸行路に流布される朔露国の脅威と、実際に朔露の手を逃れてきた難民から聴き取った朔露南方軍の所業、そして朔露に征服された都市の近くまで通商を続ける、ファリドゥーン医師の所見から得た、イルコジ小可汗の率いる軍隊の規模と、その構成について詳細な報告がなされていた。

楼門関《ろうもんかん》から数千里は離れた天鋸行路の情勢が、さしあたって数日後に迫った開戦に影響することはない。この書簡も、およそ二、三ヶ月は古い情報だ。現状はさらに変化しているだろう。だが、何もわからないよりはましだった。金椛《ジンファ》帝国は、朱門関にも増援を送る必要が生まれ、期待したほどの援軍を頼めないかもしれない楼門関の防衛は、いささか苦しいものになるかもしれぬ。

帝都ではすでに、遊圭の報告をもとに、どちらにどれだけの援軍を振り分けるべきかの試算が行われ、陽元はその途中経過をも、書簡に添えていた。

「遊圭が公主様を連れて帰らなかったのは残念だが、一行は誰ひとり欠けることなく戻ったのだな」

ルーシャンの問いに、玄月は無表情に首を傾ける。

康宇移民らの秘密結社に無理矢理入信させられてふた月になる玄月だが、表面的な態度に大きな変化はない。ただ、表情は以前より乏しくなった。

常に口元に湛《たた》えていた微笑や、時に相手を引き込む艶《つや》のある笑みは、最近ではほとんど見られない。

とはいえ、焼き印を捺《お》されたことを恨みに思っているようではない。終業後にラシードら幕僚に誘われて、よく出かけているようではあるし、結社の集会だけでなく、休みの日に嘉城のルーシャンの私邸に招かれても、断ることなくついてくる。鷹《たか》狩りに連れ出せば、それなりに愉《たの》しんでいるようではある。

遊圭に言わせると、玄月は愛想良くしているときよりも、無表情である方が自然体なのだという。それが本当なら、ルーシャンら移民兵士に対しての垣根が、少し低くなったと考えてもいいのかもしれない。

「そのようです。公主様を守って帰還する任に当たっていた近侍の林義仙《りんぎせん》が、帰還の一行に加わったのみで、夏沙から付き従った者たちは、郷に残ることを選んだとか。必要のなくなった駱駝《らくだ》夫には、報酬を与えて城市で解放したそうです。遊圭と慈仙《じせん》らは、すでに、帝都に着いている頃合いでしょう」

ルーシャンは、さらに口を開いたが、ためらって閉じる。逡巡《しゅんじゅん》したすえに、咳払《せきばら》いをしてから訊《たず》ねた。

「シーリーン殿は、ご夫君と再会したのだろうか」

玄月は、ふたたび首をかしげて、長い指でこめかみを掻いた。

「そのように、思われます。このファリドゥーン医師というのが、その人物でしょう。書簡には、公主様の消息と、天鋸行路における朔露国の状況しか、書かれておりませんので、詳細はわかりませんが。帰国の一行には、遊圭と慈仙、義仙、シーリーンの名が記されています」

「人違いであったのか、それとも縒《よ》りを戻さずに別れたのか」

玄月は広げた書面に目を落とした。

「そのことは、書かれておりません。もともと、大家《ターチャ》に宛てて書かれた親書の写しですので、余計なことは認《したた》めなかったのでしょう」

ルーシャンは、考えごとをするひとがよくするように、無意識に頬の内側を吸い込んだ。ルーシャンのように精悍《せいかん》な武人がするには、滑稽《こっけい》な表情だ。赤茶けて縮れた髭《ひげ》を落ち着きなく指で梳《す》いて、ふんと息を吐いた。

「再会できたのなら、シーリーン殿が郷に残るなり、夫君が同行するなりしたであろうから、そうでないのなら、人違いであったのだろうな」

少しの間を置いて、玄月が短く応《こた》える。

「遊圭が帰還すれば、明らかになることでしょう」

ルーシャンは、うむうむとうなずいた。

「それにしても、伝説の郷が実在したとは。しかも、あの広大な死の砂漠のどこにあるかもわからないというのに。くだんの夏沙の星唄《うた》は、まことに道を示していたということだ。不思議なこともあるものだ」

「郷を見つけられたのは、偶然だったそうですが。遊圭は、運が良かった」

最後のひと言が、むしろ独り言のように語尾が細くなったことに、ルーシャンは漠然とした違和感を覚えた。

「玄月殿が遊圭を探索に出したのは、この楼門関から、遠ざけるためだったのではないか」

玄月は顔を上げてルーシャンの目を見た。まったくの無表情で、瞳《ひとみ》は光を吸い込む黒琥珀《こはく》のように無機質な色を湛えている。

感情を一切排した目で見つめられたルーシャンは、途切れた会話に内心でうろたえた。

ルーシャンの明るい灰茶色の瞳から、すっと視線を外した玄月は、宙を見つめて口を開く。

「大家からは、手柄を立てる機会を遊圭に与えるよう、命じられておりましたが、娘々《ニャンニャン》からは、できるだけ戦場から遠ざけるように申しつけられました」

ルーシャンは思わず顔をしかめる。

「それは、難題だ。砂漠を縦断するのと、戦場に身をさらすのと、どちらが危険かといえば、難しい選択だが」

遊圭が配流にされたあと、間を置かずに玄月が楼門関に派遣されてきたのだから、そこに陽元の思惑があったことは当然と思われた。年若く要領の悪い義理の甥《おい》を、中央に呼び戻す手立てを玄月に押しつけたことは、容易に想像できる。

「遊圭は星が読めますから、進む方向を間違えることはないでしょう。冬ならばそうそう砂嵐もおきない。指南盤があれば、いつでも、最短距離で天鋸行路を目指せます」

たとえ胡楊の郷と、麗華公主を見つけ出せなかったとしても、皇帝の意を汲《く》んで探索の旅に出たというだけでも、温情を賜り刑を軽くする口実は作れるだろう。

「遊圭の気性では、戦端が開かれれば、背後で控えているなどということは、なさそうだ。皇后陛下の望みを叶《かな》えるには、砂漠へ送り出した方が生き延びる確率は高い。そして、任務を達成し、公主の消息も確かめての帰還だ。間違いなく特赦に与《あずか》るだろう。両陛下の命を同時に遂行したことになるのだから、玄月殿としても、大手柄だな」

ルーシャンに手放しで褒められた玄月は、相変わらず無表情だ。誰にとっても都合の良いこの成り行きを、玄月は望んでもおらず、喜んでもいない、そんなふうにも見える。

玄月は、内心の動きを他者に読ませまいとして、表情を消すことに慣れているのだろうが、それは逆に読まれては困る感情を、内に抱えていることを吐露している。

——まだ若いのだから仕方がないか。

いまは帝国の高級武官となったルーシャンだが、青年期に傭兵《ようへい》に鞍替《くらが》えする前は、興胡に従って商人の修業をしていた。ひとの顔色を読むのは難しいことではない。

玄月は見かけによらず好戦的で、武器を取って戦うことを怖れない若者であった。そして、捕らえた捕虜から有益な情報を吐き出させる手段も選ばない。軍議においては、監軍の本来の仕事である、将軍たちや軍政の監視と評価だけでなく、戦況を分析する参謀の働きもこなしてくれる。

後宮で皇族の世話や、実務をさせておくには惜しい人材であった。

だからこそ、飛天楼において営まれている兵士らの信仰に、引きずり込んだわけだが。

ルーシャンは玄月の背に腕を回して、その肩をパンパンと叩《たた》いた。

「戦端が開かれれば、後方のことで悩むことなどなくなる。ただ、大いにひと暴れするだけのことだ」

反射的に身を引こうとする玄月の肩を、ルーシャンはがっしりとつかんで引き寄せる。金椛人が、胡人のように身体を触れ合わせて、友人や同僚に親愛を示す習慣を持たないのは、充分承知の上だ。

飛天楼で参加させた小さな儀式や集会でも、『兄弟』の紹介において抱擁を交わす儀礼さえ、玄月は身を硬くしてやり過ごす。刻印の儀の後遺症と思われるが、慣れてもらうしかない。組織内での位階が上がれば、もっといろいろやってもらうこともあるのだから。

しかし、ルーシャンの思惑に反して、遊圭の生還報告から半月も経たずして、軍鳩《ぐんきゅう》による玄月の召還令がもたらされた。理由は明らかにされておらず、しかも、勅旨を受け取ってから半月以内に宮城へ参内するよう、明記されていた。

「翼でもない限り、不可能な旅程だ。皇帝は何を考えているのか！」

声を上げたのはルーシャンだ。玄月はただ、白磁のような頬をいっそう白くさせて、平坦《へいたん》な口調で答えた。

「君命ならば、従わねばなりません」

「罠《わな》ではないのか。心当たりはないのか」

真剣に問うてくるルーシャンを、玄月は無表情というより、呆然《ぼうぜん》として見返した。内心の葛藤《かっとう》を、胸のさらに底へと沈めようとしているのか。

陽元が玄月に死を賜るに等しい命令を下すはずがない。しかし、玄月や陶家を恨む者が仕掛けた罠では、という疑念は、はっきりと捺《お》された玉璽《ぎょくじ》によって否定されている。

ルーシャンは地図を引っ張り出して、最短で帝都へ帰る行路を割り出した。

「北天江の少し上流の港から、快速船が出ている。これなら、陸路より五日は短く、体力も節約できるが、天候次第では船が出ないこともある。そうなれば上流方面へ逆行した行程も含めて、六日以上は無駄になってしまう」

「いえ、それで行きます。悪天候だろうと、船が出なければ、出させるまでのこと。もっとも足の速い馬を、お借りできますか」

都で、異変があったことは確かだ。急いで陽元のもとへ、帰らねばならない。

「もちろんだ」

ルーシャンは、優れた十騎の護衛をつけた。ラシードが同行することを知った玄月は、朔露の来寇《らいこう》を目前にして、千騎長と優秀な兵を一宦官《かんがん》の帰京に随行させることの理非を説いたが、相手にされなかった。

「我が軍は、千騎長を務める人材には事欠いておらん。俺たちの教義において、『兄弟』の苦難を救うのは、国家の大事と等しく重要な務めだ。遠慮するな」

玄月はかぶりを振った。異国人の考え方は、まったく理解できない。

ルーシャンの先祖と同胞は、強大な国に繰り返し祖国を蹂躙《じゅうりん》されては大陸へと散り、都市の復活と離散を繰り返してきた。世代を重ねて異郷へと流され続けた民族は、血縁や階級、時に人種をも超えた、個と個の太いつながりによって生き延びてきた。

青年期も終わらぬ人生の大半を、禁城という閉ざされた社会の内側で、権威に服従して生きてきた玄月には、ルーシャンが帰属する文化の、知恵と在り方を理解することは、とうてい不可能であったかもしれない。

だが、もろともにありがたい申し出であった。楼門関から帝都へ半月以内に戻ることが、命を懸けても不可能に近い冒険であることは、玄月自身がよく弁《わきま》えていたのだ。

「ありがたく、厚意を受けさせてもらう。――恩に着る」

「その必要はない。『兄弟』なら、当たり前のことだ」

太守の劉源には、行きがけに帰還の急務を告げ、玄月は都を目指した。

劉宝生が玄月の出発を知ったのは、その翌日のことだ。辺境に退屈しきっていた宝生は、自分も都へ帰りたいと父親に不平を言ったが、相手にされなかった。

快速船は港に着いたその日に出港させることはできたが、途中で天候が崩れ、岸へ戻りたがる船主を脅したり、倍額の船料をちらつかせたりして、北天江を一気に下った。大河の流れは速く、風は強く波は高く、船室にいても揺れがひどくて休めたものではなかった。

帝都にもっとも近い港に下りたときは、楼門関から連れてきた馬は船酔いで使い物にならず、すべて駅逓で乗り換えた。睡眠は駅逓の宿にて二刻《にとき》もとれば飛び起きて、食事は馬上でとりつつ、昼夜も選ばず都へと走る。

この強行軍には、楼門関の誇る優将強兵も、さすがに頬が削《そ》げたようにげっそりし、もともと胡人系の眼窩《がんか》の深いラシードたちの顔つきは、手入れのされぬ髭《ひげ》は縮れて伸び放題、目の周りの隈《くま》も手伝って、悪鬼のごとく怪異な容貌《ようぼう》となっていた。

鍛え抜かれた職業騎兵らがそうであったから、本職が文官の玄月にいたっては、三年前に砂礫灘《されきなだ》を越えたときの、半死半生の帰還ぶりを彷彿《ほうふつ》とさせる、幽鬼のごとき衰えぶりであった。

何日も、起きている間じゅう馬の鞍《くら》に揺られ続けたために、立っていることすら困難な身体を、ラシードたちの助けを借りて宮城の門をくぐる。三年前の帰還と違ったのは、帰城の報告を受けた皇帝が、すぐに引見の場を設けなかったことだ。しばらく外朝の舎殿のひとつで待たされた玄月は、その間も朦朧《もうろう》としていく意識を引き留めるのが精一杯で、以前のように皇帝の面前で人事不省に陥った失態を、繰り返すまいと必死だった。

それでも時折りふらりと身体が揺らぐのを、そのたびにラシードが抱えるように起こしては、備えつけの榻《とう》椅子にかけるよう忠告する。しかし玄月は頑固に首を横に振って断り、いつ陽元が現れても跪《ひざまず》けるよう、背筋を伸ばして姿勢を正す。

どれだけ時間が過ぎたのかもわからない。ようやく、甲高い声が玄月の姓名と官職を呼び上げ、同行するようにと指図し、内廷へ続く紅椛《こうか》門へと進んだ。

その門からは、皇帝以外の男は一歩も入ることは許されない。

迎えに出た宦官たちに、引きずられるようにして連れ去られる玄月を見送るラシードの胸には、不吉な予感ばかりが湧き起こる。すぐに宮城を出て、胡人教会へと駆け込んだ。教会の祭司に、この異国の教団を統括する官人である薩宝《さっぽう》に渡りをつけて、宮城の内情を探らせるよう手配した。

まさか本当に、ひとりの人間が楼門関から都まで半月で帰ってくることができるとは、陽元は思ってもみなかった。

朝政を終えて、上奏文の受付などの書類仕事を機械的にこなしていたところへ、玄月の帰還を聞かされた陽元は、思わず腰を浮かしかけた。

　たかが宦官ひとりが帰還したからといって、慌てふためいて迎えに出ては天子の権威が損なわれる。三年前はまだ国家存亡の危機を報じる急使という建前があったが、今回は陽元の私的な怒りから、公務にある者を呼び返したのだ。まだ正午には間のあることきに、天子が大急ぎで外朝から後宮へ駆け戻るのも具合が悪い。

　それに、玄月の至誠と忠心を問い質《ただ》すのに、何といって切り出していいのか、陽元の方ではまだ心の準備ができていなかった。

「なぜ、こんなに早く帰ってくるのだ」

　自分の命令を忠実にこなした臣下に、理不尽な腹立ちを覚える。

「で、陶監軍は、延寿《えんじゅ》殿に控えているのか、それとも青蘭殿に待たせてあるのか」

「いえ、文教堂《ぶんきょうどう》です」

　低位の官僚や学士を引見するときに使う、外朝の建物名を耳にして、陽元は不審の面持ちで筆を止めた。

「なぜ、紹が外朝から帰城するのだ」

　宦官はふつう、後宮に直結した、宮城の北にある玄武《げんぶ》門、つまり宮城の裏口から出入りする。そこには後宮の官庁にあたる延寿殿があり、そこで後宮の実務と、宦官の人事における公務の手続きが行われる。たとえ監軍使などの表の職務についていても、宦官が直接、外朝へ皇帝の引見を請いにくるのは、分を超えている。

そもそも、後宮に自由に出入りできる玄月は、正規の手続きを踏んで陽元との謁見を申請する必要がないのだ。

皇帝に問われても、一官僚にすぎない側近としては、いぶかしげに首を捻《ひね》るしかない。内廷に親類でもいない限りは、外朝に勤める官僚吏人は、宦官に接触することも、ほとんどないのだから。

どの門から帰城したのかも判別できないほど、疲労困憊《こんぱい》していたのでなければ、玄月がこのような失敗をすることはなかった。一行を先導していたラシードは、彼が知る唯一の門である、外朝の青龍《せいりゅう》門から入城し、表の官庁から監軍使の帰還を報告し、謁見の手続きをしたのだ。

だが、陽元はそのようないきさつは知らず、外臣の前で宦官と対面という、きまずい場面に自分を立たせた玄月に、苛立《いらだ》ちを覚える。

「文教堂にて、待たせておけ」

そう命じたものの、手にした上奏文の文章が頭に入ってこない。上奏文に意見を添える宣諭《せんゆ》を書き込もうとして、文字をしくじる。しまいに捺《お》した玉璽が斜めにずれて朱がべっとりと署名についた。陽元は舌打ちとともに諸手を挙げた。

「文教堂へ行く」

ガサガサと龍袍《りゅうほう》の立てる衣擦《きぬず》れの音がうるさい。陽元は一番上の衣を脱いで、慌てる側近に手渡し、輿《こし》を待たずして徒歩で文教堂へ向かった。

ぞろぞろと追いかけてくる側近や書記に、ついてくるなと命じて文教堂に近づいたが、不意に思いついて、唐草模様の透かし彫り窓から、中を窺《うかが》い見た。

武官を従えた玄月が、少しうつむいて立っていた。旅装も解かず、楼門関を出てから結い直したことがないのだろう、くたびれた宦官帽からほつれた髪が乱れてこぼれている。幽鬼のようにふらりと前に倒れそうになり、武官に支えられて姿勢を直す。

互いに伴友を自認する陽元が手を伸ばしても、体罰の厳しい宦官《かんがん》教育のために、反射的に身をすくめる癖のとれない玄月が、他人に肩を預けるところなど、見たことがない。

それも、異相の大柄な異国人にすがりつくなど、想像もできないことだ。

「あの武官は、誰だ」

陽元は、背後に控えていた側近に小声で訊《たず》ねた。

「ルーシャン游騎将軍の部下で、ここまで陶監軍を護衛してきた、ラシード千騎長だそうです」

陽元はむっつりと押し黙った。透かし彫りの窓の向こうで、三度目にがくっと膝《ひざ》を折った玄月をラシードが抱き起こした。反射的に半歩前に足を踏み出した陽元だが、くるりと踵《きびす》を返し、大股《おおまた》で文教堂から遠ざかる。

「どう、なさいますか」

小走りに追いつき、おそるおそる訊ねてくる側近に、陽元は後宮から宦官を迎えに寄越《よこ》すとだけ言って、その日の政務を終えた。

慈仙が玄月の帰還の報を受けたのは、陽元よりも少し遅れる。玄武門を自分の息のかかった宦官に見張らせ、玄月が帰城したらすぐに拘束して報告するよう命じてあったが、玄月は外廷から帰ってきたために対応が遅れた。こちらも半月で三千里の距離を帰ってきた玄月の気力に慄然《りつぜん》とし、陽元についた嘘がばれぬよう、慌てて対策を練る。

まず、陽元と玄月を対面させてはならない。

慈仙にとって幸いなことに、内廷に連れてこられる途中で、玄月は昏倒《こんとう》していた。天運がこちらにあるとほくそ笑んだ慈仙は、玄月に心を寄せる宦官たちが介入してくる前に、さっさと刑吏に引き渡し、牢《ろう》に放り込ませる。陽元には、玄月は帰還の無理が祟《たた》って倒れてしまい、意識が戻らないと告げて、引見を引き延ばした。

三年前に日蝕《にっしょく》の予言を持ち帰ったときの強行軍で、玄月がひと月は寝込んでしまったことを思い出した陽元は、慈仙の報告を聞いて罪悪感を覚えた。苦い唾《つば》が込み上げて、数日は静養させるようにと命じた。

時間稼ぎに成功し、下を向いてほくそ笑む慈仙に、陽元は命令を付け加える。

「起き上がれるようになったら、私のところへ連れてこい」

遊圭を死に追いやったことは許せることではない。まして天子の命令であると騙《かた》って、皇后の甥《おい》を死の砂漠へ送り込んだのだから、厳罰に処する必要がある。だが、そのような犯罪に玄月を追い込んだのは、何年も前から安易に遊圭との連絡係を任せていた、自分の無神経さにほかならないのだ。

なんの理由も添えない、命がけの帰還命令を、玄月は成し遂げた。その愚直なまでの忠義心を疑う自分のほうが、なにか大きな間違いを犯しているような気がする。少なくとも、玄月は自分が罰されるために召還されたのだとは、髪の一筋ほども思っていなかったのだ。

どんな顔をして、玄月と対面すべきか。陽元は迷い、心が定まらない。

喉の渇きに玄月が目を覚ましたのは、宮城に戻って二日目のことだった。石の壁と黒く煤《すす》けた天井が目に映る。体中が痛く、重い。

北天江を渡ってからの七日間は、食事をする時間も惜しんで、街道を走り抜けた。昼夜を問わず馬の鞍を挟み続けた腿《もも》は青痣《あざ》ができ、膝とふくらはぎはすりむけて皮膚を失い、血と体液が絶えず滲《にじ》み出して、脚衣に染みを作り出していた。寝台は硬く、背中も腰も、バキバキと音を立てて割れそうな痛さだ。

残る体力をかきあつめて身体を起こしたが、どう座り直しても、鞍《くら》の上で同じ姿勢をとり続けた尻《しり》と腰の痛みが耐えがたい。寝台からおりようとして、体重を支えきれず、冷たい石畳の床に崩れ落ちた。

「これは懐かしい、陶局丞《きょくじょう》ではないか。いまはずいぶんと出世されたようだが、わしを覚えておいでか」

耳障りな甲高い声が、楽しげに石壁に響き渡った。格子越しに、でっぷりと、ぶよぶよに肥った宦官が、嬉《うれ》しげに舌なめずりしている。

「李万《りまん》局丞？」

玄月は霞《かす》む目を細め、李万とあたりを見渡す。

自分が牢屋に入れられていることを認識するのに、しばらくの時間を要した。まばたきをして、ふたたび李万に視線を向ける。李万は後宮内の犯罪を扱う掖庭局刑司《えきていきょくけいし》の次官だ。法の遵守より、罰をくだし、拷問をするのを愉《たの》しむ傾向がある。

かつて玄月が掖庭局吏司《りし》の局丞であったときに、李万の獲物であった女官の無実の罪を晴らしたことから、玄月をひどく嫌っている。

職場を異動してから、この不快な人物と顔を合わせることがなくなっていたのだが、不幸なことに最悪の場で再会してしまったようだ。

「私は、なぜここにいる？」

かすれて聞きとりにくい玄月の問いに、李万は甲高い笑い声を上げた。

「そりゃ、罪を犯したからだ。他に理由があるか」

「なんの罪で？」

「それをきさまから聞き出すのが、わしの仕事だ」

愉悦に顔をたるませて、李万は腹をゆすって笑《ご》った。

「笞《むち》がよいか、棒がよいか。それとも、焼き鏝《ごて》もよいな。大家《ターチャ》をたばかり、娘々の甥御《おいご》を死に追いやった罪は、極刑に値するが、おとなしく自白すれば、楽な死に方を選べるようにはしてやるぞ。もっとも、指を二、三本は折ってからのほうが、証言に信憑性《しんぴょうせい》はあるがな」

玄月は耳を疑って眉間《みけん》に皺《しわ》を寄せる。

「遊圭が、死？　そんなはずはない。ひと月前に生還の報を聞いたばかりだ」

「そのあと、天鋸行路で賊に襲われて命を落とした。まだ十八だったという。まったく、無駄死にだな」

「そんな、馬鹿な。遊圭が死ぬはずがない」

玄月は膝立ちに身体を起こそうとして、前のめりになり、両手を床についた。冷静さを欠いた声で、李万に詰め寄る。

「慈仙は、慈仙はどうした」

格子に手をかけんばかりに這《は》ってこようとする玄月の気迫に、李万は顔をしかめて一歩あとずさる。

「無論、帰ってきた。だから、星公子の訃報《ふほう》が伝わったわけだ」

玄月は、ほぅと息を吐いて、床にぺたりと座った。

「慈仙は、無事か。義仙は？」

「義仙は賊に襲われたときの怪我がもとで、失明した」

玄月は口を押さえてうつむいた。もはや言葉もない。思ってもみなかった結末と、その先にある自分の破滅が見えてきた。

「娘々は、私をお赦《ゆる》しにはなるまい」

「おいおい。簡単に反省されてもつまらん。こちらは自白を引き出す愉しみがなくなるではないか」

「自白することなどない。己の判断が誤っていたのだ。責任はとる」

「では、星公子に、探索行は大家《ターチャ》の命令と偽って任務を授けたことも、認めるのだな」

玄月は顔を上げて、李万のたるんだ皺だらけの顔をじっと見つめた。

「私は大家のお言葉を偽ることなどしない。それは誤った情報だ。慈仙に訊《き》けばわかる」

李万はにんまりと満足げな笑みを浮かべた。尋問の口実ができたからだ。

「その慈仙が、そう証言しているのだ」

石でも投げつけられたように、玄月は首を反らし、目を瞠《みは》って、李万の垂れ下がった頬肉に埋もれた口を見つめる。李万が何を語りかけ、挑発しようと、玄月は無表情に黙り込んで、もはや口を開くこともしなかった。

「まあいい。少しは回復してくれんと、尋問の楽しみが減るからの。さぞかし腹も空《す》いていることだろう。あとで食事を運ばせる。大家は、ゆっくり静養させるようにとの仰せだそうだからな。待遇は悪くせん。わしはな、何枚爪を剝《は》がせば、きさまが己の罪を認めるかと、楽しみにしているのだ。沐浴《もくよく》もさせてやるぞ。水牢でよければな」

ねっとりと優しい言葉を吐いて、甲高い笑いとともに、李万は牢から出て行った。

玄月は自由にならない下半身を引きずるようにして、板だけを張った寝台に戻ると、台の上に這い上がって横になった。たったそれだけの動作に息が上がり、なけなしの体力を使い果たした。疲労感と寝台の硬さに、あのまま床にのびていたほうが良かったのではと考えたが、底冷えする石の床に転がるのは賢明ではない。

慈仙がなにを陽元に吹き込めば、玄月がこんな扱いを受けるのか。

とりあえず、体力の回復をはかり、頭をはっきりさせて状況を分析しなくてはならない。体調を整え、可能な限りの情報を集めて、どうすれば生き延びられるか、さらに考え続ける。

かれという人間を、永遠に変えてしまったあの手術を生き延び、目覚めたあの日から、そうして生きてきたのだ。

「星遊圭」

死んだのか、と天井を見上げて思った。

態度や言動が、いちいち癪《しゃく》に障る少年であった。しかし、なぜか崖《がけ》っぷちを好んで歩くあの少年が生き延びれば、この理不尽で不条理な世界の何かが変わる気がして、要らぬ手を出しては崖のふちから引き戻していた。しかし、玄月の手の届かないところでは、あっさり死んでしまったのか。

あれほど、天運に見込まれたような人間が。

楼門関に置いておけばよかったのだろうか。朔露の軍に呑《の》み込まれても、自分の視界にとどめておけば、生き延びたであろうか。

床に自分の宦官《かんがん》帽が転がっているのが目に入り、手を伸ばしたが届かない。あきらめて髷《まげ》に手をやり、紐《ひも》がゆるんで乱れていることを自覚する。懐を探って櫛《くし》を出し、髷を解いて髪を梳《す》き始めた。何かしていないと、食事が差し込まれる前に、眠りに落ちてしまいそうだったからだ。

抜けて指に絡まる黒い髪を見つめて、玄月は小さくつぶやいた。

「早まったな、慈仙。だが、遊圭を巻き込んだのは失策だぞ」

探索行の責任者が自分である以上、玄月は星公子の死にも、責任がある。それについてはどうしようもないことだが、陽元の誤解を解かずに退場するつもりはない。そして、潔白を証明するには、陽元に会わねばならないが、慈仙はそんな愚策は犯すまい。

このまま後宮にいては、せいぜいあと一日の命だ。

ぐるりと牢《ろう》を見渡して、決意を固める。

「まずはここから脱出しなくては」

李万のお楽しみに付き合う気は、粟粒《あわ》ほどもない。

やがて、雑穀の粥《かゆ》が運ばれてきた。冷めた麦と黍《きび》のにおいを嗅《か》ぎ、匙《さじ》でかき回して異物が入っていないか確かめ、引き上げた匙の先を舐《な》める。穀物以外の味はしない。ひと口食べて、ようすを見る。

拷問が趣味の李万が、玄月に毒を盛ることは考えられない。しかし、慈仙が己の嘘を隠蔽《いんぺい》するために、玄月の獄中死を装うことは充分に考えられたがゆえの、慎重さだ。

胃がきりきりとするのは、毒のせいではない。極度の空腹に、食べ物が流れ込んできたためだろう。空腹では体力も回復しない。玄月は三日あまり何も入れていない胃袋を驚かさぬように、ゆっくりと食べた。

最下層の宦官でさえ、雑穀の粥には出汁《だし》や肉醬《にくみそ》と塩で味をつけ、漬物が添えられるが、囚人にはそんな配慮さえなかった。

睡眠をとった玄月が目を覚ましたのは、深夜と思われた。何も見えない濃い闇の中で、カチャカチャと錠を開ける音がする。格子の向こうに、とても弱く小さな光の点が揺れていた。あまりに小さすぎて、地に落ちた星が瞬いているのかと思うほどに。

李万の部下が、自分を拷問室に連れて行く時間がきたのかと思ったが、それならば明るい灯籠《とうろう》や松明《たいまつ》で牢を照らすはずだ。

慈仙が送り込んできた刺客かと、玄月は身構えた。

闇の中で刃物を振り回されては不利だ。ゆっくりと息を吸い込み、闇を移動すべく、手首と足首を回して強《こわ》ばりをほぐして、次の動きに備える。

「そこにいるのは、誰だ」

「玄月。目が覚めてたの」

格子の向こうから、低く抑えた女の声が返ってきた。玄月の全身から緊張が解けた。

「小月《しょうげつ》。誰にも見られなかったか」

「たぶんね。見張りの酒に眠り薬を入れたから、朝まで目覚めない」

牢の入り口から、高鼾《たかいびき》が聞こえる。

油灯《ゆとう》の覆いを外したらしく、温かく柔らかな光が牢まで差し込む。玄月が手足を伸ばし、首を揉《も》んで身体をほぐしていると、カチリと、錠の外れる音がした。格子戸の開かれる音に、玄月はゆっくりと床に降り立つ。このときは、どうにか立ち上がることができた。この弱った身体で、刺客に対抗できただろうかと、ひとりでに苦笑が漏れる。

牢から出た玄月の脇に手を入れて、身体を支えようとする、細く柔らかな身体から薔《ば》薇《ら》の香りが立ちのぼり、鼻腔《びこう》をくすぐる。

「いい匂いだ」

そうつぶやく玄月に、小月はささやき声で闊達《かったつ》に言い返す。

「あなたは臭いわ。いったい何日風呂《ふろ》に入ってないのよ」

「かれこれ、二十日あまり」

いやねぇ、と艶《つや》のある声で小月はつぶやいたが、玄月を押し返すことはしなかった。

「私の殿舎で風呂に入れてあげたいけど、今夜じゅうに後宮を脱出しないと命がないわ。あなたに忠実な宦官は、慈仙に見張られていて、動きを封じられているから、あてにできない」

刑司の殿舎を忍び出て、わずかな星明かりを頼りに後宮の闇を移動する。ときどき、玄月が右、左、と指図して、漆喰《しっくい》の壁に沿った通路に出た。かなりの距離を歩いて、双方ともに息が上がる。ときおり腰を下ろして休んでは、先を急いだ。

やがて、水のさらさらと流れる音がして、探していた暗渠《あんきょ》の入り口の排水管理棟へとたどり着いた。

ここまで来て、玄月と小月は管理棟の横に座り込み、しばらく休む。

気がつけば、後宮の庭園には初夏の気配が満ち始めていた。春も終わらぬ北の地から脇目もふらず駆けつけた玄月は、闇に香るさまざまな花の気配に目を細める。星明かりに浮かぶ木々の枝には、刺繍糸《ししゅういと》を散らしたような花びらが揺れていた。

「もう合歓《ねむ》が咲いているのか」

「あら、ほんとう。ちょうどいいわ」

小月は懐から小刀を出して立ち上がり、合歓の木に近づいた。幹の皮を削り落とし、花を摘む。

「合歓の樹皮は痛み止めや強壮の薬になるのですって。このまま食べても、効くかどうかはわからないけど。花は枕に入れると、怒りは和らぎ、哀しみは鎮まって、よく眠れるそうよ。遊々が後宮にいたころ、花を使った薬枕《やくちん》や薬酒がとても流行《はや》ったの」

もう、六年も前のことだ。追っ手を逃れ、女童を装って後宮に潜んでいた星遊圭に出会ってから、それだけの時間が流れていたことに、玄月はかすかな驚きを覚える。

玄月が手渡された樹皮を噛《か》んでいる間に、小月は集めた合歓の花びらを、手巾《しゅきん》に包み込む。ふわりとふくらんだ布包を掌《てのひら》に載せ、玄月に差し出した。

包みを鼻に近づけるとほのかに合歓が香り、ささやかな幸福感と、初夏がめぐるたびに、淡紅の花で埋め尽くされた勉強部屋の光景が目に浮かぶ。生まれ育った家が世界のすべてだった、二度と還ることのない日々。

「合歓の効用を知らずに、小月は私の部屋に花を投げ込んでいたのか」

「知っていたら、合歓の薬枕をいっぱい作ってあげたのに。部屋を花だらけにするよりは、掃除が楽だったでしょうね」

小月はくすくすと声を抑えて笑う。玄月は合歓の花包みを見つめてつぶやいた。

「合歓の薬枕を、大家《ターチャ》と娘々のもとへ届けることが、できればよいのだが」

「折りを見て、お贈りしておくわ。誰からとは、わからないように。でもいまは、自分が無事に逃げることを、考えて」

小月は、果物や焼き菓子を入れた袋と清潔な衣服、路銀の包みを玄月に渡した。

「ここからは、ひとりで行くのよ。文教堂の床下に続く暗渠は、覚えているわね？」

玄月が喉《のど》の奥で笑う気配がする。

「大家が、まだ太子でおられたときに、城外へでかけるためによく使った」

「文教堂で、ラシードっていう名の武官が待っている。あなた、外でずいぶん友達を作ったのね」

「友というか、兄弟らしい。よくわからんが、奇妙な秘密結社だ」

「まあ、助けになるなら、なんでもいいわ。遊々の訃報《ふほう》以来、後宮はそれはもう大変だったのよ。娘々は早産しかけて生死の境をさまようし、主上は夜の務めをいっさい放棄するし。あなたが嘘をついたってことで、もう大変なお怒りだったの。陶太監は謹慎させられて、寝込んでしまったそうよ」

「すべては、慈仙の捏造《ねつぞう》だと、父には伝えてくれ」

「ええ。明日にでもそうする。とにかく、主上があなたを呼び返したって聞いてから、帰ってきたらどうやって逃がそうか、そればかり考えていたのよ。慈仙は曹貴妃と結託したわ。あなたを主上に会わせる前に、李万に尋問死させるつもりなの。でもね、朗報よ。遊々は生きているの」

話の展開が予想を超えて飛ぶ。玄月は飲みかけていた水で咳《せ》き込み、「だろうな」と相づちを打つ。

「でも、遊々が生きていたって報告だけでは、あなたが嘘をついて遊々を陥れたのではない、って証明にはならない。このままでは慈仙の思うつぼ。だから、玄月。遊々を捜して、連れ戻してきなさい」

「小月、もう少し順番立てて説明してくれ。誰が遊圭の生存を知らせてきた？」

「ルーシャンよ。あなたたちが楼門関を出発して三日後に、朱門関からルーシャン宛てに遊圭の書簡が届いたそうよ。予期しない災難に遭ったけど、生きていること。自分の訃報を信じないでくれってこと、すぐには帰れないけど、無事だってこと。それから玄月に『慈仙に気をつけろ』って伝えてくれ、って内容」

最後の一行で、ルーシャンは宮城で玄月を待ち受ける罠《わな》を察したのだ。すぐに連絡を寄越《よこ》してくれたことはありがたい。遊圭が楼門関に書簡を送ることができたのならば、同じ内容の報告を都にも送ったはずだが、慈仙が握り潰《つぶ》したのだろう。

「それで、ルーシャンと小月とラシードが、どうつながる？」

「ルーシャンが、遊々の手紙をラシード宛《あて》に軍鳩《ぐんきゅう》で都に送って、ラシードは教会を束ねる薩宝って役人に、あなたの味方になってくれそうな伝手《つて》を探してもらって、馬延先生にたどり着いたの。馬先生から連絡をもらった私が、ラシードに今夜、文教堂で待っているように言付けて、私があなたを牢から出してきたの」

後宮に勤める宦官《かんがん》医の馬延は、陶家ともつながりがある。

「上出来だ」

玄月は身体を震わせて笑った。こんな風に笑ったのは、何年ぶりだろう。

陽元が慈仙の証言に惑わされ、玲玉が玄月を憎んでいるいま、身動きの取れないであろう門下の宦官を頼ることなく、自力で後宮から脱出を果たすのは、ここまで弱った身体では難しかったろう。

異民族の秘密結社に引きずり込まれたときは、一巻の終わりかと思ったが、この『兄弟』たちの、都における情報網と人脈は、たった二日で玄月と小月のつながりまで、掘り当ててしまえるらしい。

慈仙でさえ、同じ後宮に何年もいて、勘づかれることはなかったというのに。

この一国の後宮にまで張られた興胡の網が、金椛の都だけでなく、世界中に広がっているとしたら、それは領土を持たない帝国のようなものだ。

うそ寒い思いは否めないものの、とりあえずいまはありがたい。

閉ざされた世界の中で生きるために、心身を削り落として、定められた型の中におのれを嵌《は》め込んできた。そうしなくてもよい世界が、この暗渠の向こうにはある。腕の刻印が、その世界へいたる手形になるのなら、悪い話ではない。

ただ、金椛皇帝に見捨てられた自分に、ルーシャンが利用価値を見いだすとは思えなかったが。

「小月。朱門関の向こうは、安全とはいえない。もし遊圭が見つからず、万策尽きて身の潔白も証明できず、大家《ターチャ》の誤解を解くことができなければ、いままで築き上げたものはすべて、あきらめなくてはならない。この国そのものも、捨てることになるかもしれない。そうなっても、私についてくるか」

小月は、甘い匂いのする頰を玄月の肩に乗せた。

「当然でしょ。すべてを失ったあなたについてきたのは、これが初めてじゃないんだから。双頭の蓮花《れんか》にかけた二世の契りは、子どもの戯《ざ》れ言ではないの」

「そう、だったな。小月は並頭花《へいとうか》を見つけてくるのが上手《うま》かった」

ひとつの蕚《がく》からふたつの花を咲かせる並頭花は、和合の象徴やまじないというだけでなく、幸運をもたらす瑞祥《ずいしょう》でもある。

童試の受験勉強に明け暮れていた少年の日々、小月が窓から投げ込んでくる季節の花だけが、唯一の息抜きであり、励みでもあった。

ふっと息を吐いた玄月に、小月が「なに？」と訊《たず》ねる。

「そういえば、明々に小月のことを訊《き》かれた。明々は我々について、どれだけのことを知っている？」

小月は背筋を伸ばして、玄月の顔をのぞきこんだ。

「李明々？　何も知らないはずだけど。勘づかれたのかしら。どうしたらいい？」

『小月』はさほど珍しい名ではない。追及されても言い抜けるのは難しくないだろう。ただ、遊圭に要らぬ憶測を刷り込まれても面倒だ。そちらは、私がなんとかする」

玄月は、壁に手をついて立ち上がった。

「大丈夫？　玄月。肩を貸さなくていいの？」

油灯を手渡しつつ、小月は不安げに訊ねる。

「いや、それでは小月が夜明けまでに後宮に戻れない。私は大丈夫だ」

「気をつけてね」

管理棟の扉を開けて暗渠《あんきょ》に下りた玄月は、戸口で心配そうに見下ろす小月へと、灯りを掲げてうなずいた。

胡娘と菫児《きんじ》が帝都へ戻ったのは、玄月が宮城を脱出した翌日のことだった。遊圭の助言のとおりに、陶家とは懇意にしている都の商家、蔡大人《さいたいじん》の家に直行して事情を話し、協力を求めた。

蔡大人はすぐに行動を起こし、弟の蔡大官《たいかん》の館へ、胡娘と菫児を連れて行く。昨年の秋から、国士太学の祭酒《さいしゅ》を務めていた蔡大官は、急ぎ皇帝との引見をとりつけに参内した。しかし、この日は重罪人が後宮の刑司から脱走したとかで、騒ぎになっており、申請は通らなかった。

蔡大官は、兄や胡娘の、慈仙の罠を警戒せよとの忠告を軽視せず、慈仙の目の届かない外廷で、胡娘と菫児を皇帝に引き合わせることを計画した。

奇数日の午後から、外廷の英臨閣《えいりんかく》において皇帝の受ける講義に、その日の史学の御進講役として蔡大官が入る手配をした。そして、その当日には、助手の服装をさせた胡娘と菫児を連れていった。

まったくやる気のない空気をまとい、上の空で講義を受けていた陽元は、いつのまにか科目と講師が変わったことも気づかなかった。蔡大官がおもむろに跪拝《きはい》しても、焦点の合わない目でうなずいただけだ。

「皇帝陛下、講義の前に、会っていただきたい者たちがおります」

「うむ」

気のない返事で、陽元は虚空を眺めている。その視界に、麦藁《むぎわら》色の髪を頭頂で結った、学士の姿が入った。胡人で、よく知った顔だが、なぜ男装しているのか。

陽元は椅子がうしろに倒れるほどの勢いで立ち上がった。

「シーリーン！」

「星遊圭は死んではいないぞ」

万乗の天子に行うべき拝礼もせず、胡娘は青い炎を宿したかと思える瞳《ひとみ》で陽元をにらみつけ、言い放った。

「私と遊圭は慈仙に嵌《は》められて、戴雲《たいうん》国に囚《とら》われたが生き延びた。玄月を失脚させるために、我々を殺害しようとした慈仙の企《たくら》みの真相については、この菫児が証人だ」

陽元は胡娘の顔から菫児に視線を移した。玄月の侍童であった宦官《かんがん》少年であると、うっすらとした記憶がある。麗華の近侍として夏沙王国の宮廷に残ったことが、帰国してまもなくの報告に載っていた。

「慈仙が、游を嵌めた？　紹が私の命令と偽って、游を死の砂漠に送り出したのでは、ないのか」

「遊圭は自分の意志で胡楊の郷《さと》を探しに行った。公主の安否を気にかけていたところへ菫児の手紙が届き、そこに綴《つづ》られていた、伝説の郷へと導く夏沙の星歌をもとに、遊圭は死の砂漠を越える決意をしたのだ。誰に命令されたのでも、強制されたのでもない」

まるで糾弾するように、胡娘の声には強い力がこもっていた。

「玄月は、むしろ躊躇《ちゅうちょ》していた。星歌を解読するのに、充分な時間がなかったからだ」

陽元は、渇いた人間が水を飲み干すように、胡娘の話に聞き入った。

「紹が嘘をついたのでなければ、なぜ、後宮から逃げ出したのだ。やましいことがあるから、私の顔を見る前に、脱出したのではないのか」

蔡大官が静かな声で口をはさむ。

「勅命とはいえ、理由も示されず三千里の距離を半月で帰還する。やましいところのある人間が、そのような命がけの無謀な旅を、果たしてやり遂げるものでしょうか」

「だからっ」と叫んだ陽元の顔が赤く染まった。

「できるだけ早く帰ってこいと命じたのだ。たとえ慈仙の言ったことが真実でも、うしろめたいことがなければ、理由があってのことならば、必ず帰ってくるだろうと！　なのに紹は逃げた！」

「逃げざるを得なかったからです。玄月の潔白が証明されたら、無実の人間を誣告《ぶこく》したものが断罪されるのです。その者は、玄月が釈明の余地を与えられる前に、あらゆる手段を使って、闇に葬り去ろうとしたでしょう。陛下、畏《おそ》れ多くも諫言《かんげん》申し上げます。『偏信《へんしん》して奸《かん》の欺《あざむ》くところとなる勿《なか》れ』という哲理がございます。片方だけの言い分のみを信じて、悪巧みを働く者に騙《だま》されてはなりませぬ」

胡娘が話を引き継ぐ。

「玄月は賢い。自分の運命がずっと先まで見える。慈仙の裏切りを悟った瞬間に、自分の足下に広がっている落とし穴を飛び越えるために、玄月は逃亡しなくてはならなかったのだ。我々が――」

胡娘はそこで苦しげに息を吸い込んだ。

「あと一日早く都に着いていれば、玄月は逃げる必要がなかった」

間に合わなかった自責の念に、菫児《きんじ》が涙をこらえきれず、しゃくりあげている。

陽元の赤く染まった顔が、すうっと白くなった。

帰還した日に、すぐに会って話していれば、玄月は逃げなくてすんだのだ。苛酷《かこく》な旅の直後の、衰弱しきった身体で、暗い夜の後宮から、いずこへと知れぬ宮城の外へと。

陽元はようやく、自分のしたことの取り返しのつかなさを、悟ったのだ。

十、天鋸行路・朔露領　夏　立夏より小満（陰暦四月より五月）

遊圭の残した書簡群から、明々たちは、遊圭が戴雲《たいうん》王国と金椛《ジンファ》帝国の同盟のために働いていることを知った。

「戴雲国の朝貢使節を都へ案内するよう、朱門関の楊太守に頼んでいるのがこの書簡ね。でもこれ、あとからやってくる昭威《しょうい》将軍の呉亮胤《ごりょういん》さんに直接頼んだ方が早くない？」

「そうですね。すぐに部下に言付けて、東へ戻らせましょう」

達玖《タルク》は同意して、楊太守に宛てた手紙を手前に引き取る。

「主上宛《あて》のは、開くわけにはいかないから、これはこのまま、速達で送ってしまいましょう」

そう言いつつ、何が書かれているのか気になり、ついつい飢えた目つきで分厚い書簡を見てしまう明々たちだ。金椛の印章で封印された、皇帝に宛てた親書を開いたら、大変なことになる。明々たちは喉元《のどもと》まで膨れ上がった誘惑に打ち勝った。

「まあ、たぶん、私たちに宛てた手紙とたいして変わらないと思うのよね」

と言い切った明々宛の手紙には、当たり障りのない近況報告が記され、秋にはきっと再会を約すという、当てにならない約束で締めてあった。

バン、バンと卓に広げた自分宛の手紙を掌《てのひら》で叩《たた》きながら、明々は文句を言う。

「どう考えても、秋は無理でしょ！　いまから都に引き返して、ちょうど秋になるんじゃない？　見通し甘すぎない？」

一同は苦笑しつつ、今後の行動について話し合った。

「西へ星公子を追いかけるのは、尾行に出した部下の報告を聞いてからにします。うかつに動いては、星公子の立場を危うくするかも知れない。それに、我々がここにいることを星公子が知れば、きっと心強く思って協力を求めてくるでしょう」

達玖《タルク》の意見は、一から十まで正しく思われる。明々は遊圭と再会したいと逸《はや》る気持ちを抑えて、いまは待つことに同意した。

東へ送った達玖の部下は、呉将軍の返事を持って戻ってきた。

遊圭からの親書に目を通した将軍は、戴雲国の使節を待ち、賢王一行には金椛の護衛兵もつけて、帝都へ送らせる、援軍の要請については、呉将軍が戴雲王都へ使者を立て、ザンゥ摂政と交渉、検討するという内容であった。

「応援がもうすぐそこにきて、追い風になっているの、早く遊々に報《しら》せてあげたいね」

明々は手持ち無沙汰《ぶさた》な日々を、ひたすら待つ。

西へ送っていた達玖の部下が戻ったのは、十日後のことだった。

＊　　＊　　＊

はるか手前の丘の上から望むことのできる劫河《こうが》の氾濫《はんらん》は、夏へ向けてますます水量が増えている。対岸も霞《かす》む海のごとき大河となり、雨期の北天江を彷彿《ほうふつ》とさせた。

しかもその水は、砂をも押し流す濁流で、黄色い流砂や動きの止まらない灰色の土砂に、朔露《さくろ》軍はどのようにして河を渡るつもりなのかと、遊圭には想像もつかない。

こちら側の岸に建つ城都は、夏沙王都に匹敵する大きな都市で、河の名をとって劫宝《こうほう》都《と》と呼ばれている。金椛帝国に帰服する最西の都市だ。

ここは劫宝王の擁する二万の軍と、二年前から駐留している金椛軍五千が対岸の朔露軍とにらみ合っている。

副使が、劫宝都の手前で、母妃に輿《こし》を下りて乗馬で進むよう要請する。

城都にはゆかず、天鋸《てんきょ》山脈へと分け入って、劫河の上流で渡河するためだという。

「朔露をめざす人質に、金椛軍の真ん中を突っ切って来いとは言わないな。ふつう」

遊圭は金椛軍と接触できそうな機会をあっさり奪われ、肩を落とす。

はじめから天鋸山脈を横切っていけば良さそうなものだが、女性の多い一行では道なき深山を踏み分けて進むわけにもいかない。いかに戴雲が高山の民であるといっても、天鋸山脈の切り立った崖《がけ》、切れ込んだ谷、うっそうとした原生林といった地形を、すべて把握しているわけではないのだ。

副使より伝え聞いた、朔露軍の事情は次の通りだ。

イルコジ小可汗は、前年に夏沙領で行われた氏族集会に出席するため、夏と秋を死の砂漠の反対側で過ごした。そのため朔露南方軍は、冬の間に渡河を終えることができず、劫宝都攻めを先送りにした。

そのかわり、劫河以西の諸都市の平定に力を注ぎ、さらに天鋸山脈に兵を送り込んで船橋の材料となる木《き》を伐り出し、増水期の現在は下流へと流し続けている。さらに、伐採によってできた空隙《くうげき》に騎兵を通すための道を造ることを思いつき、東へ東へと木を伐り倒している。

朔露の副使は、この山道へと戴雲の母妃を案内した。

登山道の険しさにときに馬を下り、綱を渡した渓流を難渋しながら渡り、中腹へ至った遊圭は、突然開けた目前の光景に我が目を疑った。

深い山懐に切り拓《ひら》かれた道は、騎兵隊が五列に並んで進める広さがあった。この山脈を東西に貫く道が、どこまで続いているのか。少なくとも、戴雲国を圧迫できる位置まで軍勢を送る準備はできているのだろう。

そして、目前の大河を渡るための船橋を造る姿でもって、劫宝軍と金椛軍を引きつけておきながら、その一方では、山中へと迂回《うかい》させた騎馬隊に、連合軍の背後を襲わせる計画なのだ。

遊圭は慄然《りつぜん》とした。このことを、金椛軍に伝えなくてはならない。

日没前に、深山に野営の幕が立ち、遊圭は母妃の天幕に薬を持って上がった。近くに副使がいないことを確かめて、現状について話し合う。

「かつて、もう少し西の開けた高原にいたわたくしたち戴雲の民は、先王が朔露に敗れてからは東へ東へと逃れていきました。天鋸山脈のさらに奥へと退いてゆけば、朔露軍には見つかるまいと。我が民の兵は、ひとりひとりは勇敢なのですが、先王のあとは統率力に優れた者が現れず、盛り返すことも難しくなっております。いまは、ツンクァが成長して、勇猛な王になってくれれば、と祈るばかりです」

「ザンゥ摂政は、よく部族をまとめておいでだと思いますが」

遊圭はお世辞でなくそう言ったが、母妃は小さな声で笑った。

「父は、人々を治めるのは夫よりも上手ですが、戦には向いてないのです。臆病《おくびょう》ではないのですが、何が最善の判断なのか、考えている時間が長すぎるのでしょう。政務なら試行錯誤もやり直しもできますが、戦ではそういうわけにもいかない」

このまま人材が育たなければ、戴雲国も先がないと、母妃は嘆息する。

朔露という国も、第一帝国が拡大し、東大陸の半分を征服したのち、たちまち終焉《しゅうえん》を迎えた。広大な領土を治めることのできる人材がなかったのだろうか。そして、次の偉大な指導者が現れるまで、二百年の時を要した。

いま、朔露大可汗は、戦に長《た》けた息子たちや、征服した国々の内政を任せる人材に恵まれているらしく、ただひたすらに拡大を続けている。

翻《ひるがえ》って、金椛はどうだろう。官僚を育てる国士太学では不正がはびこり、国境の守りは異国人の将軍や傭兵《ようへい》に頼っている。皇帝の陽元は自らの兄弟を信用できず、高級官僚は任官運動に後宮の妃嬪《ひひん》の機嫌を取り結ぶため、宦官《かんがん》とわたりをつけるのにいそがしい。

太平の世が五十年続き、軍隊は維持されているが、真の戦争を知る世代はいない。

麗華の降嫁行列が朔露の賊軍に襲われたとき、金椛の錦衣《きんい》兵は、朔露兵ひとりを斃《たお》すのに、三人がかりというていたらくであった。朔露の方では、もう二十年以上戦い続けているのだから、将兵の強さは比較にならない。

戦場で生まれ、父の用兵を見て育ったイルコジ小可汗の率いる兵数が、喧伝《けんでん》されているとおり五万を超えるのなら、金椛側は十五万の兵が必要という計算になってしまう。

戦う前からすでに負けそうな気持ちを抑えつけて、遊圭は母妃を励ます。

「それでも、朔露軍の裏をかく方法がないわけではありません。金椛軍の増援さえ間に合えば、負ける戦ではありませんよ」

母妃の肌はかなり快復していたが、遊圭は病の癒えていない細工をしたほうがよいのではと提案する。母妃は憂いの眼差《まなざ》しでうなずいた。

「先王の正妃を差し出したことを勘違いして、イルコジがわたくしを自分の後宮に容《い》れようとするかもしれません。それによって、戴雲の統治権を自分のものと主張するでしょう。伽《とぎ》を命じられないよう、できるだけ醜く細工してください」

ツンクァが初めての子で、まだひとりしか産んでいない母妃は充分に若く美しい。イルコジに見初められては、ツンクァ母子にとって大変な悲劇だ。

「あ、でも、閨《ねや》でイルコジと刺し違える、という手段もありますね」

ひどく思い詰めた顔で言い出され、遊圭はうろたえる。

「それでは、ツンクァ殿下が気の毒です。朔露のために両親を失ったツンクァ殿下が、憎しみと復讐《ふくしゅう》に人生を費やすことが、母親としての望みですか」

母妃は苦悩にゆがませた顔を、両手で覆った。

「それに、わたしは母妃殿下を無事に戴雲王都に連れ戻すと、ツンクァ殿下に約束しました。イルコジの戦略と、進軍の日取りを探り出したら、その足で逃げることにしましょう」

打ち合わせを終えて、外に出た遊圭は、自分の天幕へと帰る。寝る前に用を足そうと野営を外れて繁みに隠れようとしたとき、その奥にひとの気配を感じて、ヒュッと息を吸い込んだ。

かろうじて悲鳴を抑えた遊圭だが、正体を見破られて足がすくむ。繁みから顔を出したのが見覚えのあるルーシャンの部下だったので、ほっと胸を撫《な》で下ろした。

まだ心臓がばくばくしている。

「達玖《タルク》隊長に遣わされてきました。なにか、お役に立てることはありますか」

それで遊圭はすべてを悟った。

前の城市に明々がいたことは、遊圭にとっては驚愕《きょうがく》以外の何物でもなく、そのあとも現実だったのか、故郷恋しさの妄想だったのか、判別がつけられずにいた。

城門を前にした雑踏の中、懐かしい声で愛称を呼ばれた気がしたとき、遊圭は自分の頭がおかしくなったのではと、ひどく緊張した。それでも明々の声は繰り返し遊圭を呼んだ。やがて騒ぎとなり、護衛の兵が動いた。これは幻聴ではないと、遊圭は意を決してふり返った。そこにいたのは確かに明々だった。遊圭が混乱し、呆然《ぼうぜん》としているうちに行列は進み、明々は凜々に引き留められて、やがて見えなくなった。

城門をくぐる間とそのあとも、胸が痛くなるほど心臓が激しく打ち、耳の下の脈はどくどくと鳴り続けた。

人目があったので、そのまま行進を続けた遊圭は、その夜真人を呼び出して、西の城門で起きたことについて訊《たず》ねた。

『明々さんは、会ったことないのでわかりませんが、遊圭さんに呼びかけていた方とい

「星公子」

っしょにいたのは凜々さんでした。僕もびっくりして、どうしようかと思いましたが、遊圭さんが何事もなかったように進んでしまったので、持ち場を離れませんでした』

それでも遊圭の混乱はおさまらず、状況が理解できない。

一介の女性薬師が、国外へ旅をすることなど、常識的にも、現実的にも、まずありえないことであったからだ。

引き返すこともできず、悶々《もんもん》と日々を送っていたが、達玖が同行していたことがわかれば納得もできる。いきさつはともかく、ルーシャンの伝手《つて》で国外に出ることができたのだろう。凜々がついていたということは、玄月の手配かもしれない。

遊圭は達玖の遣わした使者に、手早くこれまでのいきさつを話した。そして、ここに来るまでに目撃した、船橋を造って劫河を渡り、同時に劫宝都城の後背を突くために、騎馬道を山奥に建設している、朔露の戦略を伝えた。

使者の口からは、陽元の送った一万の増援がそこまで来ていることを知らされる。すでに劫宝都に駐在する五千の軍を併せれば、金椛軍一万五千、劫宝軍二万、戴雲国の遊軍一万、合計四万五千となる。それに、天鋸行路の後方の都市には、まだ二万弱の兵が温存されているのだ。

数の上では、朔露を上回る。

遊圭はさらに、今後の計画を伝えて、達玖の使者と別れた。無事に達玖の元へ帰り着くことを切に祈る。

「ずいぶん長かったですね。野菜が足りてないんじゃないですか」

繁みから出てきた遊圭に、見張りに立たされていた真人が眠たそうな声をかけた。

「橘さん、わたしはあなたが女性にもてる理由が、さっぱりわかりません。女性に対する心配りとか、言葉の選び方って、あるじゃないですか」

少しばかり低い、かすれた女声で真人をたしなめる。

「尼さんに言葉を選んで、なにかいいことあるんですか」

真人もなりきって言い返す。真人に漏れ聞かれていなかったのなら、副使にも気づかれなかっただろうと、遊圭は希望を持った。

天幕で横になり、毛織りの外套《がいとう》にくるまる遊圭の頬がゆるみ、どうにもしまらない。

明々がここまで遊圭を捜しに来たのは、求婚の問いに是と応《こた》えるために違いない。国境まで飛び出してしまう明々の行動力にはあきれたが、なぜか驚きは薄い。そんなに遊圭に会いたかったのかと思うと、嬉《うれ》しくて落ち着かず、なんども寝返りをしてしまう。

早く仕事をかたづけて、母妃を連れて明々のいる城市へ戻ろう。

俄然《がぜん》やる気の出てきた遊圭である。


騎馬の道に入ると、西へ進む速度は一気に上がる。遊圭は、劫河から離れた金椛側の山中で伐採した木は、そのまま放置してあることに気がついた。東側で伐《き》った木は、船橋の材料とするために運搬する手段がないのだろう。麓《ふもと》を索敵している金椛軍に悟られることを、警戒しているのかもしれない。

最後の渓谷を青息吐息で登り終えた遊圭は、朔露の迂回《うかい》軍を止める方策を思いついた。紙はとうに使い果たしていたので、肌着の袖《そで》を破って布帛《ふはく》とし、残りの墨をすべて磨《す》って書き留めた。

翌日、遊圭は真人に一封の書簡を託した。

「明日、女官と戴雲兵を帰します。あなたも彼らといっしょに、引き返してください」

劫河の向こうには、朔露の兵士が迎えに来ている。通訳を含めた最小限の近侍のみが、母妃に付き添うことを許されるのだ。

「え、でも、僕を頼りにしてるんじゃなかったんですか」

自分も敵の本陣まで乗り込む覚悟であった真人は、口を尖《とが》らせて不平を言った。

「ええ、とても頼りにしているので、大事な仕事をお願いします。この書簡を凛々に届けてください。あなたがこの騎馬道で見た光景と、ここに書いてある作戦を、達玖《タルク》隊長に説明して欲しいのです。もしかしたら、援軍の司令官も、すでに到着しているかもしれません。昭威《しょうい》将軍の呉亮胤《ごりょういん》という方です。橘さんをイルコジに会わせてあげられなくて残念ですが、いいですか。朔露を退けられるかどうか、この作戦にかかっています」

真人は複雑な顔つきで、遊圭の顔をじっと見た。

「丸太落としに水攻め。なんとも豪快な思いつきですが、丸太落としはともかく、山中の支流に造った堤を決壊させて、騎馬道を進軍する朔露兵を一網打尽にするとか、可能なんですかね。それに、僕にこんな大事な役割を、任せていいんですか。二度と信じたくないって言っていたのに」

「橘さんは、わたしの切り札として雇われる、という契約をしましたよね」

「まあ、そうですけど。僕に欺《だま》されて命を落としかけて、慈仙《じせん》に欺されて殺されかけて、それでもまだ、僕みたいなお調子者を信じることができるのが、不思議で」

自分で自分をお調子者と決めつける真人に、うっかり同意もできず、遊圭はどう答えていいものかわからなかった。

「橘さんは、わたしが殺されることを知っていて、旺元《おうげん》皇子に売ったんじゃない。でも慈仙は、敵でもないわたしを頭から殺そうとしてだまし討ちにした。その違いです」

真人は、それでも納得しない。

「この国では、欺される方が悪いんだって、みんな言っています。そうかと思えば、遊圭さんみたいなひともいる。僕がこの手紙を持って、朔露に寝返るってことを、疑わないんですか」

遊圭は目を丸くした。

「橘さんには、わたしよりも有用な人脈が、朔露にあるのですか。朔露大可汗に直結するような、直接その国の君主に軍功を報告してもらえる伝手が？」

真人は渋い顔で言い返す。

「ないですよ。でも、なんだかこの戦、金椛軍に不利な感じがするんですよ」

真人には、ずる賢さと正直さ、そして臆病《おくびょう》なまでの慎重さが同居している。異国でひとり、生き延びてこられた理由だろう。

「だからこそ、不利な方を助けた方が、感謝もされやすいというものです。朔露にこちらの情報を流したところで、得体の知れない異国人のもたらした情報では、疑われて門前払いか、奪われて放り出されるかの、どちらかじゃありませんか。それに、橘さんが救国の英雄になれば、秀芳さんの耳に、あなたの名前が届きますよ」

遊圭は屈託のない笑みを浮かべて、真人の忘れられない恋人の名前を口にした。

真人は瞬《まばた》きを繰り返し、額まで赤くして口をパクパクさせた。

「痛いところを突いてきますね。まあでも、あまりあてにしないでください。山の中で朔露兵に出くわしたら、一巻の終わりです。石灰だけじゃ逃げ切れないでしょう」

真人の躊躇《ちゅうちょ》は、自分の遂行能力に対する不安からきているのかと、遊圭は察した。真人は、留学生を演じるだけの知性と、異国で商人に雇われるほどの才覚はあるが、鍛え抜かれた兵士でも、訓練された伝令でも間諜《かんちょう》でもない。

だが、それは遊圭も同じことだ。いま、この状況を生き抜くために、持ち得る力を出し尽くすしかない。

「手を尽くしてもそうなってしまったら、それがわたしたちの天命です。でも大丈夫ですよ」

「その自信はどっからくるんだか。家が再興されるまでは死なないって予言ですか」

「橘さんが失敗したら、わたしも金椛帝国も終わりです。星家の再興はなし。だけど、橘さんが成功すれば、予言が成就する。後者に賭《か》けましょう。ただし、慎重に」

その翌日、戴雲国の随身を見送り、ふたりの屈強な護衛と母妃、遊圭の四人だけとなって、天鋸山脈の劫河上流を渡り、朔露領へと足を踏み込んだ。

朔露南方軍の総司令官、イルコジ小可汗は、遊圭とそれほど身長は変わらない、族弟のジンと似た涼しげな顔立ちの、二十歳を少しでたばかりの青年だった。だが、腕の太さや肩と胸の厚みは、歴戦の戦士のものだ。並んで立てば遊圭を華奢《きゃしゃ》に見せるだろう。

イルコジの手の届く、五尺より内側には近づきたくない。

戦争も始まっていないのに、甲冑《かっちゅう》をまとい武器を携え、船橋の建設を指図している。太く腹に響く声は、若さの張りがある。大可汗にもっとも気に入られている末息子という話だが、遊圭にはなんとなくわかる気がした。あの声で命令されれば、兵士たちは絶対に勝つと思って前進するだろう。

副使の報告を受け、戴雲国の国母を迎えに出たイルコジは、寡婦の衣裳《いしょう》に身を包んだ人質を、興味深げに眺めた。

イルコジが副使と交わす言葉は、遊圭たちにはまったく理解できない。イルコジは母妃に近づいて、機嫌良く話しかけた。副使が通訳をする。

「遠方より、ようこそおいでなされた。お疲れと思うが、なぜ顔に布を垂らしているかとお尋ねです」

「病で皮膚が爛《ただ》れておりますので、お目汚しとならぬよう、布をかぶっております」

母妃はそう答え、包帯を巻いた両手を上げて見せた。

イルコジは気味悪げに一歩下がり、包帯からはみ出した、赤くぬらぬらとした指先をまじまじと見つめる。そして興味をなくして、副使に戴雲国の客を、適当な穹廬《きゅうろ》に案内するように命じたようだ。

人質生活が始まって四日目。遊圭は母妃の侍女として、その一切の世話に明け暮れた。たったふたり許された戴雲兵の随身は、母妃の穹廬の前室で寝起きする。かれらの食事や水も運ぶ遊圭に、その正体を知る兵士は苦笑を向ける。

「ぜんぜん違和感ないですね」

「まあ、ある種の特技なので」

笑いで濁して、四人分の食事を運ぶため、一日に三回、朔露陣の厨房《ちゅうぼう》を往復する。

そんな行動範囲で偵察できることは限られていたが、身近に見る朔露兵の食事や、練兵の光景など、金椛とはまったく違った様相に学ぶことはある。

その朝も、青く晴れ渡った夏空を見上げながら、遊圭は母妃の穹廬に水を運んでいた。

誰かがついてくる気配がしていたが、遊圭は知らぬ顔を決め込む。朔露兵の、異民族の若い女に対する、言葉はわからぬが意味の明確な野卑なからかいを、遊圭は無視するしかない。いくら朔露が野蛮人でも、人質の侍女に手を出したりはしないだろう。

しかし、兵士らの天幕からは、虐待されているらしい、戦争奴隷の悲鳴が毎晩のように聞こえてくる。

遊圭は、女性たちがこうも逃げ場のない暴力に満ちた世界に生きていることに、心が削られる思いだ。母代の胡娘が、奴隷時代にどれだけ悲惨な体験を乗り越えてきたかと思うと、まだいまのところは物理的な陵辱を受ける心配のない自分の恐怖など、笑い事に思える。

とはいっても、自分が男としては非力で、残忍な所業が日常の兵士らに囲まれていることは、充分に心の縮む日々ではあるが。

「おい」

それが、朔露語の横柄な呼びかけであることを思い出した遊圭は、顔を上げて声の主を見上げた。

イルコジ小可汗の族弟ジンだ。ほぼ四角い輪郭の多い朔露人にしては、ちょっとだけ面長の、涼やかな顔立ちの青年だ。イルコジよりは年長であるようだが、族『弟』という、朔露一族ではイルコジより下位の存在である。

「戴雲の母妃の病気は、どういうものだ」

わからない言語に首をかしげる遊圭に、苛立《いらだ》ったジンはいくつかの公用語で質問を繰り返した。康宇語での問いに、遊圭は戴雲訛《なま》りをまねた発音と拙《つたな》い言い回しで「赤肌病、ト呼バレテマス」と掠《かす》れた声で答える。

「それは、どういう病だ。うつるものではないのか」

ジンは遊圭のつくり声に、疑問を持たなかったようだ。遊圭は少しほっとした。ここで、伝染性のものだと言えば、自分たちは放置されるのではと思ったが、逆に伝染を防ぐために穹廬ごと燃やされかねない。

「風土病ノ、ヨウナモノ。戴雲国ノ外デハ、見ラレナイデス」

遊圭の答に安堵《あんど》したらしく、ジンはいからせていた肩を下げた。

「小可汗が、不便があれば訊《き》いてこい、と言われた」

「モンダイナイです」

遊圭はにこりと笑って膝《ひざ》を折り、戴雲宮女のお辞儀を返す。

水桶《みずおけ》を持ち上げて立ち去ろうとしたとき、遊圭の頭上すれすれに黒い影が横切った。ジンは素早い動きで、水桶を落として倒れ込む遊圭をかばい、黒い影を素手で叩《たた》き落とした。

膝をついた遊圭は、地上でばたばたともがくホルシードに目を瞠《みは》る。遊圭はここにジンがいたことに内心で舌打ちをした。密《ひそ》かに一行を尾《つ》けさせていた戴雲の鷹匠《たかじょう》に、母妃の穹廬を確認したら、ホルシードを飛ばすように指示していたからだ。

遊圭はジンの腕をはねのけて、ホルシードに駆け寄った。

「まあ、怪我をしています。可哀想に！」

訛るのも忘れて、大げさな演技でホルシードを抱え上げ、周囲を見渡した。

「どなたの鷹ですの？」

ジンをはじめ、周囲の朔露兵は互いを見交わすだけだ。鷹の持ち主は、ここにはいないらしい。当の飼い主がその鷹を捕まえているのだから当然である。

「ああ、痛そう。手当てしなくては」

遊圭は袖《そで》を広げてホルシードを包むようにして胸に抱き、穹廬へ戻ろうとした。

「おい、待て！」

遊圭はジンの威圧的な命令にふり返る。

「おまえ、鷹を扱えるのか」

「鳥とか、動物は、寺院で飼っていました、カラ。タブン」

遊圭は自信なげに、首をかしげた。

「年老イタ鷹ヲ、世話したコト、アリます」

真っ赤な嘘だが、ホルシードが従順に遊圭に身を任せているのだから、疑う余地もないだろう。

変装するにあたって、遊圭が兵士や通訳でなく、女装を選んだのは、疑われることなく鷹のホルシードを持ちこむためでもあった。遊圭が知る限り、女性の鷹使いというのは聞いたことがない。

いそいで穹廬に駆け込んだ遊圭は、母妃に自慢のホルシードを見せた。

「これで、山に潜んでいる兵と連絡がつきます」

母妃も、満足そうにうなずいた。

そうこうしているうちに、乾季に入った天鋸行路では、すでに真夏が来たかのような猛暑が始まった。天鋸山脈の雪がすべて融け出す勢いで、劫河は幅も勢いも増してゆく。イルコジ小可汗が造らせている船橋は、造れども繋《つな》げども、対岸に届く気配はない。ときに、砂の濁流に押し流されて、数日分の努力が無駄になる。

イルコジは焦っているらしい。

ギチギチに繋ぎ合わされた船の橋が、河を埋め尽くしていくのを、ホルシードの運動をさせながら眺めていた遊圭の背後から、ジンが声をかけた。

「もう普通に飛ぶようだ。飼い主のところに戻らんのか」

「さあ。でもカワイイです。マダ飛び去っては欲しくナイ。飼っても、ヨイデスカ」

しおらしく訊《たず》ねる。ジンは少し考えてから「飼い主が見つかるまではいいだろう」と許可した。

正使として戴雲国を訪れたこともあり、人質の応対もジンの仕事なのだろうか。

数日ごとに訪れるジンは、母妃の病状について訊ねる。遊圭は、体調は悪くないが、肌の荒れがよくないと応じる。水が合わないのかも知れないとも、答えてみた。

その翌日もやってきたジンに呼び止められ、名を訊かれた。用意しておかなかったので、遊圭は焦る。

「ユウです」

ほぼどちらも母音の二音節の名前は、どの国でも珍しくない。遊圭は本名を答えた。

「それは、女の名か」

遊圭はぎくりとしたが、コクリとうなずいた。見破られたら、実は宦官《かんがん》でしたと言って言い抜けるしかない。母妃の近侍が女であると、こちらから言った覚えはないはずだ。母妃の世話と、穹廬周りの水仕事を一切引き受けているので、遊圭の手は下女の荒れた手と変わらない。骨っぽい手をさらしても、不審がられないことを祈る。

「おまえは、どうして尼のかっこうをしている」

ぎくりとした。やはりばれているのか。

「あ、尼僧、ナノで」

汗が噴き出す思いで、たどたどしく答える。

「本物の尼か」

「は、い」

他に答えようがない上に、そう訊かれて否と答える者がいるのだろうか。

「母妃も尼僧であるか」

「ええ、まあ」

この問答の意味がわからない。イルコジが母妃に懸想して、出家か否かを確かめにきたのかと、遊圭は急いで考えをめぐらせる。

ジンはぐいと網目から血の滴る籠《かご》を差し出した。覆いを取らずとも、臭いでわかる。

羊の生肉だ。

「鷹にデスか。アリガトウ」

「いや、母妃と、おまえたちのだ」

「では、厨房《ちゅうぼう》に」

籠を受け取り、踵《きびす》を返す遊圭の肩を、大判の手ががっちりとつかむ。痛い。

「そのまま食え」

「生で？」

女声を作らずとも甲高い声が出た。さすがに血の滴る肉をそのまま食べるのは無理だ。

「母妃の病に効く。生肉を食わんと、歯茎から血が出る。傷も治りにくい。おまえたち、煮た肉しか食わんと厨房の者が言っていた。今朝潰《つぶ》したばかりの羊だが、暑いとすぐ腐る。新鮮なうちに食え」

穀物は少なく野菜を摂《と》らない朔露人には、肉の生食が食養なのだろう。遊圭はしぶしぶ受け取った。

「尼は肉食はせんというが、肉を食べないと、身体が弱る。食え」

肉を食べさせるために、信仰を確認されたのか。いまひとつ会話が成立していなかったのは、お互いに母国語でない言葉で、意思を伝えようとしていたせいと思われる。

穹廬《きゅうろ》に持って帰った遊圭だが、血抜きをしても、臭いのために吐き気がして食べられなかった。護衛たちは問題ないようだ。野菜のなくなる冬の間は、戴雲国でも赤身の生肉を食べるのだという。

さらに暑さが厳しくなり、尼僧の頭巾《ずきん》で頭を覆っているのもつらくなってきた。しかし、顎《あご》の輪郭と首を出したら、観察力のある人間には男だとばれてしまう。特にジンは、頻繁に人質の穹廬を見回っていて、気がつけば遊圭の仕事ぶりを観察している。

そのため、歩き方や仕草に女性らしさが欠けていないかと、戸外にいるあいだはずっと緊張が続いて、腹の具合もよくない。毎日羊ばかり食べて凝乳《ヨーグルト》や馬乳茶を飲んでいるせいだろうか。朔露はこれで強兵を育てているのだが、遊圭の体質にまったく合わない。蒸した米に野菜炒《いた》めが食べたい。高黍《たかきび》でもいい。母妃が熊胆《ゆうたん》を分けてくれるので、なんとか仕事をこなしている。

水辺でまだ赤い黒苺《いちご》を見つけて、紫がかった実から貪《むさぼ》るように口に入れたものの、あまりの固さと酸っぱさに吐き出していたのを、見られていたらしい。その夕方、母妃の穹廬に白瓜《しろうり》が届けられた。

甘く瑞々《みずみず》しい白瓜は、乾燥した大地が生み出す奇跡の甘露だ、と顎を果汁で濡《ぬ》らしながら遊圭は思った。もちろん、穹廬の外に出る前には、果汁でまだらになった顎に、薄茶色の脂粉を塗り直す。

翌日、ジンを見つけた遊圭は、瓜の礼を言った。

「口に合ったのなら、手に入る間は届けさせる。今朝、早生《な》りの李《すもも》が運ばれてきた。それも、欲しいか」

「いただけるものなら、ヨロこんで」

果物に飢えていた遊圭は、飛び上がらんばかりに喜んで礼を言った。ジンはすがめるように目を細めて、「あとで、届けさせる」と応《こた》えた。

見た目は怖いけど、案外といいひとなのかな、と遊圭は罪悪感を覚える。いや、仕事であるし、人質に病気になられても困るから、気を配っているだけなのだろうけども。


そして、ぎらつく太陽の下、ついに朔露軍の渡河が始まった。

三日ほど、出かけていたホルシードが、遊圭の元に戻った。

「間に合って良かった」

遊圭はホルシードに新鮮な肉を与えて、長かった飛行をねぎらう。

この日のために、何度も水場と穹廬を往復して、河岸を偵察してきた遊圭だ。遊圭と三人の戴雲人は、額を寄せて脱出の機会を話し合う。

小可汗の後宮や、人質を預かる穹廬の撤収も始まった。

進軍の忙しさの合間に、ジンが撤収の監督に来た。戴雲の客は、穹廬の解体の仕方を知らないのだから、誰かにやってもらわなければならない。

「おまえたちが河を渡るのは、軍兵の渡河が終わってからだ」

「何日もかかりそうですけど、もう穹廬を片付けてしまうのですか」

「船橋はできるまでは時間がかかったが、渡るのは、すぐだ。俺は、こちらの岸に残り、本陣とは別行動になる。おまえたちの護衛は、康宇語を話せる者に引き継ぐ」

他国への使者を務めたり、いくつもの公用語を話せて、人質の監視を任されているところを見ると、ジンの役職は事務方なのだろうかと遊圭は推察した。そういえば、いつも完全武装ではあるが、甲冑《かっちゅう》は傷みも汚れもなくきれいなものだ。

「いろいろ、ありがとう、ございました。白瓜とか。あの、ご武運を」

敵の武運を祈るのはおかしな話だが、瓜や李の礼はしておきたかった。それに、後方部隊の管理職なら、よほどイルコジが不利にならない限り、ジンが金椛の兵士と戦うことはないだろう。

ジンはうなずき、厚い革帯に佩《は》いた短剣の鞘《さや》と柄頭《つかがしら》に触れてから、その手を胸に置き、唸《うな》るように何か言って立ち去った。その仕草と言葉の意味はわからない。

何かの呪《まじな》いのようなものだろうか。たぶん、朔露の流儀で、礼か別れの挨拶《あいさつ》をしたのだろう。

遊圭は渡河の直前に、手足に巻いていた錘《おもり》を外した。河に落ちたら溺《おぼ》れてしまうということもあるが、脱走の機会が訪れたら全力で逃げるためでもある。

大切な荷物は、背中に負い、腰に巻き付けて、船橋へと渡る栈橋へと並んだ。

隙間もなくしっかり繋ぎ合わされた船の橋は、遠目には堅固な橋に見えたが、大勢の人間や牛馬、駱駝《らくだ》や輜重車《しちょうしゃ》が渡り出すと、上下左右に大きく揺れた。

錘を外したお陰で、ずいぶんと身軽に動けるようになったが、慣れない船上の移動は簡単ではない。つかまるところもなく踏ん張りながら、遊圭は母妃と護衛たちと手を取り合い、ひとつひとつ進んでいく。半ばまで進まないうちに、日が暮れてきた。このまま船橋の上で一夜を過ごすのかも知れない。

下流側の橋を進んでいた遊圭たちは、渋滞に疲れて船にうずくまる人々から離れて、下端の船にそっと乗り込んだ。橋上の喧噪《けんそう》の合間に、ひたひたと水の音が耳に届く。

遊圭と戴雲人は、日暮れて互いの顔も見えなくなってから、行動を起こした。

小刀で、船を繋《つな》いでいた綱を切り外していく。

護衛の持っていた杖《つえ》の柄で隣の船を押して、静かに、静かに、船橋から離れていく。

艪《ろ》も櫂《かい》もついてない、ただ水に浮かべて人馬を渡すためだけの小舟だ。筏《いかだ》といった方が近いかもしれない。密《ひそ》かに用意しておいた板きれを、杖に結わえつけて櫂とし、河面に差し、少しばかり推力を足す。

夏の南天には、これまでになく強く赤い光を放つ災いの星、熒惑《けいこく》が、いまにも地上に触れんばかりに、ひとびとの葛藤《かっとう》を見下ろしていた。遊圭は不吉な予感を無視し、夜空から目を逸《そ》らした。

小舟が剝《は》がれて流されていることに気づいて、橋の上から呼ばわる声がした。遊圭たちは答えない。ひとが乗っていることに気づかれなければよいと祈ったが、さすがに四人も乗っているのは見過ごせないだろう。

馬や車両を通すために船の上に渡された板の道を、騎馬が駆けてくる。最後尾で人質たちの渡河を監督していたジンだ。こちらに向かって叫んでいる。前後を一瞥《いちべつ》し、東岸が近いと見たらしい。前をゆく兵馬や人々の群れを蹴散《けち》らし飛び越えて、東岸を目指して文字通り馬を飛ばす。

あの揺れる船橋の上を、まるで平坦《へいたん》な草原か何かのように。

あんな風に、馬を乗りこなせる騎手は、金椛軍にはいない。朔露の騎兵はみな、あのような人間業とは思えない馬術を習得しているのだろうか。

遊圭はジンのような朔露将兵が、金椛軍に進撃してゆくさまを思うと、恐ろしさに胃がきりきりと痛んだ。

「早く漕《こ》いで。流れに乗れば、振り切れる」

人質を逃したとなれば、ジンは責任を問われるだろう。必死で追いかけてくるに違いない。夜明け前までに、砂漠の奥の奥まで逃げ切らねば。

上流の東岸で松明《たいまつ》が燃やされ、岸に沿って騎馬隊が下流へと移動している。追っ手か救助隊かはわからないが、捕まるわけにはいかない。しかし水深がさほどでないためか、水流は遅い。それでも、朔露軍が船で追いかけてこないことに安堵《あんど》する。操舵《そうだ》可能な船はなかったことと、朔露軍に船を操る技術はおそらくないことを見越して、この手段で逃げることにしたのだから。

遊圭はジリジリしながら、護衛らが即席の櫂で水を押すのを見つめる。月が昇り、追いかけてくる騎馬の一群の、その先頭を駆けるジンの顔が遠くに見えた。

天星熒惑《ようせいけいこく》の赤い光を浴びて、ジンは遊圭が教えた名を、呼び続けている。

追いつかれそうになって焦ったが、やがて河は大きく蛇行し、小舟は速い流れを捉《とら》えた。河を下ってゆく速度はぐいぐいと上がり始める。ジンの顔はもう見えず、松明の群れもたちまち遠く小さく、やがて見えなくなった。

朝になれば、ジンは綱がゆるんで船が流されたのではなく、遊圭たちが故意に綱を切って逃げたことを知るだろう。

遊圭の良心はチクリと痛む。

「イルコジにひどく叱られるだろうな。親切にしてくれたし、悪いひとじゃ、なかったけど。でも敵だから仕方がない」

遊圭らも東岸に上陸しなければならない。できるだけ下流へと、一晩中流され続けた。

「でも、死の砂漠へ逃げて、大丈夫なの？」

母妃は不安げな面持ちで、劫河の岸を見つめた。

「連絡はついてます。ホルシードが、いい仕事をしてくれるようになりました」

遊圭はあとは黙り、荷物から星測器《せいそくき》と指南盤を取り出して、位置の計測を始めた。

天空を横切る銀河の光を浴びて、小舟は砂丘の連なる地平へと、静かに流れて行く。

十一、死の砂漠ふたたび、そして天鋸山脈へ　芒種《ぼうしゅ》より夏至（陰暦五月）

　東の空が白みはじめ、時折り、砂丘の向こうに廃墟《はいきょ》が見え隠れする。遊圭は東の岸へ寄せるよう、護衛に指示した。河が浅く流れが緩やかになったあたりで、小舟を下りて砂漠へと上がり、先ほど目にした廃墟へと進む。

　護衛たちには母妃と休むように言い、遊圭は廃墟を回って印を探した。かつては内郭へ続いたと思われる拱門《アーチ》をくぐり、祭壇らしきものを見つける。そこに比較的新しい時代に刻まれた記号を布きれに書き写し、ホルシードの足に結びつけて空に放した。

　母妃らのもとに戻った遊圭は、尼の頭巾《ずきん》を脱ぎ捨てた。

「あとは、迎えを待つだけです」

　遺跡の中を、日陰を追って移動しながら、最後の白瓜《しろうり》を切り分けて食べつつ、ひたすら待つ。午後の日が傾いた頃、北東から駱駝の群れがゆらゆらと近づいてきた。遺跡の壁に登って歩哨《ほしょう》に立っていた護衛が警告の声を上げる。遊圭も壁に登り、蜃気楼《しんきろう》のような光景に目を凝らした。

　肩に鷹《たか》を乗せ、六頭の駱駝を率いる先頭の人物が、こちらに手を振った。遊圭も両手を上げて振り返す。

「久しぶり、というほどでもないが、元気そうでなによりだ。遊圭君」

駱駝の鞍上《あんじょう》から声をかけてきたのは、知的な黒髪の壮年男性だ。

「ファリドゥーン先生。迎えに来てくれて、どうもありがとうございます」

いまは麗華の夫である、胡人の医師に、遊圭は心からの感謝を述べる。

「岸辺にいつまでもいては危険だ。郷《さと》へ行こう」

再会の挨拶も慌ただしく、遊圭たちは駱駝に乗り込んで胡楊《こよう》の郷へと向かった。

胡楊の郷では、食事を用意して待っていた麗華に歓迎された。

「まあ、遊々にこんなにすぐまた会えるとは、思わなかったわ。胡娘と菫児《きんじ》は元気？」

「先月には、帝都に帰り着いているはずです」

「朔露《さくろ》軍から逃げてきたのですって？　さすがに死の砂漠の奥へ逃げてくるとは、朔露も思わないでしょうしね」

大仕事を成し遂げたホルシードは、新鮮な肉をたっぷりもらって、悠々と羽根を繕っている。麗華の息子ホルシダは、猛禽《もうきん》の珍しさに興味津々で止まり木の下を這《は》い回った。ホルシダが止まり木をゆらすたびに、鷹のホルシードが警告の鳴き声を上げて、同じ名を持つ幼児を脅かす。麗華は「侯陸《ホウルー》、やめなさい」とたしなめつつも、楽しげに眺めている。

亡国の王妃と新興国の寡妃は、自己紹介したのち、双方の数奇な運命に想いを馳《は》せながら、穏やかに談笑する。

「それで、遊々はこれからどうするの？」

麗華の問いに、遊圭は難しい顔で計画を語り始める。

「すぐに、朔露を避けて、天鋸《てんきょ》行路へ引き返します。ですが、できれば戴雲《たいうん》の母妃には、この郷で冬まで隠れていただきたいと思っています」

「わたくしのほうは、問題ないけど、母妃さまは」

意見を求められ、母妃はためらいつつ応《こた》える。

「すぐにでも、帰国したいのはやまやまですが、砂漠を越え、朔露軍の満ち満ちた天鋸山脈を行くには、わたくしは足手まといにしかならないでしょう」

麗華は訳知り顔にうなずいた。

「夏の砂漠をゆくのは、元気な男性でもきついの。母妃さまには、夏が終わり、戦局がはっきりするまで、こちらに留《とど》まっていただくのが、わたくしたちにも安心です。そうなさって。冬になったら、こちらから戴雲国に送らせてもらうわ。ファリドゥーン、天鋸山脈にも良い薬がたくさんあるのでしょう？」

麗華に水を向けられて、ファリドゥーンは鷹揚《おうよう》にうなずいた。

「交易範囲が広がるのは、私たちにも良いことだ。喜んで、母妃をお国元へ送り届けさせてもらおう」

「どうも、ありがとうございます」

遊圭と、戴雲人一同は、心から礼を言った。

護衛のひとりは母妃と残り、遊圭はもうひとりの護衛とともに、ファリドゥーンの案内で劫河《こうが》の西岸に渡り、上流を目指す。

変装を解き、砂漠の民の衣裳《いしょう》に替えた遊圭を、ジンでさえ見分けることはないだろうが、慎重に天鋸行路へと近づいてゆく。天鋸行路の劫河西岸では、朔露軍の野営地はひともまばらで、恐ろしげな兵士らはみな対岸に渡ったようだ。

ファリドゥーンに別れを告げ夜を待って天鋸行路を横切り、山へと入る。木を伐《き》りだして拓《ひら》かれた騎馬道は、無数の馬蹄《ばてい》に踏み固められていた。何千という騎兵が、この山を登って、河を越えたのだ。

朔露兵の出現に気を配りながら、休む時は森の奥へ隠れて、騎馬道を東へと向かう。劫河の支流の谷を越えて、劫宝都《こうほうと》の東側へ出たのでは、といったころ、頭上を旋回する禿鷹《はげたか》や烏の群れが増えてきた。野犬の吠《ほ》える声もする。弓矢を持っていないことに、野獣に襲われたらどうしたものかと恐ろしくなるが、立ち止まるわけにもいかない。

急な坂を登り切った遊圭は、眼下に広がる凄惨《せいさん》な光景に息を呑《の》んだ。

伐採された木材群が、騎馬道を埋め尽くしていた。丸太の山に押し潰《つぶ》された、百とも、二百とも見える、朔露の人馬が悪臭を放っている。烏や禿鷹が死体の上を飛び回り、野犬とも、胡狼《ジャッカル》とも見える獣の群れが盛餐《せいさん》に興じていた。

「真人さんが、仕事をしてくれたんだ」

空気の湿った夏の森の中、おそろしい勢いで腐敗してゆく、無数の死体が放つ腐臭に、遊圭の鼻はすぐに麻痺《まひ》する。

急いでその場を去り、慎重に慎重を重ねて東へと向かう。下り坂の谷へと傾斜の落ち込む騎馬道では、このような酸鼻を極めた光景が、何度か見られた。ときに、虎のように黄色がかった毛色の大きな獣が、死者の肉を漁《あさ》っていた。遊圭たちは、食事に夢中な肉食の野獣に気づかれないうちに、抜き足差し足でその場から離れ、東へと急いだ。

この丸太落としを仕掛けたのが、戴雲軍か金椛《ジンファ》軍の仕業であれば、遊圭は安心して姿を現して、急ぎ東へ進めるのだが、友軍の姿は見えない。

四度目にまたも同じ光景に出くわした遊圭は、さすがに心が折れてしまった。この作戦を提案したのは遊圭ではあるが、実際に引き起こされた惨状は、発案者の想像力を遥《はる》かに上回っていたのだ。

「仕方ないじゃないか。こうしないと、いけなかったんだ。戦争なんだ」

遊圭は肩にのしかかってくる罪悪感と闘いながら、清浄な空気を求めて尾根に上がり、汗を拭《ふ》く。

そのとき、坂の下から一群の騎馬が進んできた。馬もひとも疲れきった、のろのろとした蹄《ひづめ》の音と、武具の触れ合う金属の音。

頻繁にうしろをふり返る冑《かぶと》の形状から、朔露の一隊であると知った遊圭と護衛は、慌てて森へ逃げ隠れようとした。うしろを向いて駆けだしたとたん、風を切る音とともに、うしろここまで苦行を共にしてきた護衛が、もんどり打って倒れた。遊圭を庇《かば》うように、うしろを走っていたために、前にいた遊圭はその下敷きになってしまう。遊圭の上からずり落ちたかれの背中には、矢羽根が突き立っていた。

護衛は最後の息で短剣を抜き、遊圭に手渡し、こと切れた。

武器があったところで、複数の朔露兵と戦うことなど、遊圭には不可能である。

逃げたら射られると、尻《しり》をついたまま周囲を見回して逃げ場を求める遊圭の前に、追いついてきた朔露兵が立ちはだかり、怒声を浴びせた。何を言われているのかわからないが、地元の山の民を装って、命乞《いのちご》いをするしかない。短剣を放り出し、両手を握って背中を丸め、片言の康宇語で助けてくれと懇願した。

襟首を捉《とら》えられて、隊長のところへ連れて行かれる。

馬上の人物の顔を見上げた遊圭は、全身から冷や汗が噴き出した。イルコジ小可汗の族弟、ジンが満身創痍《まんしんそうい》で遊圭をにらみつけていた。

なぜそのことに思い至らなかったのだろう。ジンが劫河の西岸に残ったのは、騎馬道を通る遊軍を率いて、劫宝都の背後を突くためだった。

「見たことのある顔だな」

康宇語で話しかけられ、遊圭はぶんぶんと首を横に振る。地声を出すのも恐ろしい。作り声と地声は高さに違いはあっても、兄弟のように似ているのだから。

「康宇語がわかるのか。それなら便利がいい。地元の人間か」

人質の侍女であったことには、気づかれなかったようだ。地元人であることを否定すれば、ここにいる理由を問われる。遊圭が返答をためらっていると、ジンは急に身体を起こして、もと来た方角をにらみつけた。

低い声で吐かれたジンの罵声《ばせい》に、遊圭は「金椛《ジンファ》」の音を聞き取った。数騎の馬蹄の音が近づいてくる。

ジンは金椛軍に追われているらしい。隙を見てとっさに走って逃げようと、腰をかがめた遊圭を、馬から飛びおりたジンが取り押さえた。遊圭の口を大きな手で塞《ふさ》ぎ、配下の兵に大声で何事かを命じる。

朔露兵は即座に武器をつかんで馬をおりた。空馬の尻を激しく鞭《むち》で叩《たた》く。朔露の軍馬は嘶《いなな》きながら、西へと走り去った。

朔露兵とジンは遊圭を脇に抱えて森の奥へと隠れた。追いかけてきた金椛兵の一団が、囮《おとり》の軍馬の群れを追って西へと走り去るのを、息をひそめて待つ。

遊圭は遠ざかる馬蹄の音に、落胆のあまり気が遠くなりそうだ。

「おまえの家はどこだ」

ジンは遊圭の口を押さえたまま、低い声で訊《たず》ねた。遊圭は震える手を上げて、山の上の方を指さした。

「金椛の追っ手をやり過ごすのにちょうどいい。そこへ連れて行け」

暑さのためだけではない汗で、雨に濡《ぬ》れたように服が背中に貼りつく。遊圭はここに来る途中に無人の山小屋を見かけたことを思い出し、そちらへジンと朔露兵を案内した。

ジンは負傷しているらしく、ときどき脇腹を押さえる。兵士たちも無傷の者は少なく、背の甲《かぶと》に矢を立てたままの兵もいれば、足を引きずっている者もいる。

空き家は獣の糞《ふん》が転がり、山猫の獲《と》ってきたらしき鳥の羽が散らばり、寝台も埃《ほこり》っぽかったが、住人が去ってからそれほど経っていないらしく、薪や鍋《なべ》などは残されていた。

「水は、どこだ」

家の隅に水瓶《みずがめ》を見つけてのぞき込んだが、藻が育ち虫が浮いていた。遊圭は自分の水筒をジンに渡す。ジンは喉《のど》を鳴らして水を飲み干し、水瓶を持って外へ出ようとする遊圭を呼び止めた。配下の兵に、ついていくように命じる。

「逃げられると思うな。水と食べ物を用意しろ。金椛人のくそったれめが。罠《わな》なんぞ仕掛けやがって」

後半は遊圭に言ったわけではなさそうだ。しかし、この罠を仕掛けさせた金椛人が目の前にいることを知られたら、遊圭の首が肩から転げ落ちることは必定だ。

家の横の渓流へ下りてから水を汲《く》み、あばら家に戻る。ジンたちは甲冑《かっちゅう》を解き、怪我の手当てを始めていた。遊圭は火を熾《おこ》そうとしたが、「煙を立てるな」と、きつい声で止められた。

ジンの連れた朔露兵は、みな負傷して疲れている。金椛兵が近くまで来ているのなら、ジンの隙を見て逃げきることはできるだろう。遊圭は黙って怪我の手当てを手伝い、自分の持っていた食糧を分け与えた。

「おまえ、なぜ口を利かぬ」

ジンに問われて、遊圭は怯《おび》えて震えた。怖くて声が出ないのは、本当だったからだ。手招きされて、手を伸ばしても届かない距離まで近づいた遊圭を、ジンはぐっと身を乗り出して頭をつかみ、引き寄せた。

「やはり、見覚えがある。名は？」

「ほ、ホウルー」

とっさに、麗華の息子の愛称を出してしまった。金椛人でも、戴雲人のものでもない名前は、それしか思いつかなかったからだ。細く切れ上がったまぶたからのぞく黒い瞳《ひとみ》に、至近距離から鋭い目つきでじっと見つめられて、遊圭の心臓はいまにも止まりそうだ。

「おまえによく似た女を知っている。年も、同じくらいか。ふん。東方人の顔は、みな、似たり寄ったりだからな」

ジンは目を閉じて嘆息し、手を放した。目を離した隙に逃げ出されないよう、遊圭を縛っておくよう部下に命じる。ジンの部下は、汚れた手で遊圭を柱に縛りつけた。小突かれ、野卑な言葉を浴びせられ、身体に触れてこられるのが不快で恐ろしい。遊圭が金椛人であることには気づかれていないようだが、外見が東方人であるというだけで、負け戦らしきかれらの、憤懣《ふんまん》の捌《は》け口となるのに充分なのだろう。

「そいつに手を出すな。明日は山を案内してもらわなければならん。どこに金椛兵がいるかわからんのだ。騎馬道は使えない」

服に手をかけられた遊圭が抵抗を試みたとき、ジンがそう一喝した。朔露兵はおとなしく手を引く。遊圭は命拾いをしたことに、自分を捕らえた敵将に感謝してしまった。

誰もが微睡《まどろ》み始めた深夜に、大きな獣が家の周りをうろつく物音がした。木の枝を踏み割る音と、荒々しい鼻息。

朔露兵はすぐに目を覚まして武器を取った。外のようすを窺《うかが》ってきた部下から、周囲をうろつくのが巨大な成熊であることを知らされたジンは、寝台から飛び降りた。

「ホウルー。熊の棲処《すみか》と知って、おれたちをここに連れてきたのか」

遊圭は激しく首を横に振った。

「今年は、まだ使ってない猟小屋で、一番近かったんです。あの、縄を解いてください」

とっさにうまい嘘が出た。ジンに顎《あご》で指図された朔露兵が、遊圭の縄を切った。

ガリ、ガリ、と壁を削る音が移動する。凶暴な唸《うな》り声と、扉を引っ掻《か》く音に、全員が緊張する。ガリ、ガリ、ドン、ドンと、まるでそこが扉であるとわかっているかのように、ぐいぐいと押し始めた。

朔露兵たちは、弓に矢を番《つが》えて、押し入らんとする獣に備える。

ばきばきと扉を破って姿を現したのは、熊ではなかった。

「虎？」

後足で立ち上がった、熊のように大きな野獣の、月光にきらめく金褐色の毛並みに、一瞬そう思った遊圭だが、黒い縞《しま》もなく、猫科の獣とは思えないほど鼻先が長く尖《とが》っていた。丸っこい輪郭に、黒く小さな両眼はおそろしく無機質で、突き出た口は大きく開かれ、長く鋭い牙《きば》をむき出している。

雷がすぐそばに落ちたかと思える咆哮《ほうこう》。朔露兵らの矢が一斉に放たれる。野獣は前足を地に着けた。矢の雨は野獣の背を越えて戸枠に刺さり、あるいは外の闇へと吸い込まれる。

瞬間的に身をかがめた獣は跳躍し、喉笛《のどぶえ》に嚙《か》みつかれた兵士が絶息した。そばにいた兵士が放った第二矢を前足に受けた金獣は、その鉤爪《かぎづめ》で兵士の顔を引き裂いた。

遊圭は尻もちをついたまま、壁際までずり退《さが》り、金獣が朔露兵を殺戮《さつりく》していくのを、ただただ震えながら見守るしかない。ひとりの兵士が戦斧《せんぷ》を獣の頭蓋《ずがい》に叩きつけ、ジンが獣の鳩尾《みぞおち》に刺した剣を柄《つか》まで埋め込み、もうひとりの兵士が獣の脇腹を右から左へと槍で貫いたときには、生きている朔露の将兵はこの三人だけになっていた。

肩で息をするジンが、火を点《つ》けて獣の死骸《しがい》を照らす。灯火の輪の中に横たわるのは、誰の知識にもない、金色の、虎でもなく、熊でもない、まして獅子《しし》でも麒麟《きりん》でもない、不可解な獣であった。

遊圭は、膝《ひざ》と手で床を這《は》い、獣のそばに寄った。まだ息があっては危ないと、ジンが肩を押さえて引き留めようとしたが、遊圭はふりきって、獣の首に灯りを近づけた。

金褐色の毛並み、狸のように尖った鼻、小さな黒い目。そして、首の周りだけが鮮やかに真っ白な毛色。遊圭は獣の前足を持ち上げ、五本の指に鋭い爪を持つ、柔らかな掌《てのひら》を開いて見つめた。

間違いなかった。こんな前足を持つ獣は、他にいない。

「天狗《てんこう》ーっ」

遊圭は腹の底から声を振り絞って、行方の知れなかった愛獣の名を叫んだ。しかし、黒曜石の粒のような天狗の目は、ぴくりともしない。

「天狗、天狗」

ただもう、涙と慟哭《どうこく》しか出てこなかった。遊圭は、この春から夏、成長しきった天狗が、森に遊ぶのを何度も目にしていたではないか。

天狗は、一度も遊圭から遠ざかったことはなかった。いつも、森から遊圭を見守っていたのだ。そして、敵に捕らえられたこのとき、助けに来てくれた。

人間と自らの血にまみれた獣の首を抱えて、遊圭は号泣した。

三人の朔露人は、猛獣の死骸に取りすがって、延々と泣き叫ぶ異国人の若者を、しばらく呆然《ぼうぜん》と眺めていた。

遊圭の慟哭がすすり泣きへと変わったとき、ジンは遊圭の背中を弱く叩いた。

「それは、おまえの飼い――獣か？」

適当な獣の名を思いつかなかったジンの質問に、遊圭は力なくうなずいた。

「では、どうして我々を攻撃してきた」

遊圭はぐったりと首を振る。

「成獣になった天狗《てんこう》はこの春、番《つがい》を求めて森へ帰っていったんです。人間に育てられた野獣は、成長して野生へ帰ると、人間を警戒して襲うこともあります。だから、慣れないあなたたちの臭いを嗅《か》いで、気が立ってしまったのでしょう」

洟《はな》をすする遊圭の衿《えり》を、ジンは突然つかんで引っ張り上げた。

「おまえ、ユウではないか」

ばれたか、と遊圭は思ったが、いまはそれもどうでもよかった。薄闇の中では声の特徴をはっきりと聞き取られてしまう。いつまでもごまかせるものでもなかった。

ジンは遊圭を天狗の死骸から引き離し、戸外へと引きずり出した。

遊圭の頭と顎をつかんで、部下に持たせた松明《たいまつ》へと顔を向けさせる。

「ユウ、おまえが男だったとはな。よくも欺き通してくれたな」

怒りと侮蔑《ぶべつ》を込めた低い声で唾《つば》を吐き、遊圭の顎を締め上げる。恐ろしい握力に下顎を砕かれるかと思ったが、ジンはふいに力をゆるめた。

「戴雲の母妃はどこだ」

「いまさら、知ってどうするのですか。朔露は負けたのではないのですか」

遊圭の精一杯の強がりは、ジンの怒りに火を注いだ。片手で遊圭の衿を鷲《わし》づかみにして、枕か人形のように軽々と高く持ち上げ、地面に投げ落とした。

硬い岩石層の地べたに肩と背中をしたたかに打ち付けて転がり、遊圭は息を詰まらせる。ジンは仰向けに伸びた遊圭の、薄い胸に膝を乗せて体重をかけた。胸骨がみしみしと音を立てる。身動きはもちろん呼吸もできない。

ジンは遊圭の前髪をつかんで、おそろしく低い声で脅しをかける。

「朔露はまだ負けてない。山中を迂回《うかい》していた騎兵隊が、不意打ちを食らっただけだ。人質がいれば、戴雲国を動かして、金椛を叩《たた》ける。母妃の居場所を言えっ」

母妃は、ここから十日以上も離れた砂漠のど真ん中だ。間に合うわけがない。遊圭は胸が潰《つぶ》される痛みに耐えて、空気を少し吸っては、途切れ途切れに答える。

「知り、ません。はぐれ、ました。途中で、船が、沈んで」

「おまえ、金椛人だな」

息が継げず、発音に金椛語の訛《なま》りが出てしまったらしい。殴られるかと思ったが、ジンは膝をおろし、遊圭の衿をふたたびつかんで、引きずり起こした。

「あの鷹《たか》も、おまえの鷹だったというわけか！　この騎馬道を、金椛軍に報《しら》せたのは、おまえか！　金椛の、間諜《かんちょう》めがっ」

あとは朔露語で罵《ののし》り、ぎりぎりと遊圭の衿を絞め上げ、小屋の壁に力任せに叩きつけた。

壁にぶつけられた後頭部に激痛が走る。目から火花が飛ぶということが、本当にあるのだ。頭を守ろうと、ジンの太い腕に両手でしがみついて背中を丸める遊圭を、ジンはさらに二度、三度と叩きつけた。壁に叩きつけられる度に、苦くて酸い液体が、喉《のど》へと込み上げて口からあふれ、ジンの袖《そで》を汚した。

振り上げた。

激高したジンは、それでも収まらず、腰に下げていた短剣を左手で抜いて、肩の上に
遊圭はもはや自分の身体が、どうなっているのかもわからなくなっていた。ただ、急に止まった揺さぶりと、月光を反射する鋼のきらめきに、逃れ得ぬ死を覚悟して目を閉じた。

――明々。ごめん。あのとき、引き返して、君をつかまえておけばよかった。

その瞬間、黄色い閃《ひらめ》きが視界をかすめた。ジンが太く低い悲鳴を上げ、首を絞め付けていた圧力が消える。一瞬だけ宙に浮いた気がして、どすんと地べたに落ちた。

尾てい骨から胸郭、そして首と後頭部へ響く、目の眩《くら》むような痛みに、遊圭は激しく咳《せ》き込み、咳《せき》が出る度に稲妻のように走る胸の激痛に苦悶《くもん》する。胃液を吐き出し、ようやく目を開いた遊圭は、伸ばした足の間に短剣が落ちて、地面に突き立っていたのを見て肝を冷やした。

ジンは左手に食らいつく獣を振り落とそうと、独楽《こま》のように回転していた。ジンの動きが急に止まり、金褐色の巨大な犬、あるいは小さな熊が、ジンの足下の地面に降り立った。その獣はすぐに姿を消す。

ジンはこちらに背を向けて、立ったまま静止している。呆然と見上げた遊圭の目に、ジンの背中から長剣の血濡《ぬ》れた刃がぬっと生えているのが見えた。生えたかと思うと、すうっと広い背中に吸い込まれた。どさりと鈍い音とともにジンの逞《たくま》しい身体は膝をつ

いて前に倒れた。その向こうに、剣についた血を振り払う、背の高い人影。

「そなたは、相変わらず進歩のないことだな。前にも朔露兵に同じような目に遭わされてなかったか。そして、同じように天狗《てんこう》に助けられる」

少年のように澄んだ、しかし、百年も生きてきたような、低く落ち着いた声。

「ぎりぎりまで助けに来ないのも、進歩がありませんよ」

遊圭は痛む喉から、しゃがれた声を無理矢理に押し出した。

「ふた月とかけずに、帝都からここまで駆けつけたのだから、むしろ褒めてほしいものだが」

平然と言い返される。

「あなたは、どこにでも出てきますね。玄月さん。本当に宦官《かんがん》なんですか」

「そうでなければ、どれだけいいだろうな」

玄月はそう答えると、遊圭の肘《ひじ》を取って立ち上がらせた。体中が痛み、足がふらつく。

玄月は遊圭の腕を自分の肩に回して、腰を支えようとした。しかし、腕を持ち上げられた瞬間に、胸から背中に走った激痛に、遊圭は悲鳴を上げた。

「凜々、ラシード、手を貸してくれ。遊圭は怪我をしている」

壁に叩きつけられたときに、肋骨《ろっこつ》が折れたようだ。もしかしたら、ジンの膝で踏みつけられたときか、あるいは岩の突き出た地べたに投げ落とされたときかもしれない。

腕を上げたり、上体を動かすたびにうめき声をあげる遊圭は、玄月とラシードのふたりがかりで上着を脱がされた。松明を首や背中に寄せて、皮下の出血斑《はん》を探し、肋骨を一本一本、指先でたどりながら、折れた箇所を探る。凜々が集めてきた長い布、誰かの帯や、引きちぎった袖などを合わせてさらしにして、患部の上からきつすぎず、ゆるすぎず巻いた。

まだ朔露兵がいたはずだが、と思って見回すと、かれらはすでに地面で物言わぬ骸《むくろ》となっていた。

遊圭は胸を押さえ、全身の痛みをこらえて慎重に立ち上がり、ジンの遺体に近づいてひざまずいた。袖で死者の汚れた顔を拭《ふ》き、虚空を見つめる目を閉じてやった。

「このひとはジンといって、戴雲国への正使も任される、かなり位の高い朔露の将です。人質の母妃やわたしたちに、穹廬《きゅうろ》の生活に不自由がないか、気を配ってくれました。わたしはこのひとを、欺いて死なせたんですね」

「そうしなければ、そなたが殺されていた」

心なしか慰めを含んだ口調に見上げれば、薄闇に浮かぶ玄月の白い顔は、相変わらず無表情だ。

「そうと知っていれば、生け捕りにすることもできただろうが。それもこの者には屈辱でしかなかっただろう。どちらにしても、もはや終わったことだ。そなたが望むなら、ジンを埋葬してから、ここを立ち去ってもいい」

ジンに激しい怒りと暴力をぶつけられ、殺されかけたことを、遊圭は恨む気にはなれなかった。

この先ずっと、白瓜《しろうり》を見るたびに、ジンのことを思い出すのだろう。そして、白い果肉を舌に載せるたびに、大地の甘露ではなく、欺瞞《ぎまん》の苦い血の味が、口中を満たすのだろう。

遊圭は熱を帯びる両のまぶたを片手で押さえて、小さくうなずいた。

ふたりの周囲では、ラシード配下の雑胡兵らが、小屋の中から朔露兵の死体を引きずり出して、生存者がいないことを確かめていた。

「天狗《てんこう》は？」

玄月は遊圭を支え、無言で小屋の中へ入る。虎とも熊とも間違えそうな金獣の背に、やはり金褐色の毛並みを輝かせ、仔熊《こぐま》ほどに育った天狗が、意気消沈してうずくまっていた。

「天狗は、自分の番《つがい》に遊圭を守らせて、私たちを呼びに来たようだ」

玄月は天狗に手を差し伸べた。

「間に合わず、すまなかった。そなたが天狗だとは、すぐには見分けられなかった、私の落ち度だ」

天狗は小さな黒い目をきらきらとさせて、玄月の手に首を伸ばしたが、ふいと顔を逸《そ》らせて、金獣の腹に潜り込んでしまった。

「ごめん。天狗」

朔露兵の屍《しかばね》を見過ぎて、自分の作戦が当たったことに油断した。金椛の勝利を確かめもせず、見晴らしのいいところへ、ふらふらと姿を現した自分が不用心だったのだ。

天狗《てんこう》は夜が明けきるまで、死んでしまった番の傷を舐《な》めては、哀しげな鳴き声を立てた。

巨獣の死骸《しがい》が横たわる小屋の中で、夜を明かす気にもならず、一同は焚《た》き火の周りに車座になって、それぞれに休むことにした。互いに、これまでのいきさつについて、話し合う。

山中では、達玖《タルク》隊と戴雲兵が中心となって、騎馬道を移動していた朔露の奇襲部隊を襲撃し、成功していた。玄月はラシードの配下とともに、西へ逃走するジンの一隊を追っていたが、朔露兵は空馬の群れを囮《おとり》にして逃げ切った。山を狩るべきか、東へ引き返すべきか、と思案していたところへ、天狗が現れ、小屋まで導かれたのだという。

「戦争は、どうなりました？」

水と軽食を渡され、痛み止めを飲んで、気持ちの落ち着いた遊圭が訊《たず》ねる。

「劫宝都の攻城戦は続いている。そなたのもたらした情報と、作戦案のお陰で、山中の朔露騎兵を殲滅《せんめつ》できた。劫宝都の援軍は、背後を突かれることはなく、互角の戦いに持ち込んでいるところだろう」

玄月が静かに説明する。

「抜け道を造って金椛軍の背後を突くつもりが、その抜け道に罠《わな》を張られていたことに気づかぬのは、『蟷螂《とうろう》の貪《むさぼ》るや、雀又其《すずめまたそ》の後に乗《じよう》ず』といったところだ」

玄月はくっくっと笑う。

遊圭が真人に預けた書簡には、朔露による山中を抜けての奇襲計略と、騎馬道の概要、そして、放置された木材を利用する、丸太落としに最適な場所を記してあった。また、騎馬道の天鋸行路へと下りてゆく渓谷では、上流に堤防を造って貯水池とし、進軍してくる朔露軍を放水によって押し流す水攻めの案も、山地戦に強い戴雲兵の協力によって有効であると添えておいた。

書簡を読んだ呉将軍は、すぐに工兵を山奥へ視察に向かわせ、遊圭の作戦案を採用した。騎馬道を整備する朔露軍の背後で、戴雲兵と力を合わせた金椛軍の別働隊に、密《ひそ》かに作戦を進めさせた。

「蟷螂《とうろう》を狙っていたその雀は、猟師に捕らわれて命を落としかけましたけども」

遊圭は自身を雀に喩《たと》えて、自嘲《じちよう》気味に返した。捕らえた蟬を貪《むさぼ》り食う蟷螂《かまきり》は、雀に狙われていることに気がつかず、その雀は鷹《たか》や猟師などの天敵が、すぐそばにいて自分を獲物として付け狙っていることに気がつかない。

「策を練る者は、策に囚《とら》われる。肝に銘じておかねばな。私も人のことは言えん」

焚き火の赤い光に照らされた玄月の面に、気負いはない。

「しかし、戦場から遠く離れた帷幄《いあく》の中より謀《はかりごと》をめぐらし、勝利を決するのは軍師の誉れであるが、敵陣のうちから策を用いて味方を勝利に導いた軍略の持ち主は、いまだ歴史に例がないのではないか」

玄月に褒められたことに気がつくのに、遊圭は二回分の呼吸を要した。遊圭は耳まで赤くなり、すぐには礼の言葉が出ない。

「でも、まだ戦は続いているんですよね」

「我らは可能な限り人事を尽くした。呉将軍にも活躍の機会を残してやってはどうか。我々が生まれる前から、万単位の軍兵を指揮してこられたお方なのだからな」

そのとおりだ。事前に奇策を思いつくことはできても、いったん戦端が開かれ、軍隊がぶつかりあえば、そこでは個人の力などなんの役にも立たない。それこそ土石流をともなう大河の氾濫《はんらん》に、鋤《すき》一本で立ち向かうようなものだ。災害の備えは、季節が巡る前にすませておかなければ、なんの意味もない。

遊圭は塩漬け玉子を口に入れて、じっと火を見つめながら咀嚼《そしやく》する。軽食をすべて食べ終えた遊圭は、なぜここに玄月がいるのかと、いまさらながら疑問に思った。

陽元に命じられて、遊圭を捜しに来たのだろうか。

「慈仙《じせん》さんは、どうなったんですか」

遠慮がちな遊圭の問いに、玄月は首を傾け、遊圭を見た。

「さあ、顔を合わせる機会はなかったが、私が後宮を脱出したときは、まだ元気にやっていたようだ」

自分を陥れた人間を、玄月は旧知の消息を語るような穏やかさで答える。

「脱出？　慈仙さんと決着がついたわけじゃないんですね。菫児《きんじ》とは会えましたか」

菫児と胡娘が間に合っていれば、玄月は後宮を脱出する必要はないはずだ。

「いや。ここまで来る途中、天鋸行路で凜々と明々に会い、そこでシーリーンと菫児が都に向かった話を聞いた。行き違いになったようだ」

そして玄月は、楼門関《ろうもんかん》から急遽《きゅうきょ》、呼び戻されたところへ話を戻した。都に着くなり投獄され、無実の罪で告発されたことを知り、潔白を証明する道も断たれて、逃げ出さなくてはならなかったいきさつを、順を追って遊圭に話して聞かせた。

ルーシャンの命を受けたラシードの手引きで、興胡の荷に潜んで帝都を抜け、朱門関より不法に出国し、明々たちの残した足跡を追って、遊圭を捜しにきたという。

「出国許可証を持たずに国外逃亡した私は、生き証人のそなたを伴って朱門関をくぐるのでなければ、二度と祖国の土が踏めない」

遊圭は、陽元と玄月の仲がそこまでこじれるとは思ってもみなかった。玄月の窮状に対して、自分の打った手が甘かったことに罪の意識を覚える。

「菫児に、シーリーンをつけて帰してくれたことは、礼を言う」

ためらいもなく感謝の意を示されて、遊圭は気恥ずかしくなり、いやいやと口ごもる。

「でも、陛下が玄月さんより慈仙さんを信じるなんて」

皇帝に対する非難を込めた口調を、玄月はやんわりとたしなめる。

「大家《ターチャ》にお仕えしてきた年月は、慈仙のほうが長い。大家は私を伴友と親しんでくださるが、慈仙は大家《ターチャ》にとって兄のような存在でもある。だからこそ、大家が政務については慈仙ではなく私の意見を求め、舎弟であった私に実務面で飛び越えられることに、嫉《しっ》妬《と》を抑えきれなかったのだろう」

そして自嘲気味に笑った。

「私と慈仙が対立したら、慈仙につく宦官《かんがん》の方が多いのではないか」

確かに、他人に対して厚い壁を感じさせる玄月より、気安く打ち解けやすい慈仙のほうが人気がありそうだ。

「慈仙は、誰に対しても、兄のように面倒見が良く、舎弟たちには大哥《にいさん》と呼ばれて慕われていた。大家が最初に青蘭会の構想について相談したのも、慈仙だった。官家落ちの私に反発を抱く宦官をまとめるのは、慈仙でなくてはならなかった」

玄月からかれの昔語りを聞くことがあるなど、遊圭は想像したこともなかった。夜の山中で焚き火を前にしていると、心の垣根は溶けてしまうようだ。

玄月はふっと息を吐いて、水筒から水を飲む。

「互いに官位が上がってゆくうちに、いつかは対立するときが来るとは思っていたが、もう少し先のことだろうと思っていた。朔露軍の侵攻を前に、大家のお心を悩ませることはなかろう、と。そなたを巻き込んだことは、すまなかった」

玄月に謝罪されると、背中がむずむずする。遊圭はもぞもぞと座り直して遠慮がちに応《こた》えた。

「慈仙さんは、玄月さんが監軍の任期を終えて、東宮太子坊の内監に昇進するのを懸念していたんだと思います。憶測ですけど。そうなったら、慈仙さんは玄月さんにずっと後れをとることになります。焦っていたのでしょう」

「そなたは、ずいぶんと後宮の内情に詳しいのだな」

玄月は興味深げに言葉を返す。

ツンクァの相手をしていて遊圭が思ったのは、主従であり、同時に師が従となる師弟の紐帯《ちゅうたい》は、とても強く太いのでは、ということだ。

短い間にツンクァとの信頼関係を築けたのは、病の母親と戴雲国の危うい状況に、遊圭が尽力した結果でもあった。しかし同時に、陽元と陶名聞の疑似親子のような関係にも似て、教える者と導かれる者の間には、他者が入り込むことのできない親密さが生まれるようにも思える。

「玄月さんが太子の後見になることは、約束されたようなもんだって、趙婆《ちょうば》が言ってましたから、慈仙さんもそう思っていたんじゃないでしょうか」

この趙婆は星家の使用人ではなく、後宮の厨房《ちゅうぼう》を担っていた尚食《しょうしょく》掌《しょう》のひとりだ。遊圭や玄月を、甥《おい》か息子であるかのようにかわいがってくれた。すでにこの世のひとではない。

「叔母上も、玄月さんをとても頼りにしていました。翔太子が手習いを始めたら、玄月さんに太子の教育を任せるおつもりだったと思います。そうなる前に、慈仙さんは叔母上から玄月さんを遠ざけたかったのでしょう。玄月さんの潔白が証明されれば、陛下も叔母上も、きっと喜んでくださいます」

そうなったらそうなったで、遊圭の立場も微妙になる。しかし、久しぶりに会った玄月に、命を救われたり、感謝されたり、謝罪されたり、また昔語りなどを聞いたりしたせいか、元気づけることを言いたくなってしまった。

玄月は少しのあいだ黙考し、嘆息する。

「私に裏切られるより、慈仙に裏切られたことを知る方が、大家《ターチャ》にはおつらいのではないかと思う」

そう言って揺れる炎を見つめる玄月の横顔は、いつものように淡々としている。

凜々が遊圭に白湯《さゆ》を差し出し、話題を変える。

「明日、山腹で朔露兵を掃討している達玖《タルク》さんの部隊と合流したら、私は先に山を下りて、明々さんを迎えに行きますね。明々さんは、ひとつ手前の城市で、戦場から送り返されてくる重傷兵の治療を手伝っています。この戦が終われば、遊圭さんに会えるのだと、それは辛抱されておいでですから」

ああ、と遊圭は深いため息をついた。まぶたに蘇《よみがえ》る明々の華やかな面影に、身体の芯《しん》がぬくぬくと温まってくる。

あれほど焦がれ続けた日常に、ようやく手が届くのだと、遊圭の目頭が熱くなった。

劫宝都の城壁を攻めつつ、金椛軍の前進を阻んでいたイルコジ小可汗は、天鋸山脈の懐深く、密《ひそ》かに進む朔露の遊撃部隊五千が、金椛軍の後背を突くのを待っていた。

金椛軍は、やがて挟み撃ちになることも知らず、朔露軍へ進撃を開始し、猛攻を加えてくる。イルコジは、猟犬を使って獲物を罠《わな》へと追い詰めさせてゆく狩人《かりゅうど》の心境で、前へ前へと押してくる金椛の軍勢を見守っていた。

しかし、いつまで経っても、金椛軍が背後を叩《たた》かれて陣営を崩し、動揺するようすはない。山中へ斥候を放ったイルコジは、朔露兵の死骸《しがい》と、丸太や土砂で埋め尽くされた騎馬道の惨状を聞いて激怒した。

「ジンは何をやっている！」

五千の騎兵とともに山中へ消えた族弟の運命を、イルコジには知る術《すべ》がない。

文字通り、背水の陣で劫宝都城を囲み続けた朔露軍には、逃げ場がない。氾濫する劫河に渡された船橋は、上昇する夏の気温のために、さらに増水を続ける劫河によって、押し流されようとしていた。

補給が尽き、船橋が流される前に、イルコジは撤退を決めた。

敵の背後を突く奇策など、思いつかねば良かった、とイルコジは歯ぎしりをする。

最初から全軍を正面攻撃に投入し、力で押してゆけば、戦の下手な金椛軍など数の勢いで蹴散《けち》らし、戦意を挫《くじ》かれた劫宝都の城は、早晩落ちたはずである。そのように進言する将軍もいたのだ。ジンもそのひとりであったが、決定には逆らわず出兵して、帰ってこなかった。

若さ故に、末弟のイルコジは兄の小可汗らよりも、効率的に手柄を上げることを焦っていた。金椛領へ到達する前に、無駄に兵力を消耗したくなかったからだ。奇策で取れる城なら、そうすべきだと考えた。内応を誘う策よりも、奇襲の方が武断として優れていると、まだ若く血気に逸《はや》るイルコジには魅力的に映ったのだ。

呉将軍は、敗走する朔露軍を追い詰めたが、崩壊してゆく船橋の上を、見事な馬術を駆使して疾走するイルコジ小可汗を捕らえ損ねた。とはいえ、劫宝都は朔露の侵略を防ぎ、天鋸行路における金椛帝国の威信は守られた。

平地の戦がそのような顚末《てんまつ》を迎えつつあるころ、ジンを埋葬した遊圭の一行は、ゆるゆると山を下りた。重傷を負った遊圭は、ラシードに背負われて、慎重にゆっくりと山を下りなければならなかった。

達玖《タルク》よりも陽気なラシードは、遊圭の重みも気にならないらしい。息を上げることなく、遊圭らが死の砂漠へと旅立ったあとの、楼門関とルーシャンのようすを教えてくれる。おかげで少しは痛みがまぎれる遊圭だ。

それでも、休憩で腰をおろせば、背中は汗でびっしょりなラシードに、遊圭は申し訳ない思いがする。

「すみません」

恐縮する遊圭に、ラシードは快活に言葉を返した。

「すぐに、達玖隊長と合流できますから。ご心配なく。それに星公子は玄月殿に比べるとずいぶんと軽いですからね。まったく問題ありません」

なぜそこで比べられるのかよくわからないまま、遊圭は凜々に手渡された水を飲んだ。たびたび繰り返される、目を背けたくなるような、丸太に押し潰《つぶ》された人馬の光景も、天鋸行路へと続く渓谷を抉《えぐ》る、山崩れの惨状とは比べものにならない。

渓谷をおりてゆくはずの騎馬道は跡形もなくなっていた。ただただ深く抉られた大地の傷跡と、谷底を埋め尽くす人馬の屍《しかばね》、土砂から突き出た手足と蹄《ひづめ》、泥まみれの冑《かぶと》、根元から覆されて流された木々の残骸《ざんがい》。

遊圭は両手で顔を覆った。

いったい、何百何千の朔露兵が、山上から押し流された土砂と木々の下に埋まっているのか。

「こうなることを想像せずに、水攻めを提案したのか」

蒼白《そうはく》になって吐き気をこらえる遊圭に、玄月が不思議そうに訊《たず》ねる。

目を覆ったまま、遊圭は曖昧《あいまい》にかぶりを振った。

ただただ、この騎馬道を通って金椛軍の背後へ回り込もうとする、朔露の軍勢を止める方法を、必死で考えた結果であった。

遊圭が十二のときに他界した父親は、工部《こうぶ》尚の高級官僚で、都の水利事業に深く関わっていた。遊圭の体調のいいときは、兄の伯圭《はくけい》も伴って、堤防の建設や、運河の掘削などを見せに連れ出すことがあった。病弱でめったに外出のできなかった遊圭と、仕事が忙しくて家族と過ごす時間の少なかった父親との、数少ない貴重な思い出であった。

山奥の堤防を決壊させたらどうなるか。遊圭ははっきりと知っていたわけではなかった。都付近で行われる水利土木の工事では、貯水池も水門も、すべてが管理された状況で水を溜《た》め、放水していたからだ。誤って流された釣り人や船頭は、下流の商船や軍船に助けられていた。

盛夏が近づけば、気温が上がり続け、高標高地帯の雪も融けて河水はさらに増える。朔露の工兵が残していった伐採木を骨組みにすれば、増水によって谷にもたらされた大量の土砂と岩石を用いて、堤防を造ることができる。優れた石工でもある戴雲兵に、山上の貯水池を造らせれば、騎馬道を押し流すだけの水は、すぐに溜まると思った。

「朔露兵を、溺《おぼ》れさせれば、かなり兵力を削《そ》ぐことができるだろうとは、思っていたのですが」

浅い息づかいで、遊圭は言葉を返す。玄月は、動揺する遊圭を静かに諭した。

「この水攻めは、兵力を削ぐ以上の結果を出した。先行して現地を目にしたそなただからこそ、考えついた策だ。滅ぼした敵の数ほど、味方を救ったことになる。そなたは、よくやった」

褒められたのか、慰められたのかはわからないが、それで心が軽くなるものでもない。

三年前に、金椛帝国の転覆を謀り、朔露と組んで攻めてきた紅椛《ホンファ》軍を、機略を以《もっ》て殲《せん》滅《めっ》した日のことを思い出し、遊圭はいっそう憂鬱《ゆううつ》を深める。

もう、心が麻痺《まひ》してしまっているのだろうか。自分は、ひとの命を守る医師を志しているはずなのに、間接的にではあるが、殺してきた数の方が遥《はる》かに上回っている。

武器には武器を以て、暴力には暴力を以て立ち向かうことの非を、知らないわけではない。だが他に、自分が生き延び、祖国とそこに住む愛《いと》しい者たちを守る術を、遊圭は知らない。誰も、教えてはくれない。

いつまで、こんなことが続くのだろう。


達玖《タルク》隊と合流した遊圭が天鋸行路に着いたころには、戦の決着はついていた。

遊圭の安否に気を揉《も》んでいた橘真人は、手放しで遊圭の生還を喜ぶ。

「遊圭さん！　すっかりボロボロになってしまいましたが、予言通り、生きて帰りましたね。作戦が大当たりでしたよ。イルコジはどんな人間でしたか」

それについては、ゆっくり話す時間もあるだろう。とりあえず、宿に落ち着いて休みたい遊圭だ。

呉亮胤《ごりょういん》昭威将軍の前に進み出た星遊圭は、戴雲国との盟約を取り付けた功績と、朔露軍の侵攻を詳細に報告して、勝利に貢献したことを讃《たた》えられた。

一刻も早く天鋸行路を引き返して、明々と再会したい遊圭だが、金椛陣営に落ち着いて安心したせいか、骨折、打撲、疲労に発熱が加わり、しばらくの安静を要した。

それにもかかわらず、遊圭の宿舎には朝から夕方まで見舞客がひきもきらない。呉将軍をはじめ、劫宝都城の王とその眷属《けんぞく》の見舞いなど、そのほとんどは名前も知らない初対面の人々だ。

外戚《がいせき》の遊圭が、勝敗を左右する手柄を立てたのだ。手厚くもてなすのは当然のこととして、皇室への縁故を取り付けようという心づもりなのだろう。

身体を起こして書き物などしていると、寝床から引きずり出され、劫宝都城の視察や、戦勝の宴《うたげ》に引き回される日々だ。輿《こし》まで用意されているのだから、断りようもない。

実際の身分は、都を追放された配流中の小役人にすぎないのに、本来なんの関係もないはずの公務が、あとからあとから、夏の劫河の氾濫《はんらん》のごとく押し寄せてくる。

そして、凜々が迎えにいってくれたはずの明々の到着は、遅れている。途中の河が増水して、渡れずにいるのだろう。真人ではなく、明々に看病して欲しいのに、このままでは秋まで明々には会えないのではないか。

辟易《へきえき》した遊圭は、隙を見て達玖《タルク》の宿舎に逃げ込んだ。

そこでは、気心の知れた雑胡部隊の兵士らが、胡楽の一座を呼んで、舞姫とともに踊り浮かれていた。双六《すごろく》や札遊びに興じるラシードら胡人将兵の輪の中には、玄月の姿もあった。

玄月は、呉将軍には本来の身分を明かさずに、ラシード隊が合流して所帯の大きくなった達玖部隊の軍吏を務めている。

「すっかり雑胡隊の皆さんに溶け込んでますね。違和感もないです」

内憂外患の高まるこのときに、遊興や賭《か》け事に興じている場合かと、遊圭は眉《まゆ》をひそめる。玄月は賽子《さいころ》を入れた小筒をカラカラと音を立てて振って、平然と応《こた》えた。

「私服だからではないか」

確かに、宦官《かんがん》帽でなく簡素な布冠をつけ、薄墨でない明るい萌黄色《もえぎいろ》の短袍《たんぽう》をまとった玄月は、後宮で見るような謎めいた威圧感はない。

そばにいた兵士に、杯と駒を渡されて双六に加わるよう勧められた遊圭だが、丁重に断った。玄月が筒元の賭博《とばく》なぞ、絶対に身ぐるみ剝《は》がされて借金を背負わされ、返済の代わりに危ない仕事を押しつけられることになるのだから。

達玖に聞いたところでは、どのような手札が回ってきても表情の変わらない玄月は、負け知らずだという。集めた賭け金は気前よくみなの酒代や、胡楽座への祝儀にあてるので、人望を集めているらしい。

——みんな、玄月さんの本性を知らないんだからな。

だれも気がつかないうちに、雑胡兵の面々が雪だるまのような借金を抱え、達玖の部隊は玄月に掌握されてしまうのではと、遊圭は密《ひそ》かにため息をつく。

いっぽう真人は、人馬の屍が山河を埋め、血に染まった戦場を見た後では、西へと進む気概が削《そ》がれたらしく、特に不満もなく遊圭の秘書に収まっている。また、戴雲語を話せる貴重な人材でもあることから、呉将軍に重宝されてもいるようだ。

天狗《てんこう》は遊圭の元に戻ってきたが、ずっと元気がない。

ようやく巡り合えた伴侶《はんりょ》と死別してしまったのだから当然だろう。

一日中、遊圭の寝台で、猫のようにごろごろとしている。食事と排泄《はいせつ》の他は、何もする気が起きないらしい。ホルシードが同じ部屋にいることは不満のようだが、以前のように敵意はむき出さない。無視を決め込んでいる。

灰褐色だった毛並みは、いまや日の光が当たると黄金にも透ける金褐色で、あまり人目にさらしたくない遊圭は、天狗の好きにさせていた。

しかし、仔熊《こぐま》ほどの大きさで寝台を占領されると、遊圭はひどく寝苦しい。

ある朝、天狗の毛並みを梳《す》いていた遊圭は、惰眠と餌を貪《むさぼ》る天狗の無気力の原因が、伴侶を失った哀しみだけでないことに思い至った。むしろ気がつくのが遅い。

だらりと伸びて熟睡する天狗の腹を丁寧に触れていって、少なくとも五匹の仔天狗がいることを確信する。

嬉《うれ》しいと言えば嬉しいが、五匹は多い。成獣すれば牡《おす》は熊並みに、牝《めす》でも仔熊並みに大きくなる獣だ。あの不幸にも死んでしまった牡天狗にいたっては、どこからみても獰《どう》猛《もう》な野獣であった。

「はじめからひとの手で育てれば、引き取り手に困る獣でもないだろう」

相談を受けた玄月は、さほど問題視していない。

「一匹は玄月さんがひきとってくれますか」

遊圭が不安顔で訊ねれば、玄月は頬杖《ほおづえ》をついて口の端を上げた。

「星公子の頼みとあれば」

あの牡天狗の作り出した惨状と、その死骸《しがい》を目にした上で、引き受けてくれるつもりなら大丈夫だろう。

「お願いします」

ツンクァはすでに天狗に会って遊んでいたようなので、こちらも脈ありか。翔皇太子も、天狗が後宮で飼われていた当時は、とてもかわいがっていた。充分に説明をしておけば、大丈夫と思われる。なにせ後宮は広い。ルーシャンの息子の芭楊《バヤン》も、大きな邸《やしき》に住んでいる。そして最後の一匹は自分の手元においておく。しかし、都にある遊圭の邸では、成長した二頭の天狗には手狭な気がする。明々を迎えるためにも、もっと大きな邸を探してみよう。

まだ特赦も決まる前から、気の早い計画に悩む遊圭だ。

「まあでも、天狗の仔が成熟するのは七年は先のことか」

天狗は非常に賢く、稀少《きしょう》な獣なので、万金を積んでも買いたいという富豪は少なくない。だが、成獣になれば、虎や熊と変わらぬ猛獣となることを知った以上、迂闊《うかつ》に知らない人間には任せられなかった。

そう、天狗の別名は『雷獣』であった。あの牡天狗の、耳元で雷を落とされたような咆哮《ほうこう》を、遊圭は一生忘れられないだろう。

そうこうしているうちに、凛々と竹生が、明々を連れて劫宝都の東の城門をくぐる日が来た。二日も前から城門と宿舎を往復して、明々との再会を待ちわびる遊圭だ。

その日も、濃い夏空を飛んで行く番《つがい》の鳩を見上げて、遊圭はこの日こそ明々に会えると、喜びに胸をふくらませていた。

遊圭自慢の愛馬、金沙を巧みに操ってこちらにやってくる凛々《りり》しい女性が明々と知って驚く。

しかし、遊圭に向ける表情は、期待していた満面の笑みでも、歓喜に満ちた笑いでもない。凛々も竹生も、強《こわ》ばった顔でついてくる。不吉な予感に、遊圭の頬からも笑みが引いてゆく。

カツカツと近づいてきた明々は、落ち着きなく手綱を握りしめ、泣きそうな声でささやいた。

「楼門関が、陥《お》ちた、って」

早馬よりも、軍鳩《ぐんきゅう》よりも早く、危急を告げる通信手段。その日のうちに凶報を三千里の彼方《かなた》へと伝える狼煙《のろし》によって、北西の国境から帝都にもたらされた楼門関陥落の報《しら》せは、興胡らが帝国の領内と東西の交易路に張りめぐらした情報網を通じて、天鋸行路にも速やかに広がりつつあった。

雑踏の中で呆然《ぼうぜん》とする遊圭を、呉将軍からの使いが見つけ、すぐに軍府に出頭するよう告げた。その足で遊圭を呉将軍の前に連れて行く。

呉将軍は、厳かな顔で遊圭に玉璽の捺《お》された書簡を差し出す。緊急の通信を運ぶ軍鳩によってもたらされた書簡は、星遊圭と陶玄月の早急の帰還を要請する、皇帝直筆の勅書であった。

その日の朝まで、凱旋《がいせん》気分で帰国の準備に取りかかっていた遊圭は、天鋸行路における朔露との闘いが、朔露可汗国と金椛帝国の、ほんの局地戦に過ぎなかったことを思い知った。

朔露大可汗ユルクルカタンの、朔露全軍を挙げての総攻撃に、楼門関はとうとう持ちこたえられなかったのだ。

十二、楼門関・方盤城攻防戦　立夏（陰暦四月）

玄月が帝都へ召還されてまもなくの初夏に時は遡《さかのぼ》る。

楼門関《ろうもんかん》では、ほぼ全天を黄色く染めていた黄砂の季節が、ようやく終わろうとしていた。空気は次第に澄み、空は日増しに青さと明るさを取り戻していく。

しかし、国境に配された将兵の胸は、晴れてゆく空とは対照的に、曇りがちであった。

楼門関の守備軍を総括するルーシャン游騎将軍はこの日、ふたたび厚く黄色い雲が、西の地平線に湧き起こるのを城壁から目にして、全軍に臨戦態勢を命じた。

「いよいよ来たか」

明け方に、砂と埃《ほこり》にまみれて戻ってきた斥候の報告では、およそ十万の朔露《さくろ》騎馬軍が、五日前に夏沙王国の東端の都市、史安《シアン》城を発《た》ち、天鳳《てんぽう》行路を東へ進軍を開始したという。

騎兵のみで構成された朔露軍の進行速度は速い。十日の内には楼門関に達すると思われる。朔露の軍は西からだけではなく、その発祥の地、天鳳山脈北麓《ほくろく》の、朔露高原からも進軍しているはずである。

楼門関を擁する金椛《ジンファ》帝国最西の都市、方盤城は、西から十万、北からもおそらくは同等の兵力で攻め込まれると予想された。

史安城から楼門関までの、緩衝地帯に点在する城塞《じょうさい》や砦《とりで》は、濁流のような大軍が押し寄せてくれば、囲まれて孤立する。敵に前進の拠点を与えることにはなるが、軍兵と糧食を無駄に失うよりはと、すでに金椛領内に撤退させてあった。

近隣の農民や牧民も、すべて城内に避難させた。方盤城は高まりゆく緊張に、誰もが息をひそめている。

ふたたび春が来たかのように、空は黄色く染まり、西から北の地平には、比喩《ひゆ》ではない暗雲が立ち昇る。

何万という人馬と、食糧・被服・武器の輸送を担う駱駝《らくだ》の輜重《しちょう》輸卒の立てる砂と埃は、大気の色まで変えてしまうだけでなく、遠雷のごとき地響きをも、ともなっている。

「西に十五万、北に十万、といったところでしょうか」

ルーシャンの参謀役が、斥候の報告と目算を合わせて、当初の予想よりも多い数を報告する。

左右に並ぶ幕僚たちと、報《しら》せを受けて城壁に登ってきた方盤城の太守劉源、その側近たちの顔も、緊張で強ばっている。

「だい、じょうぶか」

たっぷりと濃い墨を吸い上げた太い筆で、暗雲を書き殴ったかのような北西の地平を前に、生まれて初めて、地を揺るがして移動する大軍というものを目にした劉宝生が、唾《つば》を呑《の》み込みながら誰にともなく訊《たず》ねた。父親の劉源太守は、臆病風《おくびょうかぜ》に吹かれた息子の怯《おび》えた顔に、内心で舌打ちをする。

息子を叱りつけるように、威厳のある態度で宣言した。

「この季節に長駆して敵地へ攻め込んでくる軍など、怖れることなどない。すぐに兵糧を食べ尽くして、尻尾《しっぽ》を巻いて西へと逃げ帰ることになるだろう」

ルーシャンは劉太守へと顔を向けた。

「ではまず、籠城《ろうじょう》戦と参りますか」

「敵が持参の糧食を食べ尽くしているあいだに、援軍を待つ。籠城戦の基本だな」

攻める側の不利を知らずに進軍する朔露の大可汗でもないだろう、とルーシャンは思ったが、口にはしなかった。それに、赴任して一年に満たない劉太守は忘れているようだが、米の育たない北部では、冬小麦の収穫を初夏に迎える。

塞外《さいがい》の畑はすべて燃やしておいたが、金椛領内の農地はそのままだ。長大な国境に広がる農地や牧草地のすべてを、朔露軍の略奪から守るのは不可能である。

かといって、朔露に踏み込まれそうな範囲で焦土戦術を取れば、侵略者を追い返したところで、乾燥したこの地を荒廃から復活させるのに何年もかかり、多くの餓死者を出すことだろう。

大地に爪を立てて得られる、ひと握りの土を頼りに生きる辺境の人間と、衣食も燃料も、金を積めばいくらでも手に入ると考える都人との温度差は、どうにも埋めがたい。

それに、籠城だからといって閉じこもってばかりはいられない。兵を温存する一方で、近隣の城との連絡は密にして、防衛線を突破されないようにするのはもちろんだが、朔露大可汗の攻城戦術は、意外なことに力押しではない。

容赦のない攻撃を仕掛けてくる一方で、必ず間諜《かんちょう》を忍び込ませ、内応者を作り出し、密《ひそ》かに城門や水門を開放させて雪崩れ込むのだ。

そのため、ルーシャンはかなり以前から、難民たちの中に朔露の間諜が潜んでいないか、神経を尖《とが》らせていた。飛天楼での祭事もその一環だ。それぞれの部隊、あるいは都城内の商工空間に潜む内応者を、結社の『兄弟』に発見させ、怪しい者は監視させる。

四日後には、楼門関の外には、朔露遠征軍の穹廬《きゅうろ》や天幕が、見渡す限りの荒野を埋め尽くした。

まるで広大な都市が、いきなり砂漠に出現したかのようだ。あちこちから炊煙が上がり、捌《さば》かれる家畜の鳴き声が西天に舞い上がる黄砂と張り合っている。

城壁の最も高い櫓《やぐら》に登ったルーシャンは、鳥の視点から朔露軍の陣営を俯瞰《ふかん》した。

西方諸国の城壁に守られた都市を、つぎつぎに陥落させてきた朔露軍の、攻城技術は磨きに磨かれており、さまざまな種類の攻城兵器が、ものすごい速さで組み立てられている。

この東大陸ではついぞ目にしたことのない、投石器も建造されていた。

ひと抱えもある岩を城壁にぶつけて衝撃を加えたり、岩石や火球を城壁越しに投げ入れる投石器は、破壊力もさることながら、守る側の恐怖を煽《あお》るのに悪くない。

「あの、義弟殿」

遠慮がちな呼びかけにルーシャンがふり返ると、劉宝生が櫓の天板から上半身をのぞかせていた。

「上がってこられよ、義兄殿」

狭い階段を上がってきた宝生は、及び腰で櫓の上に立った。強い風に、布冠を飛ばされないように両手で押さえつつ、ルーシャンの横に来た。荒野を黒と褐色、あるいは白っぽい茸《きのこ》のような穹廬で、荒野をまだらに染め上げた朔露の軍に、宝生は息を呑む。

「この軍勢と、戦うのですか」

震え声で訊ねる宝生に、ルーシャンは低くずっしりと重たい声で答えた。

「それが、俺の仕事だ」

「勝てる、のですか」

「負ける気はせん」

腕を組み、力のこもった声で応じる。

「守る方が、一枚岩である限りは、な」

いまこの瞬間も、蟻の一穴を堤防に穿《うが》つために、朔露の間諜が城内のどこかで暗躍していることを、ルーシャンは確信していた。

——蟻の一匹たりとも、逃すものか。そこで飢えて干からびていけ、朔露の賊兵ども。

ルーシャンは城壁の巡回を強化した。門兵の交代時間も短縮し、頻繁に部隊を入れ替えて、同じ場所における警備の人員が固定化することを避けた。

敵襲の報は、狼煙《のろし》で都に伝えてある。しかし、増援が着くのは早くても半月後だ。都からでは間に合わないので、途中の城市に駐屯している数千単位の軍隊が、北上または西進してくる。

ユルクルカタン大可汗は、金椛の増援軍を待ち受けるような愚は犯さなかった。

降伏や協定を勧告する使者も遣わすことなく、布陣を終えるなり組み立てられた攻城兵器からどんどん前進させていった。

最初に投石器の群れが前進を始めたのは、こちらに動揺を与えるためだろう。城壁に巨岩を叩《たた》きつけたときの衝撃波は、落雷のごとく城内にも響き渡り、見上げる人々の目には、堅固なはずの城壁がたしかに揺れて、いまにも崩壊しそうに映った。

岩石よりも軽い火球は、ごうごうと燃え上がりながら、城壁の上に落ち、あるいは城内へと飛び込んで、回転しながら屋根の上を跳びはね、燃えるものを求めて大通りや路地を転がって行く。

西方の攻城戦にも明るいルーシャンは、この攻撃を予期していた。消火態勢はあらかじめ整えておいたので、大事にはいたらなかった。

ごろごろと遠雷のような音が大気を揺るがす。八輪の台車に、高さ五丈（十五メートル）に及ぶ攻城塔を載せた井闌《せいらん》が、次々に進み出る。朔露の弓兵を塔の最上階に満載した井闌は、方盤城を囲む空濠《からぼり》の対岸から、城壁を守る金椛兵に矢の雨を注ぎかけた。その隙に、水の代わりに枝や茎が釘《くぎ》のように硬く鋭い棘《とげ》に覆われた野荊《のいばら》や、枸橘《からたち》などの植物を敷き詰めた空濠に橋を渡そうと、朔露兵の別部隊が車輪付きの板橋を突入させる。金椛兵は敵兵に空濠を渡らせまいと、井闌から放たれる矢の雨に身をさらし、城壁から身を乗り出して、空濠橋へと火矢を放つ。

物量で押してくる朔露軍は、ついに空濠に橋を渡して、台車に乗せた雲梯《うんてい》を次々に城壁に取り付けてゆく。城壁にかけられる幾条もの雲梯を、朔露兵たちが続々と登り始めた。

ルーシャンは弓兵を退かせた。

「夜叉《や》檑《しゃらい》を落とせ」

鉄釘や鉄鋲《びょう》を隙間なく打ち付けた丸太の両端に、車輪をつけた凶悪な武器を、城壁から転がり落として、雲梯を登ってくる敵を防ぐ。車輪の軸には縄がついているので、引き上げて回収しては、再び雲梯の上に落として、敵兵士の頭蓋《ずがい》や骨を粉砕しながら挽肉《ひきにく》と化して地べたに送り返す。

このほかにも、鉄釘のついた大小の回収可能な武器で、雲梯を登りくる敵をたたき落とし、牛に牽《ひ》かせた台車から、焼石や煮えたぎった油、あるいは無限にある熱砂を城壁の上から落として、這《は》い上がってくる敵兵を撃退し続ける。

熱した砂は皮膚についたら取れないため、熱さと激痛に落ちない砂をたたいて暴れまわる敵兵が、城下に群がる兵士らをも巻き込んで、攻め手の被害を広げてゆく。

短時間で守備兵を交代させ、休ませ、補充の武器を持たせて再配置を続けるうちに、やがて日没となる。ルーシャンは、城壁に取り残された雲梯や、空濠にかけられた板橋に火矢をかけるよう命じて、夜間に城壁に取りつかれるのを予防する。

方盤城の四方に立たせた歩哨《ほしょう》から、国境の烽火台《ほうかだい》に沿って築かれた防壁を突破して、金椛領内へと侵入した朔露の部隊がいなかったか確認する。はるか地平線まで迂回《うかい》されれば、ルーシャンには知る由もないが、とりあえず背後に回り込まれる心配はない。あったとしても、後背からは援軍しか来ないのだから、少数の遊撃部隊なら、包囲されたところで援軍が到着次第、城から兵を出して挟み撃ちにすればいいことだ。

後方の城塞《じょうさい》都市、まだ幼い息子の住む嘉城や、辺境最大の商業都市慶城《けいじょう》の守りも、楼門関《けんろう》なみに堅牢であるよう、準備してきた。

来る日も来る日も、同じ攻防を繰り返し、どちらかが根負けするか、兵器を使い潰《つぶ》し、兵糧や武器を使い切るまで続くのだろう。

城壁にとりつく朔露兵が多すぎるときは、ルーシャン自身が武器を携えて城壁を見回る。連挺《れんてい》という、鉄鋲を打った棍棒《こんぼう》つきの長大な二節棍を振り回して、ようやく登攀《とうはん》を終え、その身を城壁上の通路に躍らせんとする朔露兵を叩き落とし、地面を通り越して地獄へと送り込む。

武器を真っ赤に染める血糊《ちのり》を流す水も惜しい。

晴天にぎらつく夏の太陽と、その強烈な陽射しを容赦なく照り返す砂漠のはざまで、赤い巻き毛を獅子《しし》の鬣《たてがみ》のように靡《なび》かせ、敵兵の返り血を浴びて兵士を鼓舞するルーシャンは、かれの率いる『兄弟』の『兵士』らが信じて崇《あが》める英雄神、『不敗の太陽』そのものであった。

朔露の攻撃が止み、兵が退いてゆく。見れば、赤く巨大な円盤は、その日の軌道の業《わざ》を終え、西の地平に沈もうとしていた。

夜間の歩哨を万全にするよう、当直兵に念を押し、ルーシャンは司令官室に戻った。

そこでは、劉宝生が室内を右から左へと往復しつつ、ルーシャンを待っていた。

「義兄殿、なにか、舅《しゅうと》殿から伝言でも？」

砂を含んだ風の中で下知を続けたために、喉《のど》の荒れたしゃがれた声で問われて、宝生は戸惑った面持ちで、広げた両手を上下させた。

「いや、戦況が、どうなっているのかと。その、我々は勝ちに進んでいるのか」

「まだ、わからん」

「講和の使者など、出せないものか」

ルーシャンは眉《まゆ》をぐい、と上げた。砂のように淡い茶色の瞳《ひとみ》で、宝生をじろりと見る。

「劉太守の考えか」

「いや、父はまだ何も言っていない。あまりに攻防が長引くので、この先はどうなるのかと、不安に思う者も多く」

「講和！」

連日にわたる攻防に、ルーシャンの明るい色の瞳は、虎のように無感動になっている。その肉食獣を思わせる双眸《そうぼう》ににらまれて、宝生は肩をすぼめてあとずさった。

「講和とは、負けに傾いた側が申し入れるものだ。まだどちらも負けると思って戦っていない！」

ルーシャンは声を荒らげて右手を振り上げ、西側の城壁を指さした。

「あの城壁の上では、この国を守ろうとして、兵士どもは命を捨てて戦っているのだぞ。いまこのときも、あの風の止まぬ櫓《やぐら》の上から、酒も飲まず、女も抱かず、一晩中、朔露の動きを監視している兵がいる！　城壁の下では、昼の間じゅう戦い続けた兵士でさえ、奇襲にそなえて防具を身に着けたまま、武器を枕に眠っているのだ！」

ルーシャンの剣幕に、宝生は青ざめて口をパクパクさせるだけで、何も言い返せない。

この戦時下でも、政庁の事務を終えれば太守の館に帰り、都から呼び寄せた妾《めかけ》の酌でいつも通りの夜を過ごしてきた宝生は、自分が非難されていると思えたのだろう。

ルーシャンは手近な角杯に葡萄《ぶどう》酒を注ぎ、水で割って飲み干した。咳払《せきばら》いをして盃《さかずき》を卓に戻す。

「大きな声を出してすまなかった。殺し合いのあとは気が立っているものだ。緊急の用件でなければ、昼前に来ていただけると助かる。劉太守にもそう伝えてくれ」

ルーシャンは冑《かぶと》を脱いで卓に置き、従卒の持ってきた水盤で手と顔を洗った。戦袍《せんほう》だけを新しいものに替えて、ふたたび出かける支度をする。

「また、出陣、されるのか」

唾《つば》を呑《の》んで訊《たず》ねる宝生に、ルーシャンはそっけなく言った。

「これから、警邏《けいら》隊が捕らえてきた不審者の取り調べだ。外の敵は手強《てごわ》いが、内なる敵の殲滅《せんめつ》もおろそかにできん。義兄殿も同席されるがいい。調書を取るのを、手伝っていただこう」

間諜《かんちょう》や内応者を摘発するために、警邏隊を増やして不審者の取り締まりを厳しくしている。すでに、外部に連絡を取ろうとした者、市民の不安を煽《あお》る流言を広めていた者を、軍の地下牢《ちかろう》に十人は放り込んである。

否とは言えず、躊躇《ちゅうちょ》もあらわにルーシャンについて行った宝生が、真っ青な顔でふらふらと地下室から出てきたのは、二刻《にとき》もあとのことだ。廊下にしゃがみこんで胃の中身を吐き、当直の兵士に嫌な顔をされる。

翌日、自分の書いた調書を太守に提出するよう、ルーシャンに頼まれた宝生だが、筆が震えすぎたらしい。何が書いてあるのか判読し難《がた》いと、父親に叱責を受けた。

十日が過ぎ、増援の進軍状態を知らせる早馬に、このまま持ち堪《こた》えられる余裕が生まれたルーシャンは、飛天楼へ向かった。酒楼も妓楼《ぎろう》も、いまは負傷兵を収容する施療院と化していた。酒は飲むためでなく傷を洗うものとなり、妓女は目を楽しませるために装うことはせず、怪我人の手当てに走り回っている。

負傷兵をねぎらいながら、ルーシャンは地下の神殿へ降りて行った。

火守りの祭司は、戦死者のための祈禱《きとう》や、重傷兵の祈りを聴くために地上に上がっている。ルーシャンは燻煙《くんえん》と葡萄酒で禊《みそ》ぎを終え、床に膝《ひざ》をついて祈りを捧《ささ》げた。

ルーシャンは元来、信心深い方ではない。迷信も、さほど気にする方ではなかった。しかし、明日の生死も定まらぬ戦場において、一日一日を生き延びて、沈む夕日、昇る朝日を目にするたびに、この身を守る何かに感謝を捧げずにはいられない。

そして、前日は杯を干して笑いと言葉を交わし、翌日には永遠に帰らぬ者の列に加わった同胞のために、その死者の国への旅路がなだらかならんことを、と祈るのは、生き残った者の務めだ。

願わくは、おのれもいつかゆく七層の天上界において、ふたたび相見《あいまみ》え、ともにとこしえの酒宴と舞楽に戯れんことを、と。

祈り終えて立ち上がったルーシャンは、背後に立つひとの気配に、ゆっくりとふり返った。部外者の入れぬ地下神殿だ。祭司か信者が、ルーシャンの祈りが終わるのを待っていたのかと思ったが、外套《がいとう》の頭巾《ずきん》をおろした若い顔は『兄弟』でもなければ、神殿に入ることを許された『鳥』でもない。しかし、記憶の隅に残る、見覚えのある懐かしい顔だ。

ルーシャンの満面に、豪快な笑みが広がる。

「ラクシュ！　いつ来ていたんだ！　髭《ひげ》も伸びて、一人前の男になったな。しかも父親に似て男前に育った」

青年の肩を抱き、力いっぱい抱擁し、両側の頬に接吻《せっぷん》する。青年も、白い歯を見せて笑いながら、父親に抱擁と接吻を返した。たとえ『兄弟』が相手でも、玄月が絶対に慣れようとしない、西方胡人風の挨拶《あいさつ》だ。

ルーシャンは供え物の酒壺《つぼ》から葡萄酒を注いで、何年かぶりに顔を見た息子に差し出した。

「先月の終わりに、金椛領の慶城から来た。最後にくれた手紙に、慶城の傭兵《ようへい》隊長をやってるって、書いてあっただろう？　そこで楼門関の将軍になってるって聞いてびっくりしたよ」

「朔露に囲まれる前に着いていたのか。どうしてもっと早く会いに来なかった？」

「まさか、金椛帝国の大将軍になっていたなんて、ちょっと信じられなくて、ここに来てからもすぐには面会を申し込めなかった」

ルーシャンによく似た顔立ちだが、髪は黒に近い褐色で、瞳の色も濃い。

「大将軍にまでは、まだいっておらん。『大』のつく将軍職は、現役を退いた年寄り武官の、お飾りみたいなもんだ。しかし、どうやってここへ降りてきた。誰かに止められなかったか」

「ルーシャン将軍の息子だって言ったら、通してもらえた」

ルーシャンは天井を仰いで唸《うな》った。これは警備上の問題だ。確かに、顔はよく似ているのだが、結社の一員でもないものが、飛天楼に入ることは許されない。

「衛兵はあとで叱っておこう。とりあえず、いままで、どこでどうしていたんだ。おまえの親方も、いっしょなのか」

ルーシャンは上機嫌で息子の肩を抱き、地上への階段を上った。

すでに独立した興胡として金椛国へやってきたのだ、とラクシュは語った。

ルーシャンは自分の官舎へと息子を連れて行き、従卒を呼んだ。玄月から預かり、現在は小姓待遇でルーシャンの官舎に勤める郁金《うこん》が出てきて、ラクシュの部屋を用意するようにとのルーシャンの命令に従った。

「その若さでひとり立ちはすごいな」

十年も顔を見ることもなく、消息のやりとりも数えるほどであった息子と、ルーシャンはその夜を語り明かした。日の出前にルーシャンは甲冑《かっちゅう》を着込み、ラクシュを伴って城壁に上がる。

朔露軍はすでに炊煙を消し、攻城兵器を押し出して楼門関へ押し寄せつつある。

十日も続いてきた、長い一日がふたたび始まる。

その翌朝、いつも通り城壁の見回りへ出るルーシャンの準備を手伝いながら、息子のラクシュが硬い声で人払いを頼んだ。

「父さんに、話がある」

真剣な表情の息子に、ルーシャンも険しい視線を向けた。

「朔露に降伏してくれ」

ルーシャンは獲物を狙う獣のように、瞳《ひとみ》だけを鋭く光らせ、無表情に息子を見つめた。

「そんなところだろうと思ってはいたが。どうやって、城に入り込んだ？」

「新月の夜に、手鉤《てかぎ》を使って東側の壁を登って侵入した」

ラクシュは何でもないことのように答えた。朔露の布陣に面していない東と南の城壁は、確かに監視が弱い。見回りは怠らせてはいないが、息もつかせぬ猛攻をかけてくる西側と北側の方へ、巡回兵の注意が向いてしまうのも無理はなかった。

雲梯《うんてい》や縄を使わず、膂力《りょりょく》だけで五丈の壁を登ることのできる人間は少ない。まして、城壁の兵士に見つからないよう、闇夜を選んで登れば、手鉤をかけ損ねてあっさり転落することもある。城壁の下には、先を尖《とが》らせた丸太や鋭い枝を広げる荊棘《いばら》の植込みが待ちかまえ、まず生還することのない無謀な作戦だ。

再会の抱擁で、ルーシャンは息子の服越しに、商人にしては並みの兵士よりはるかに鍛えられた分厚い胸と肩、太い腕をよろう厚い筋肉を感じ取ってはいた。

「おまえも、傭兵に鞍替《くらが》えしていたのか」

「父さんの息子だからね」

「俺は壁登りなんぞやろうとも思わんが」

「父さんに会いに来たのは、警告のためだよ。朔露兵で壁を登れるのは僕だけじゃない。もし、朔露に降伏するなら、城内に潜伏している僕の仲間は行動を起こさない。だけど、僕が死んだり、三日以内に連絡をとらなければ、内側から門を開く準備がある」

「おまえは、自分の父親を、裏切り者にしたいのか」

「こんな世の中じゃ、誰も裏切らずに生きていくことは不可能だよ」

あっさりと言い切る息子に、ルーシャンは苦笑を嚙《か》み締める。

「わかっていると思うけど、僕は大可汗に命じられてここに来たんじゃない。祖父《じい》さんに言いつけられたんだ。父さんに朔露に降《くだ》るように伝えてこいって。康宇国に残っていた父さんの一族は、みんな朔露に降って、命を繫《つな》いだ」

「親父たちが、俺のいるこっちに寝返るって案は、検討されなかったのか」

ルーシャンとしては、金椛帝国において、今日まで築き上げてきた地位と信用を一夕にして失うことは、正直なところ惜しい。この国で積み上げてきた人脈にも、未練が残る。会ったことのない大狸の大可汗よりも、何度か言葉を交わした金椛皇帝陽元の方が、若く理想家なだけに、与《くみ》しやすいはずだ。

　ルーシャンは、力を尽くしてこの異国で働き、落ち延びてくるであろう一族を、まるごと引き受ける地盤も、この地に築き上げていたのだから。

「朔露に降れば、大可汗は父さんにいまの金椛軍におけるのと同じ地位を約束すると言っている。父さんの防戦ぶりを、とても気に入ったそうだ」

　ルーシャンは、険しい顔で、宙をにらむ。

　金椛帝国は、ルーシャンにとって家族と直属の兵士らを養うための、雇用主に過ぎない。雇用主は選べるが、家族は取り替えがきかない。ただ、ルーシャンには金椛の領内に、家族に等しく守らねばならない者たちもいた。秘蹟《ひせき》によって『兄弟』の誓約を交わした連中だ。

『血族』という経糸《たていと》と、信仰によって結束した『兄弟』という緯糸《よこいと》によって、康宇の民が生き残るために織りあげた、大陸を覆うタペストリー。数世代をかけ、何カ国にもわたって広がった組織は、複雑に入り組み過ぎて、異なる陣営に属する指導者に、ときに苛酷《かこく》な選択を強いる。

　確かなことは、どちらの存在も、朔露や金椛よりは、はるかに長い時間をこの大陸で生きてきた。これから先も、興っては滅ぶ帝国よりもさらに遠い未来まで、康宇の民は大陸の物流と経済を支配してゆくだろう。

朔露の行政と流通を押さえれば、戦争さえ興胡の手によって操ることも、可能な時代がくるかもしれない。

「しかし、俺の家族を人質にしているのは、朔露大可汗だけではない。金椛領にも、おまえの兄弟がいる。俺が開門降伏したら、都にいる次男が、見せしめに殺される」

ラクシュはにっと笑って歯を見せた。

「それについては、これから手を打つ」

終　章

天鋸《てんきょ》行路を朱門関へと向かう、遊圭と玄月、そして三人の護衛を連れた一行は、早急に帝都へ帰還するよう勅命を受けたにもかかわらず、あまり速くない。

駅逓で一度に乗り換えられる早馬の数が限られているために、明々たちは達玖《タルク》隊とあとから帰還することになったのだが、行程を管理する玄月は、駅逓ごとにたっぷりと休憩をとり、午後には早めに宿をとり、朝にはのんびりと出立する。

これでは、明々を置いて、急いで出発した意味があまりない。

「もっと、先を急がなくていいんですか」

遊圭は不安げな顔で、馬首を並べる玄月に訊《き》いた。玄月は涼しい顔で答える。

「そなたの肋骨《ろっこつ》が完治しないことには、いま以上に速度を上げるわけにはいかない」

「でも、玄月さんはもっと速く移動できるじゃないですか。勅書があるんだから、わたしが同行しなくても、朱門関で逮捕されたりしないでしょう？　先に行ってもらっても、かまわないですけど」

そしたら明々や達玖たちと合流して、和気藹々《わきあいあい》と帰れるのだ。いや、楼門関《ろうもんかん》が陥落して、そんな悠長な贅沢《ぜいたく》は許されないことは重々承知している。だが、一年ぶりに、しかもジンに殺されそうになって、もう二度と会えないとあきらめかけたあと、ようやく再会できたのだ。それなのに、明々とは半日しか過ごせなかったのはあんまりではないか。

しかも、二人きりの時間はとれず、お互いにひどく緊張してほとんど話もできず、祝言の日取りについても、とうとう切り出せなかった。そもそも求婚の承諾も、もらう暇がなかった。

『国家の危急の件であり、勅命である』と、急報を受けたその日に出発するよう、玄月に強引に促されたからだ。

出発の直前まで、真人に天狗《てんこう》の世話を頼んでおくことに精一杯で、別れ際の、いまにも玄月に嚙みつきそうな明々の、憤然とした顔がまぶたに焼き付いて離れない。

その玄月が遊圭の体調を口実に、ゆるい日程で進む。

「体調を崩さぬ程度に、食事と休憩を充分に取りながら、急いで帰国しろと、書簡には記されていた。それも大家《ターチャ》の御直筆で」

陽元が書を認《したた》めたときに、遊圭の負傷を知っていたはずがない。玄月の逃走先とその目的については、小月が手段を講じて陽元に知らせたのだろう。春に楼門関からの無謀な帰還命令を玄月に強いた、おのが過ちを謝ることのできない、皇帝の精一杯の譲歩が、行間に垣間《かいま》見える書面であった。

慈仙《じせん》は謹慎させられている。陽元は、玄月の帰還を待って、直接双方の言い分を聞いて処分を決めると伝えてきた。

それを聞いた遊圭は、大いに不満だ。なにしろ、慈仙は遊圭も、菫児《きんじ》も殺そうとしたのだ。

「それって、どうなんですか。玄月さんはそれでいいんですか」

口調に棘《とげ》が出てしまうのは、折れた骨が痛いからであって、皇帝を批判しているわけではない。

革を重ねた緊胸帯《コルセット》が肋骨を保護し、騎乗の姿勢を支えはしても、長時間の移動には耐えられない。よって、ラシードら雑胡の兵士が交代で、ふたり乗り用の鞍《くら》のうしろから、幼い子どものように遊圭を支えながら移動して十日目である。

玄月は長い指で鬢《びん》を掻《か》きながら、言葉を選んだ。

慈仙には明確に殺意があって玄月を陥れたにしても、陽元にとっては、どちらも、兄弟であり伴友であり、もっとも身近でともに育ってきた、限りなく家族に近い存在であった。孤高の天子にとって、宦官《かんがん》とは家族と言うよりは、身体の一部であり、そして絶えずついてまわる、自身の影そのものなのだ。

「宦官同士の反目は、大家《ターチャ》のご家庭内における家事に過ぎぬ。玉体の右の人差し指と、左手の親指が争っているようなもので、表には出せぬ醜聞だ。とはいえ、この件では、私だけでなく、そなたも、菫児も、そして娘々も、大変な目に遭わされた。すべてが明らかになれば、慈仙は私をとり逃がした時点で自害しておかなかったことを、後悔することになるだろう。それは保証する。いまごろは大家の逆鱗《げきりん》と陶家の復讐《ふくしゅう》を怖れて、幽閉された場所で怯《おび》えているのではないか」

玄月は満足げな微笑を浮かべて言った。遊圭は戦慄《せんりつ》と、いつもの玄月に戻ったことの安堵《あんど》に、複雑な気分だ。

とにかく、玄月の敵にだけはなるまいと、固く心に誓う。

「ルーシャン、無事でしょうか」

遊圭は、遠く北の空を見つめて言った。

「大可汗ユルクルカタン得意の内応策で、楼門関は抜かれたが、まだ北天江までは攻め込まれていないという。援軍も五万を送ったのだ。河西郡が持ちこたえているということは、ルーシャンも無事なのだろう」

楼門関はあまりに遠すぎて、何がどうなっているのかわからない。陽元は、北天江への親征も辞さない覚悟だというから、事態はかなり深刻なのだろう。

叔母《おば》も、すでに四番目の子を出産しているはずだが、陽元はそちらについては書き送ってこなかった。

外患がそれほどの重さで、陽元の心にのしかかっているのだ。外戚《がいせき》といっても、まだ二十歳にもならない遊圭と、表の政治には関与できない玄月を呼び戻したところで、たいした助けにはならないだろう。だが、そんなかれらを必要とするほど、陽元は精神的に追い詰められているのか。

一日も早く都へ帰還すべく、遊圭は痛み止めを頼りに先を急ぐ。朱門関を抜ければ、北天江の上流に出る。そこからは最初の港で快速船を貸し切り、一気に河を下れば、都はもうすぐそこだ。

北天江の上流から見る西沙州《せいしゃ》は、ひどく荒廃しているように見える。河を下るにつれ、朔露《さくろ》軍の南下を怖れた難民の群れが港に押しかけ、河を渡ろうとしている光景を幾度か見た。

遊圭が陽元に賜った荘園も、下流の河北地帯にある。官職についていない遊圭が、星家の家属を養える唯一の収入源も、朔露の脅威にさらされている。

帝国の命運そのものが、問われようとしているのだ。

イルコジ小可汗ですら、五万の兵馬で濁流のごとき劫河《こうが》を渡った。ユルクルカタン大可汗が、迅速に北天江を渡る手段を持たないはずがない。

舷側《げんそく》に立ち尽くす星遊圭は、船縁を濡《ぬ》らす水飛沫《みずしぶき》を袖《そで》に浴びながらも、北天を染める黒い砂塵《さじん》から、目を離すことができずにいる。

あとがき

篠《しの》原《はら》悠《ゆう》希《き》

お読みいただき、どうもありがとうございました。

本書をお買い上げくださった読者の皆様、素敵な装画を描いてくださった丹地陽子《たんじようこ》様、本作のシリーズ化にご尽力いただいた担当編集者様に、心からの感謝を申し上げます。

金椛国《ジンファ》は架空の王朝です。行政や後宮のシステム、度量衡などは唐《とう》代のものを、風俗や文化は漢《かん》代のものを参考にしております。

なお、作中の薬膳《やくぜん》や漢方などは実在の名称を用いていますが、呪術《じゅじゅつ》と医学が密接な関係にあった、古代から近世という時代の中医学観に沿っていますので、必ずしも現代の東洋・西洋医学の解釈・処方とは一致しておりませんということを添えておきます。

参考文献

『ビギナーズ・クラシックス 中国の古典 菜根譚』湯浅邦弘　角川ソフィア文庫
『随園食単』袁枚　青木正児訳註　岩波文庫
『東洋文庫223　騎馬民族史2　正史北狄伝』佐口 透・山田信夫・護 雅夫訳注　平凡社
『中国の愛の花ことば』中村公一　草思社
『ミトラの密儀』フランツ・キュモン　小川英雄訳　ちくま学芸文庫
『［歴史群像］グラフィック戦史シリーズ　戦略戦術兵器事典1 中国古代編』学研プラス

本書は書き下ろしです。この作品はフィクションです。実在の人物、団体等とは一切関係ありません。

妖《よう》星《せい》は闇《やみ》に瞬《またた》く

金《きん》椛《か》国《こく》春秋《しゅんじゅう》

篠原《しのはら》悠《ゆう》希《き》

令和元年 7月25日 初版発行

発行者●郡司 聡

発行●株式会社KADOKAWA
〒102-8177 東京都千代田区富士見2-13-3
電話 0570-002-301（ナビダイヤル）

角川文庫 21723

印刷所●株式会社暁印刷
製本所●株式会社ビルディング・ブックセンター

表紙画●和田三造

●お問い合わせ
https://www.kadokawa.co.jp/（「お問い合わせ」へお進みください）
※内容によっては、お答えできない場合があります。
※サポートは日本国内のみとさせていただきます。
※Japanese text only

ISBN 978-4-04-107778-8 C0193

◇◇◇